Tiankong Xia de Dao

天空下的岛

鲍十 著

时代出版传媒股份有限公司
安徽文艺出版社

图书在版编目（CIP）数据

天空下的岛/鲍十著.—合肥：安徽文艺出版社,2023.4
ISBN 978-7-5396-7643-2

Ⅰ.①天… Ⅱ.①鲍… Ⅲ.①中篇小说－小说集－中国－当代 Ⅳ.①I247.5

中国版本图书馆 CIP 数据核字(2022)第 239475 号

出 版 人：姚 巍
责任编辑：张星航　　　　　　　装帧设计：张诚鑫

....

出版发行：安徽文艺出版社　　www.awpub.com
地　　址：合肥市翡翠路 1118 号　邮政编码：230071
营 销 部：(0551)63533889
印　　制：安徽新华印刷股份有限公司　(0551)65859551

....

开本：880×1230　1/32　印张：9.125　字数：220 千字
版次：2023 年 4 月第 1 版
印次：2023 年 4 月第 1 次印刷
定价：45.00 元

....

（如发现印装质量问题，影响阅读，请与出版社联系调换）

版权所有，侵权必究

目 录

生死庄稼 1

子洲的故事 57

不在现场者被人谈论 99

天空下的岛 149

与爱情有关 193

生活书:三合屯纪事 227

生死庄稼

春节刚过,我便来到这个名叫长发的地方,专心写这篇小说。产生写这篇东西的念头,少说也有三年时间了,却迟迟不曾动笔,现在我才明白,我其实是不敢动笔。

前些天,父亲到我这里来了。我刚给他倒了一杯水,他就说:"张三尿子死了。"

父亲不常到城里来,大致上一年一次,他一来,我就向他打听一些家乡的事,我会问起某一个人,父亲便简短地说,他死了,或者,他有了儿子了。每次都是这样,每次都让我惊讶一下。这一次,父亲没等我问。

父亲说:"成福娶媳妇了。"

说完这两句话,父亲就不吱声了,却拿眼睛看我,似乎是等我再想起谁,再问他,他好回答。我一时想不起成福是谁来,便不问,也用眼睛看他。看着看着,我禁不住笑了一下。

父亲说:"你看你看,你笑啥嘛!"

我的家乡是个村庄,名叫三水头,听起来挺大气的,实际上是个又小又偏僻的地方。可是,那儿却有着天下最肥沃的土地以及天下最茁壮的庄稼。土地都是黑土地,庄稼则有玉米、高粱、谷子、大豆、小麦,此外还有各种蔬菜。我在那儿长到十九岁,我熟悉那儿的庄稼,我也熟悉村子里的人……这个自不必说。

长发是一个镇子,我的一个朋友在这里是个"人物",他叫我来,我就来了。

这里正是东北平原的腹地,周围全是"甩手无边"的田地。如今雪还没有化尽,阳光却已经越来越亮丽了,阳光就像此时的东北风一样,可以在空旷的田野上恣意荡漾,一点遮拦都没有。

东北风掠过雪地上的庄稼茬儿时,庄稼茬儿立刻发出了尖细的哨音。

我的目光一遍一遍从田野上抚摸过去,看得眼睛都痛了。我想象着田野上长满了庄稼时的情景,那该是一幅多么丰满多么壮阔的景象啊!在无风的日子里,庄稼静静地挺立着,又矜持又肃穆,一旦刮起风来,顿时又一片喧哗,连喊带叫,躁动不安……

我记起了父亲以前说过的一句话:"庄稼年年种啊。"

我觉得这话大有深意。

一

先从谷子家讲起吧。

谷子的家在村子的后街,家里有五间草房,苫房草是去年新换的,现在看去还黄灿灿的,一派崭新。房前房后全是菜园,菜园的四周围着夯土的院墙。在菜园和房子之间留着一块院落。院子里有一间厢房,这是仓库。除此之外,还有猪圈、鸡笼子和鸭笼子。院子里的一切,看去都整整齐齐。一看便知这是一个打理得很好的家庭,也看得出这家主人过日子的心境儿。

在家里说了算的是谷子的爷爷。爷爷是一个身材瘦长的急性子老头儿,他的话家里人从来不敢反驳,谁反驳他就跟谁急眼。当然,凡事他自己也做在前边,无论大事儿小事儿都拿得起放得下,各种活计,不论是田里的还是院儿里的,他也都做得得心应手,令人钦佩。

除了爷爷之外,家里还有父亲和母亲,还有一个小妹妹麦穗,还有新娶来的媳妇豆花。这就是谷子的全家了。

谷子和豆花是前几天刚结的婚。因此,谷子的身上总是又热又胀的,就像一块烧得通红的火炭儿。不过,有些事情他还做得不甚得法,尽管把人折腾得很累,效果却没有想象的那样好。谷子对此很不满意。

节气刚过了谷雨。不紧不慢刮了半冬一春的风,终于刮得倦了,便灰溜溜地煞住,自己替自己偃旗息鼓了。因为没了呜呜叫唤的风,夜里便显得十分沉寂,整个村庄都无声无息。直到早晨,当烟紫色的早霞照亮玻璃窗的时候,村子才远远近近地有了些声音。

谷子一觉醒来,伸手朝身边一摸,发现新媳妇豆花已不在炕上。他抽了抽鼻子,马上就闻到了豆花留在被窝里的热烘烘的气味,就像刚发的大酱。谷子打个哈欠,重新合上了眼睛,还想再躺一会儿。就在这时,豆花的声音从厨房里传进屋来:"谷子,谷子……"

豆花的声音又短又细,就像害怕似的,却挺撩人,谷子立刻就想起了她的某个动人之处。谷子知道这是叫他吃饭,只好起来了。到厨房一看,不单豆花,连爷爷、父亲、母亲也都起来了,都围着饭桌坐着。谷子刚发现桌上还少一个麦穗,麦穗就从屋外进来了,她大概刚上了茅房,因此一进来就到水盆那儿洗手。麦穗正在霞镇的中学念书,已经念到了高中,知道讲卫生。

这会儿,豆花正在乐滋滋地给每个人盛粥。

谷子也在桌前坐下来。麦穗刚要坐,却被母亲叫住了:"麦穗儿,帮你嫂子拿干粮……"

吃罢饭,父亲拿过了烟口袋,给爷爷装上一锅儿烟,点上火。接着又给自己装了一锅儿,也点上火。爷爷抽了一口烟,清了清嗓子开始说话。

爷爷的嗓子瓮声瓮气的,他说:"今儿个,咱就把没种完的地都找找尾吧。河套子还有半亩来地,就让谷子和他媳妇去。道儿远,你们两个腿脚儿好,走路轻快,快去快回……都种苞米。记着把埯子刨深点,今年墒情不怎么着。谷子你听明白没?……屯跟前儿还剩个八九分地,就让你爸你妈去种。……谷子媳妇,记着给你和谷子装上晌饭,多装点儿,谷子这小子,能吃……"

爷爷看了看大家,又说:"我看这就动身吧……啊,动身吧。"

谷子的父亲说:"忙啥?抽完这袋烟。"

在爷爷和父亲抽完烟之前,豆花已经把午饭装好了,装在一只搪瓷盆里,外面包了一块头巾,上面打了个结。谷子则从屋角拎出那条装种子的麻袋,小半袋的样子。豆花在门口等着谷子。

谷子对爷爷说:"爷爷,我们走了。"

爷爷说:"慢着。"

谷子不知爷爷要干什么。只见爷爷对他眨了眼睛,然后说:"悠着点儿,不用急。这几天够你受的,别累着……"

爷爷说完便笑起来,笑得十分爽朗,笑得嘎嘎的。笑得谷子立刻就红了脸。笑得豆花也红了脸,她听见了爷爷刚才的话。

谷子和豆花走出家时,太阳还没出来。但是,天地间已一片明亮。天空中显出一种蓝中带红的颜色。天上的云彩则是半红半白的,白的地方,白得耀眼。地面则光秃秃的,土地早已被翻弄一新,打好了垄,有的已种上种子。土地分明是黑色的,看去却不那么黑,有点儿淡黄,想必是受了露水的缘故,似乎亮闪闪的。路边已经长出了绿草,远远近近还有几棵树,树上刚生出小小的叶子,无论绿草还是树叶,也都挂着露珠儿,都亮闪闪的,看去无比鲜嫩。忽然间,不知从哪儿传来了布谷鸟的叫声,叫声也像露珠儿一样,一滴一滴地滴落下来,十分新鲜,十分清脆……

爷爷说得没错儿,这条路果真挺远。可是,空气是这样澄明,天地是这样开阔,走起来一点也不觉得累,恰恰相反,倒让人心里十分愉快!

走着走着,豆花说:"爷爷真有意思!"

谷子说:"爷爷呀!那当然……你知道他说的啥吗?"

豆花说:"还能说啥?我又不傻……"

谷子说:"哈!"

豆花心里又羞怯又甜蜜,抿着嘴角轻轻笑着。她笑的样子那么好看,跟她的长相一样好看。能娶到这么好的媳妇,真是谷子的福气,村里人都这么说。

谷子朝豆花看了一眼,立刻想起了什么,心里不由得有些冲动,觉得嗓子很干,便咽了一口唾沫。

豆花看见了,问他:"你咋的了?"

"没,没咋的……"谷子掩饰地说。

两人就不再说话了,这样一直到了地里。

这时候,太阳已经升起来了。阳光就像一场大雨,兜头倾倒下来,无边无际,光线却特别柔软,照在身上毛茸茸的。这里只有豆花和谷子两个人,四周十分寂静。谷子挥动着镢头,叭嚓叭嚓地在前边刨埯,豆花挎着篮子,不断地从篮子里拿出种子,点进谷子刨出的坑里,再踢上土埋住。

谷子不论干什么,都有一股专注的劲儿,没干一会儿,额头上就沁出一层细汗。谷子还干啥像啥,虽然才二十几岁年纪,却已经从爷爷那里学到了一手好活计,他姿态从容,看去似乎毫不费力。谷子很早就明白了一个道理,既然我命中要当个农民,那我就好好当吧……

跟在谷子身边的豆花,一边干活一边感受着谷子的气息,豆花是从外村嫁过来的,在别人给她提亲之前,她并不认识谷子,可是,两个人一见面,她就喜欢上他了,喜欢他的身材,喜欢他的脸,喜欢他的眼睛,连他的头发她也喜欢,连他的眉毛她也喜欢……总之,他的处处她都喜欢。

转眼到了晌午,该干的活儿差不多就要干完了。这时谷子说:"歇晌吧!先吃饭。就剩这一点儿了,用不了多大工夫就干完了,吃完饭再干……我饿了。"

吃完饭,两个人休息了一会儿。他们坐在地头儿,神情都有点慵懒,并不说话,只是偶尔互相看看。这时太阳已经升到头顶了,阳光便越来越温暖,越来越亮。田地被太阳晒得热烘烘的,似乎在冒着热气儿,热气儿颤悠悠的。很远的地方,又传来了布谷鸟的叫声,叫声很快就消失了。此时此刻,这里是多么宁静,气氛是多么安详……

忽然之间,谷子又有了冲动……

本来,在谷子和豆花之间,还隔着那只饭盆。豆花突然看见谷子一下子就越过饭盆朝自己扑来。豆花还看见谷子的神情发生了变化。豆花不知谷子要干什么,有些害怕,她还哎呀哎呀地叫了两声。可是,她马上就明白谷子要干什么了。这会儿,谷子已经把她压倒了。谷子喘着粗气。豆花的心狂跳着。谷子掀起豆花的衣服,把手伸进了豆花的怀里。那只手又硬又凉。豆花呻吟起来,她的声音又急又热。豆花觉得谷子无比强壮,她的脸越来越红。豆花觉得自己特别光滑。豆花听见肚子里面响了一下……

豆花最后说了声:"你看你……"

豆花坐起来,谷子帮她拍打着后背上的土,又帮她摘掉沾在头发上的草梗。

后来谷子说:"咱们干活呀……"

豆花懒得动。她说:"我不想动弹。真的,我懒得动弹。"

豆花又说:"你自个儿干吧。反正也剩下不多了……"

豆花又说:"这回挺不一样。这回比每回都不一样……"

豆花看见谷子一脸迷惑的样子,说:"你这个傻子……"

二

我的家乡三水头,想起来总是一幅静悄悄的景象,好像一天到晚都没什么声音。几十户人家,几十间房子。几十间房子挤挤插插地聚拢在一块平地上,就是一个村子了。早晨,中午,傍晚,每间房子的烟囱都冒着炊烟。平常的时候,可以看见一些猪狗和一些鸡鸭在当街上闲逛。只是很少见到人,他们都很忙碌,忙着种田、做家务,好像没有空闲的时间。

村子北边有一块坟地。

那儿原来是一片泽地,就是现在,远远近近也还有一些水泡子。尤其是在夏天,下过几场雨之后,水泡子很快就满满当当的了。杂草也趁势疯长起来,草势十分茂盛,绿油油的,遇到有风的天气,便草浪汹涌。草浪又黑又浓,阴沉沉的,让人看见心里直颤。一到夜里,就响着蛙声,似乎深不可测。那儿还经常出没着各种小动物,水獭、黄鼠狼,甚至还有狐狸,它们行踪诡秘,却又胆大妄为……总而言之,那是个恐怖的地方,又是个神秘的地方。

坟地就在泽地的边上。那儿埋着村里所有的死人。或者换一种说法,村里所有的死人都埋在那里,无一例外。每座坟都是一个土包儿。每座坟前还长着一棵树,有的已经苍老,又高又大,有的则新近才栽上去,看去细胳膊细腿儿(我的家乡有在坟前栽树的习惯,这种习惯已延续多年)。一座坟挨着另一座坟,一棵树挨着另一棵树,远远地看去,简直就是一片林地。因此,坟地就有了一个代名词,叫北林地。

"过了秋天过不了冬,我就要上北林地去了。"

"好啊,好啊!那你就享清福了。"

两个老人这样打趣地说。

此外,每座坟上都长满了杂草,长满了艾蒿、青蒿、苍耳和车前子。草中还夹杂着许多野花儿,有红花儿,有白花儿,有黄花儿,有紫花儿,摇摇曳曳的,只是叫不出名字。如果天气晴好,在阳光的照耀下,树也葱茏,草也葱茏,再有野花点缀其间,和泽地相比,倒有了一种祥和与宁静的气氛。但是,遇到阴雨天,感觉就不一样了,每到这时,树摇荡,草摇荡,一片嘈杂和惊慌。若在冬天,草都干枯了,树也落光了叶子,树枝干硬干硬的,被风一吹,呜呜直响,立刻平添了一种恐怖。

小时候,我对北林地总是充满了复杂的感觉,既害怕又好奇,最终总是害怕占了上风,那儿毕竟埋着死人呀!反过来,越害怕却又越好奇,让人产生探险的冲动。有时候,就会约上几个伙伴,到泽地和北林地去玩一次,冒一次险。大家都胆突突的,心狂跳着,牙齿发出嗒嗒的声响。这时我们就不单是害怕了,其中还有兴奋,兴奋得不得了。我们总是先要在泽地里闹一会儿,洗澡、抓鱼、采蒲棒,渐渐胆子就大了(其实是忘乎所以了),然后才会到坟地来。大家互相壮着胆儿,有时候还会在两座坟之间的空地上躺下来。有时候会一座坟一座坟地指点,说:这是老于头,这是老马头,这是老夏太太,这是吴老五……

说到吴老五,我不由得想起了一段有关他的歌谣,唱的是:

吴老五,大酒壶,
喝起烧酒咕嘟嘟,
一气喝了三大碗,
两眼放光不含糊,
唱个小曲王二姐,
八月十五来思夫,
又唱包公包文正,
三口铡刀把恶除……

在当年,这是每个三水头的孩子都会唱的。

一旦唱起歌谣,大家立刻就没有了恐惧,不仅如此,甚至还会变得轻狂起来,一个个嬉皮笑脸,失去了对死去的先人的敬畏,好像他们根本就不值得敬畏。活着的时候,他们是普普通通的人,他们没有值得称道的业绩,也没有让人切齿的恶行,他们只是种着庄稼,种了一辈子庄稼,似乎他们就是庄稼,像庄稼一样普通,一样随处可见,一样不声不响,一样常常被人忽视又被人重视,一样春天种上了秋天又割倒了,一样生生不息……

说起吴老五,首先想到的是他瘦长的身材。那时候,他已经有点驼背了。当年,他总穿一身黑裤蓝褂,蓝褂是便服式的,大襟上钉着蒜瓣似的扣子,扣子是用布条儿盘成的。再就是那张脸,脸很长,很窄,脸皮很松弛,似乎用手捏住就可以揭下来,而且毫不费力。不用说,他脸上堆满皱纹(我的家乡不把皱纹叫皱纹,而叫褶子,说谁脸上布满了皱纹,就说他一脸褶子),尤其当他一笑时,皱纹真的就像衣服的皱褶一样,又长又深,而且往一起聚拢,几乎把眼睛都封得看不见了。而他恰恰又是喜欢笑的,他总是笑眯眯的,笑得十分开心又十分狡黠,说不上心里藏了多少秘密,藏了多少打趣的话,藏了多少故事。

"这老没正形的……"

村里人有时这样评价吴老五。不过,这可绝不是一句贬义的话,说这话时,人们的脸上带着善意,甚至带着欣赏,欣赏什么呢?欣赏他的轻松?欣赏他总是那么开心那么欢乐?大概是这样吧。

他是一个老光棍儿,直到四十岁还没娶上女人,在街上一见到小孩子,不管有没有大人在身边,他都一律叫儿子,"儿子,叫声爸,爸给你抓雀雀去!"他这样对孩子们说。

这时候,孩子的妈妈若在眼前,他便会在对孩子说话的同

011

时,偷眼朝妈妈那边看,他的意图是明显不过的,可是总是遭到她们的叱骂:"吴老五,你这该死的!想占老娘的便宜是不是!孩子,你叫,这是你吴大哥……"

孩子若叫了,他便说:"大哥也行啊!那你得让我吃你一口奶……"

每逢这时,他的神态都极其动人,眼睛放出光儿来,一眨一眨的,充满了渴望,早把那些年轻的妈妈弄得红了脸。

虽然他被叫作大酒壶,实际上喝酒的机会并不多,每年除了过大年,过八月节(中秋节)和五月节(端午节),再就只有谁家办喜事和盖房子了。一赶上这种日子,他总是最忙的人,也最下力气,喝酒也便最多,三碗说不上,喝上一碗两碗却是很平常的事儿,喝了也并不醉,只是把脸蛋儿和两眼喝得红红的,然后便咧着厚厚的嘴嘻嘻地笑,笑得露出一口黑黑的像马牙那样宽的牙床,这时若有人说:"老五,给唱个小曲听吧。"

他就唱了。唱:

三水头有个吴老五,
喝起酒来不含糊,
本是一条铁打的汉,
思想劳动都突出,
光棍儿打了四十年,
没个老婆真叫苦……

到了四十五岁,吴老五才娶了一房媳妇。女的是个寡妇,年纪比吴老五还大一点儿。尽管这样,吴老五还是蛮高兴的,走在街上见人就笑,并且立刻从兜里掏出一角钱一盒的"经济"牌香烟,给人点上,对人说:"明年三月初八,喝喜酒去啊!"对方便吐着烟说:"老五,这下妥了,抗旱啦……"说着会意地一笑。

人们都说吴老五新婚之夜白过了,说他抱着媳妇哭了一夜,正事反倒没干。都说这话是他媳妇说出来的。村里的小孩子后来都管吴老五的媳妇叫老五婶,老五婶是个特别诚实的人,却极爱说话,她的话大家自然信了。老五婶说:"这老五,你说你倒是干点正事呀!他可好,就管抱着我哭,把他那大鼻涕,哎哟嗨,蹭得我满胸脯子都是。等他缓过劲儿来,想干正事了,天早就亮了!这老五哇……"

于是有人编了一条歇后语,叫作:吴老五入洞房——不干正事。这话至今还在三水头流传着。

当然,吴老五后来还有了个儿子,名叫吴德坤。

吴老五就是这么个人,一辈子开开心心的,拿别人逗乐,自己也被别人逗乐。他在六十岁那年死了。他死的时候吴德坤才十四岁。至死,他也没忘了让别人乐一回,他拉住儿子的手,拉得紧紧的,说:"儿子,记着弄一只酒壶……埋在坟里……都说我是大酒壶……别让他们白说……"

吴德坤满脸的泪,他真的弄了一只壶,埋在了吴老五的坟里,其实那并不是酒壶,就算有那么个意思吧。

后来,有个外村来的人,向人打听吴老五。有人告诉他:"他呀,上北林地去了……"

这人不明白,说:"上北林地干啥去了?啥时候能回来?"

告诉他的人又说:"他不回来了。他在那儿落户了。"

这人后来才明白,吴老五是死了。

三

一转眼,五月节已过了。

这段时间,人人都心急火燎的。

几个月来,连一滴雨星儿也未见着。早晨和傍晚,朝天上一看,天空一片红通通的,看起来很壮丽,却一丁点儿用处也没有。有时候,不知从哪儿慢悠悠地飘来几块云彩,而且又黑又厚,很有下雨的架势,可是飘着飘着,渐渐就变薄变白了。这样总也不下雨,庄稼可就受苦了,因为缺少雨水,无论苞米苗儿、高粱苗儿、谷子苗儿,还是那些蔬菜的苗儿,都可怜巴巴的,一点精神儿也没有,让人看了心痛。

这天早晨,谷子的爷爷一起来就来到了村外。他在田地的边上转来转去,看看地里的庄稼苗儿,又抬头看看天。苗儿的颜色越来越黄了,说不定再过几天就要干死了,可天上还是那么红通通的,连个云彩丝儿也没有。

爷爷看着看着,终于气得骂起人来:"……你这个丧良心的!我看你是个没心没肺的!你咋就不下点雨呢!啊?"

"骂谁呢?高粱大哥……"这时有人说道。

说话的也是村里的一个老人。这人一边搭话儿,一边朝这边走。

谷子的爷爷名叫高粱。高粱那年七十五岁,个儿挺高,真像一株高粱,虽然干瘦干瘦的,腰背却总是挺得笔直,从身后看,竟还像个小伙子一般。高粱手上捏着一根旱烟袋,烟杆儿上拴着一只盛烟的狗皮口袋,狗皮口袋油腻腻的,被磨得光溜溜的,烟袋锅里虽然装着烟,却并没点上火。

高粱听着那个人一点点走近,并没有回头。高粱说:"你看这旱的……这天儿……它咋就不下点儿雨呢!"

那人走到了高粱的身边,接过高粱的话说:"说的是呀,真要把人急死了。"

这人也捏着一根旱烟袋,说完这句话,从口袋里掏出一盒火柴,先给自个儿点上火,又给高粱点上。

两个人面对面地蹲在地上,吸了几口烟。高粱心事重重地说:"要是这么旱下去,再过几天,就是下雨,庄稼也长不成实了。"

那个人说:"那你看,高粱大哥,这几天能不拉拉点儿呢?我是说雨……"

高粱怒冲冲地说:"妈的,这熊天儿!我看够呛……"

那个人说:"要是这样,可咋办呢?"

高粱随口说:"我看只有浇了。浇一遍,虽说顶不了大事儿,也能顶顶小事吧。"

高粱又把这话说了一遍:"……我看没别的法子,只有浇了……"

就像突然下定了决心,说完这句话,高粱马上站起来,撇下了那个人,急匆匆地朝家里走去,连招呼都没跟人家打。

高粱到家时,家里人正在等他吃早饭。走进院子的时候,恰巧看见豆花一手扶着秫秸障子,在那儿干呕,不过什么也没呕出来,只吐了一口口水。高粱知道这是怎么回事儿,他对自己说:

"这是揣上崽儿啦!"可是,他却假装什么也没看见。

豆花也看见了高粱。她竟然红了脸。她叫了高粱一声:"爷爷!……"算是打了招呼。

高粱在饭桌上他常坐的位置坐下来,一坐下就说:"地太旱了!得浇一遍!我看一半天下不来雨。要是不浇,苗儿就得旱死!"

高粱刚开始说的时候,别人好像还没明白他的意思,不过很快就明白了。

谷子的父亲问:"您是说,浇地?"

高粱瞥了儿子一眼,好像很不满似的,哼了一声说:"对,浇地。"

谷子也问:"都浇?"

谷子一问完,马上就有点后悔,他知道在家里还没他说话的权力,便朝豆花吐了下舌头,算给自己解嘲。

高粱果然瞅了谷子一眼,说:"废话!不都浇还能挑着浇?"

这才开始吃饭。

吃饭的时候,高粱又说:"今天先浇苞米。谷子,你和你爸挑水。"

然后,瞅了瞅豆花和麦穗,又说:"我和豆花浇水。麦穗,你跟你妈抬水……"

麦穗一听还有她,马上就说:"还有我呀?我不干,我还得上学呢!"

高粱不管那套,说:"上什么学?耽误一天两天的不要紧!"

麦穗都快急出眼泪来了,她连声说:"我不干!我不干!我就是不干!"

高粱瞅了麦穗一眼,不理会她。麦穗知道爷爷的脾气,也不敢再说什么,只是可怜巴巴地朝爸瞅,又朝妈瞅,又朝谷子瞅,希望他们替她说句话,可是谁都装作没看见的样子,麦穗知道,他们是不敢替她说话的。倒是豆花,实在看不下去,对高粱说了一句:"爷爷,麦穗都上高中了,课程紧,天天起早贪黑的……"

高粱毫不客气,对豆花说:"没你的事,不用你多嘴!"

此时此刻,麦穗恨死爷爷了。

吃完早饭,高粱就领着一家人,挑桶的挑桶,抬桶的抬桶,弄得叮叮当当地响着,出动去给庄稼浇水了。尽管麦穗心里恨恨的,一百个不愿意,也只好跟在大家身后,朝地里走去。

庄稼确实太旱了,一瓢水浇下去,转眼就吸得干干净净的,只剩了一个黑泥碗儿。小苗儿却得着甘露似的,很快就看出了效果,茎叶渐渐地舒展开来,看去就像动物的小耳朵,突然听到了什么可疑的响动,支支棱棱地挺立起来。

高粱见了,流露出抑制不住的喜兴,对豆花说:"你看,豆花,这下它们算有救了!"

一边浇水,高粱还一边对那些庄稼苗儿说:"喝吧,喝吧,你们这些小东西,渴坏了你们了……"

豆花在一旁见了,忍不住直想笑,她觉得高粱简直就像个小孩子。

高粱又对豆花说:"豆花你别往腰上用劲儿,悠着点儿,咱们不急……"

豆花知道高粱这话是什么意思,因为早晨她呕吐时,教高粱看见了,豆花又一次羞红了脸。不过,豆花心里倒是越来越喜欢爷爷了。

一天的地浇下来,浇得不少,高粱挺满意,晚上吃饭的时候,高粱说:"今天浇得不少。照这样干,有三天,顶多四天,就浇完了。明天就不用麦穗了,该上学上学去吧,别把课程耽误了……"

说着还朝麦穗看了一眼。不料麦穗却不领他的情,麦穗朝他翻了翻眼睛,连话也没说。

地虽然浇了不少,人也累得够呛,连谷子和他爸都直说腰疼背疼,说肩上都磨出血泡来了。谷子还脱下衣服让豆花看,果真是有血泡的。高粱更不用说了,那天晚上,他几乎哼了一夜,吵得大家连觉都没睡好。吵得麦穗又心疼起他来。在家里,麦穗本来就跟爷爷感情最好,比跟妈妈还好呢!后来麦穗给高粱拿了两片索米痛片,又给他倒水让他喝下去,高粱的哼哼声才轻了一些。

可是第二天,高粱照样领着全家人出来了。其中也包括麦穗,因为这天是星期六,学校不上课。麦穗心想,爷爷可真是的,都那么大岁数了……

第二天,村里其他的人家也都出来浇地了。

一清早,满村都响着水桶的声音。

谷子对高粱说:"爷爷你看,别人家也都出来浇地了。"

高粱说:"不浇行吗?不浇,就会把庄稼干死。你那么狠心?"

第三天再出来时,高粱觉得不太对劲儿,他看看天,天竟然阴了,举手试试风,风向也变了,变成了东南风,东南风正推着几朵浮云,缓慢地朝西北方向移动。

高粱有点拿不准了,对谷子的父亲说:"难道老天爷发善心,要下儿滴雨了?"

接着又坚决地摇摇头,说:"这是蒙人呢!可不能信它。走。"

不料这次倒没有蒙人,大家刚来到地里没多久,就下起雨来了,起初很小,就像小孩子撒尿,接着就大起来,密密匝匝的雨点,一会儿就把地面下湿了,下得地面一片黑。

大家赶紧都往家里跑。尽管这样,衣裳还是被雨浇湿了,浇得浑身冰凉。

高粱气得急了眼,直骂:"我×你八辈祖奶奶,这不是糟践人嘛!"

谷子肩头上的血泡已经磨破了,遭雨水一浸,火辣辣地痛,他一边咝哈咝哈地倒吸着凉气儿,一边往下脱衣裳,一边埋怨爷爷:"还说糟践人呢!自个儿糟践自个儿呢!"

豆花急忙说:"嗨,你轻点声,当心爷爷听见骂你!再说他不也是……"

谷子还逞能呢,说:"听见就听见,就怪他……"

谷子话没说完,那边高粱突然叫起来:"说啥呢!你这小兔崽子!再说我打断你的腿!"

谷子立刻就不吱声了。

豆花朝谷子一笑。

四

我的家乡三水头,有一个姓田的老太太,她已经死去多年了。她死的时候我才十几岁。在我的印象里,她的葬礼算是最特别的,因为有人送了花圈,这是从未有过的(以后也没有过)。之所以如此,全是因为她有一个有出息的儿子。这个儿子是个县长。

田老太太有三个儿子,还有两个女儿。而这三儿两女,全是她一手拉扯大的。那时她丈夫死了,她才三十多岁。她没有再嫁。丈夫死的时候,她的最大的孩子十四岁,最小的才三岁。

这是八十年前的事。而现在是1997年。八十年前正是20世纪初(1917年)。为写这篇东西,我查阅了县志,得知当时正在民国初期。在我们东北,民国之后还有"大同"和"康德"(均为伪满洲国政府),然后才是中华人民共和国。我同时得知,在民国初期那会儿,东北的大部分地区还属于蛮荒地带,气候寒冷,冰天雪地,人烟稀少。

据说田老太太的丈夫是得伤寒死的,死时身上处处流着黄水儿——因不知伤寒病是否有此症相,所以只做"据说"。丈夫死前在一个"大粮户"家里当长工,是个赶马车的车把式。丈夫死时她特别悲伤,这是不待言说的。不过悲伤很快就被别的东西取代了。她不得不考虑:这一家六口人要如何活下去(与悲伤相比,这显然是一个更重要的事儿)。那一天,几个孩子都簇拥在她的身边,大的默默无语,小的又哭又闹。一时间,她真是一筹莫展。她两眼含泪,咬着嘴唇,静静地似乎进入了无人之境,她不吃不喝,从日出坐到了日落,最终却使两眼放出光来。一时间,她双目莹莹闪亮,有如鹰隼般坚强。正是这一丝光亮,照亮了她和孩子们的日后的生活。

丈夫死后他们的日子过得特别苦。丈夫作为"粮户"家的长工,他们曾经租住了粮户家的一间厢房,现在丈夫死了,他们已经没有理由再住下去,因此只好搬出来,自己搭了一间马架子。他们甚至连一床棉被都没有,在东北的寒冬腊月天里,全家就盖着一块草帘子。就这样,他们也活下来了……

转过年儿,她就向"粮户"家租了地,又向"粮户"买了籽种,一开春儿,就带着能干活的孩子,在租种的土地上翻、耕、平、耙,然后播下了种子。从那时起,她就像别人家的男人一样,一年中的大半时间,都泡在田里,到了间苗的季节间苗,到了拔草的时候拔草,到了培土的时候培土,到了追肥的时候追肥,到了铲地的时候铲地(铲地包括铲一遍地,铲二遍地,铲三遍地),到了收割的时候收割。

打下的粮食一多半要交地租,一少半留下自家吃用。

年年如是。

其间,孩子们渐渐长大了。可是许多事情仍然要她操劳。每年,她都和孩子们一道种地、铲地、犁地、割地、打场。她不仅种了大粮,也种了茄子、豆角、黄瓜等各种蔬菜。渐渐地,她的种田的经验:察看墒情、检验成色、把握农时等等,都已经跟男人一样好,甚至比男人更好。她风尘仆仆,脸色黧黑,皮肤粗糙,神情凝重。

她那个当了县长的儿子是她最小的孩子,这孩子后来入了"抗联"。他是偷着离开家的,离开后再没有音讯,活不见人死不见尸,直到他当了本县的县长,并且娶了媳妇,才突然回到了家里。这时候,她另外两个儿子也早已成了家,两个小女儿也都出嫁了。当了县长的儿子一回来就要把她接到县里去住,她竟然一口回绝了。当时她和大儿子住在一处,而且到死她都一直住在这里。她甚至不曾出去串门,无论二儿子、大女儿还是小女儿的家,她都没有去过,一次都没有去过。因此,所有的儿女都认为她脾气古怪。

在这期间,村里先后成立了"互助组"、合作社和生产队。无论互助组、合作社还是生产队,她始终都是农民,始终都在田里。她和那些男人一样,天天出工,天天跟着他们种地、铲地、犁地、割地,就好像她干农活干出了瘾。实际上她也真的干出了瘾,一天不干活就浑身不自在,就像身上长了疥疮,就腰酸背痛。生产队的时候实行工分制,每出一天工能挣十个工分,她每年都可以挣到三千多个工分。如果除去下雨下雪天以及农闲休工,等于她从未误过工。比较特别的是,她从来都没有自己的名字,她的记工分手账上,以及后来每月一张的工分表上,她的名字始终是用"田母"代替的。后来,"田母"又变成了田老太太。"田母"是她,田老太太也是她。

后来她有了孙子,也有了孙女,我曾经和他们中的一个一同上学,而且是较好的玩伴,所以常到她家去玩儿,有很多次碰上了她下工回家。她一身粗布衣裤,衣裤上打着补丁,进屋后首先打水洗脸,然后坐下吃饭。吃的都是儿媳妇做好的饭。她虽然脸色黧黑、皮肤粗糙,神态却特别安详特别沉静。

她的神态,我至今仍然历历在目。

时间过得飞快,一晃已经二十多年。

她死于二十年前的初夏。

记得那是一天傍晚,我放学回到村子时,见村里的许多人正往刀把子地(一块地的名称)那儿赶,其中包括田老太太的儿媳和孙子孙女。一打听,有人说:"田老太太死了——正在地里干活呢!干着干着倒下就死了!"我当时不信,跟着人们跑到了地里一看,才知道她果然死了。她躺在一条垄沟里,锄头撇在一边,她躺倒时必定十分小心,连一棵庄稼苗儿也没压坏。她脑袋歪在一边,嘴角挂着一缕口水,样子就像睡熟了一般。只是她把裤子尿了,所以那儿湿漉漉的一片。

她的当县长的儿子接到通知,第二天就赶回来了。他坐着吉普车走在前边,后边跟着一辆大卡车,大卡车上没拉别的,拉了半车的花圈。那是我第一次见到这种东西,我只觉得它们美极了,好看极了,漂亮极了。我真是这感觉的。它的花是那么素白,还有叶儿,它的叶儿又那么翠绿,简直比真的花还白,比真的叶还绿。

那天,那些花圈就摆在田老大(田老太太的大儿子)家的院子里,花圈上垂着挽联。我读了那些挽联。

有的是这样写的:

田老太太千古
　　——县政府敬挽

有的是这样写的:

田老太太安息
——县农业局敬挽

有的是这样写的：

沉痛悼念田老太太
——县水利局敬挽

无论怎样写的，都没提田老太太的名字。因为她没有名字。
那么她到底有没有名字呢？不知道。
只知道她叫田老太太或者"田母"。
第三天，人们把她送到了北林地。

五

晚上，豆花躺在炕上。她嫌热，把薄棉被推到一边去了。她轻轻地抚弄着自己的肚子，一面眯着眼望着房顶，一面仔细地品味着什么，接着就情不自禁地咯咯笑起来，就像一只小母鸡。

谷子四仰八叉地躺在豆花身边，刚要入睡，却被豆花的笑声给吵醒了，不高兴地说："半夜三更的不睡觉，你傻笑个啥？"

豆花说："才黑天就半夜了？你是睡昏了头吧！……都能摸着他了！就在这儿！不信你摸摸看……"

谷子迷迷糊糊,说:"摸啥呀?"

豆花说:"还能是啥!"

谷子把粗糙的手掌放在豆花光滑的肚子上,摸索了半天,却啥也没摸着,他说:"我啥也没摸着。"

豆花说:"看你这笨手吧!你慢慢地,细细地……"

谷子仍然什么也没摸到,不过,这样一来,他的睡意倒消了,他说:"来呀!"

豆花立刻生气了,她说:"你就知道来!你碰着我儿子咋办?你给我滚一边去!……"

豆花说着,一下子就把谷子的那只手从身上推下去了。

谷子也生气了,说:"都多长时间啦?你老跟我别扭,你是短扇了吧?"

豆花并不示弱,她说:"你扇,你扇!"

第二天,豆花就回娘家去了。豆花连早饭也没做,一起来就走了。

麦穗问她妈:"妈,我嫂咋这么早就走了?跟我哥拌嘴了吧?"

妈一听就急了,到谷子屋来,见谷子刚刚睡醒,还犯懒呢,就把麦穗问她的话来问谷子。

谷子不明不白的,说:"没有哇!没拌嘴呀!"

这样一说,谷子才想起夜里的事,又觉得不好对妈说,便拍了一下大腿,说:"不用理她!"

妈说:"你把媳妇气跑了,还说不用理她!"

谷子一看事情要闹大,赶紧打圆场说:"没事,她回去待几天就回来了,她不是挺长时间没看她妈了吗?"

一听这话,妈才放了心。

这时候,只听高粱在房里叫起来:"谷子他妈,苞米呢?"

高粱叫的是谷子的父亲。谷子的父亲名叫苞米。苞米是高粱的儿子。

谷子他妈说:"他一清早就出去了,说是看看地去……就快回来了吧!"

其实,谷子他妈也是有名字的,她叫地瓜,不过,大家都嫌她这名字不好听,连她自己也嫌,所以轻易没人叫。

地瓜刚说完话,苞米就进了家门。这时高粱也从屋里出来了。高粱的脸色不怎么好,自从上次浇地以来,一直就是这样,想是累着了,还没缓过来,用他自己的话说:"人一上了岁数,就不中用啦!"

高粱没看见豆花,又问:"咋不见豆花呢?"

谷子赶紧说:"她……她回娘家了。"

高粱说:"没吃早饭就走了?"

谷子又说:"她着急。"

高粱就不再问了。这时地瓜已经做好了饭。吃饭的时候,苞米说:"我刚才上地去了一趟……"

高粱打断他说:"知道你上地去了,有啥话就直说,就是改不了你那慢性子!"

苞米不再绕圈子,说:"地里积了半垄沟雨水……"

高粱说:"积了半垄沟雨水,这不是涝了嘛!"

苞米说:"我想也是呀!"

谷子想起上次浇地的事,说:"别再大惊小怪的了……"

高粱说:"你给我闭嘴!……积了半垄沟水,这还了得!正是庄稼上成色的时候,这要是把根子泡烂了……"

高粱倒吸了一口凉气,似乎都不敢说下去了。停了一会儿,高粱埋怨起苞米来。

高粱说:"你看看你,就这么几天,我没上地里去,就捅了这么个大娄子!放!往外放!"

苞米说:"我也这么想的。"

高粱说:"你这么想就算对了!"

受到高粱的夸奖,苞米很得意,也来了利落劲儿,吃完饭烟也不抽了,马上叫起谷子就去了田里。

"这庄稼呀!……"高粱感叹了一句,又意味深长地摇了摇头。

"爷爷,这庄稼咋的啦?"麦穗问他。

"这庄稼你看着它皮实,可你要是对它不好,它照样糟践你。你糊弄它一天,它糊弄你一年哪!就像你念书,你一天不用心,一本书就学不好……哎,对了,你咋还不上学去呢?日头都老高了……"

"我放暑假了,都放了好几天了。"

"噢,你放伏假了?"

"不是伏假,是暑假。"

"都一样……把烟口袋给爷爷拿来。"

麦穗拿过高粱的烟口袋,又替他装上烟,又给他点上火儿。高粱说:"还是我大孙女好。哪像谷子那个捣蛋鬼!你今年多大了?"

"虚岁十六了。"

"十六了,也快找婆家啦!"

"爷爷,看你……"麦穗羞得红了脸。

"可不嘛,你奶奶十六那年,都养了你爸。今年你爸五十五,我七十五。人生七十古来稀。我也没几年活头了。"

"爷爷,别说这话。"

这时高粱抽完了烟,站起来。地瓜看见了,说:"爹,你要上哪儿去?"

高粱说:"我上院子,晒晒太阳儿。我这败家的腿,也说不上啥时候能好!"

高粱刚来到院子里,立刻喊起来:"谷子他妈,你给我出来!"

地瓜慌慌张张跑出来,说:"爹,啥事儿?"

高粱怒冲冲地说:"菜园子门让猪拱开了!也不知关严实喽!"

然后,高粱又小声嘟哝:"其实我也能关,可就得教训教训他们。真是屁眼子太大,把心都丢了。"

眼下已是七月。

七月,天气热得越来越邪乎了。太阳明晃晃的,就像一个火盆儿,炙烤着天空,也炙烤着大地。天上有几块白云朵,一副懒洋洋的样子,既不变化,也不移动,就像上面抹了糨子,粘在那儿。前几天又下了几场雨,现在地面上却干了,可是潮气很大,被太阳一烤,处处都湿乎乎的,带着一种霉味儿,这种味儿再跟青草和庄稼的清香混合起来,闻着倒也不赖。

似乎才几天的工夫,庄稼就蹿起来,就像变戏法儿似的,因为雨水充足(太足啦),无论高粱、苞米还是谷子,所有的庄稼,秆秆都直挺挺的,叶子都扎扎煞煞的,就像个正当年的浑身都是汗酸味儿的毛头小伙子,一副大大咧咧的神气样子,还长了满脸的青春疙瘩。放眼一看,全是绿色,天地间异常丰满。细看过去,绿色也有些不同,有的深点儿,有的浅点儿。因为雨水足,地边沟畔上的杂草也长得分外茂盛,尤其是水稗草,水灵灵的,已经长出了草籽。路边有几只鹅,还有几头猪,正在那儿觅食,神情都很散淡,那鹅的白毛红顶,被绿草一衬,非常醒目。

按说正是农闲时节,如果不是有特殊的情况,只让庄稼自己在那儿长着就行了,庄稼绝不会辜负你,不会偷懒儿,也不会耍奸卖滑,它们是最可信赖的。

苞米和谷子父子俩,每人扛着一把铁锹,走在路上。

谷子还是一副不情愿的样子,对苞米说:"爸,不就半垄沟水嘛!不放也没事的。"

苞米说:"混话。像你爷爷说的,不放不把根子泡烂了?"

谷子说:"反正你啥事都由着爷爷。"

苞米说:"他对我才由着他呢!"

苞米这样说,就像他是个多么有主见又多么有权威似的,谷子听出了这个意思,不由得笑了。

苞米说:"谷子你笑啥?你这浑小子!"

谷子这么笑,是因为想起了一件往事。谷子听说,当初爸和妈成亲时,爸不乐意,嫌妈的脸色黑,爷爷急了眼,挥舞着一根扁担,把爸撵得满院子转圈儿,就这样,还是有几下子抽到他后背了,爸最后哭唧唧地说:"爹,你别打了!我同意还不行吗?"

想到这件事,谷子又笑了一气,把苞米笑得心里直发毛,再次问他:"谷子你咋的了?你笑啥呢?"

谷子憋住笑说:"没笑啥,爸,我没笑啥。"

苞米一副将信将疑的样子。

谷子知道苞米畏惧爷爷,在这一点上,他自己也一样。他想起小时候,爷爷揍他比爸揍得还狠。不过爷爷也有挺多让人服气的地方。

他又想起另外一件事来,便问苞米:"爸,你的名字谁给起的?"

苞米说:"你爷爷呀,还能是谁!"

谷子说:"那我的呢?"

苞米说:"也是你爷爷。"

谷子又说:"那我爷爷的呢?"

苞米说:"你太爷爷呗。"

父子俩来到自家的地,泡水的地方在地当腰。这是一块高粱地。苞米脱下鞋,放在地边,卷起裤脚,用手推着密匝匝地搭在眼前的高粱叶子,往地里走去。谷子学着他爸的样子,也把鞋脱下来,可是,他突然有点担心,朝着苞米的背影喊:"爸,把鞋撂在这儿,不会丢了吗?"

苞米回了一下头,也喊:"没事!一双破鞋,谁会偷?再说,这儿也没别人!"

这一回头不要紧,一片高粱叶子立刻抽到了他的脸上。粗硬的高粱叶子,简直像刀一样锋利,马上在苞米的脸上划了一条小口子,划得他一阵生疼。苞米于是骂了一句。

谷子问:"爸你骂谁呢?"

苞米说:"没骂谁。当心高粱叶子,扎脸!"

谷子走到泡水的地方时,苞米正望着那片白晃晃的在庄稼的阴影里显得特别幽深的水出神,大概是在思谋该怎样把水放掉吧？

谷子惊叹了一声:"这么多水呀！真该放放！……"

苞米总算拿定了主意。他吩咐谷子:"挖垅台儿,把垅台儿都挖断了,往西挖,西边低,又是草甸子……"

说起来,苞米的性子虽慢一点儿,做什么事却蛮有头脑的,有心计,总能想出一些好主意来。

谷子赤着脚,扑哧扑哧地蹚进水里。本来很清的水,立刻就浑了。谷子甩起锹,挖起来。

苞米提醒谷子:"不用对那么齐,错开庄稼!"

苞米也挖起来。每挖断一个垅台,水就跟着流过来。父子俩挖得很卖力,加上高粱地里密不透风,两个人很快就出了满身的汗。挖了一会儿,看看差不多挖完了,苞米停下来,手拄着铁柄说:"歇歇吧,啊？歇歇抽袋烟……"

谷子不像他爸,谷子性子急,有点像爷爷。谷子还恨活儿,干什么都想一口气干完。

谷子说苞米:"爷爷说得没错儿,你可真是个慢性子！你歇吧,我不歇了。"

苞米受到谷子的抢白,并不在意,只是笑了笑,把铁锹倚在高粱秆上,掏出了那根半截子烟袋,点上火,往泥水里一蹲,吸起烟来。

等他吸完一袋烟,谷子已经挖完了。浑浑的水立刻顺着挖开的缺口,哗哗地流动起来。

苞米大概不好意思再支使谷子,便自己动手,把一些地方修整了一番。水果然流得快了些,眼见着地里的积水一点点见少,就像用吸管吸玻璃瓶里的饮料似的。

谷子说:"爸,咱们回去呀?都晌午了,我都饿了。"

苞米说:"你饿你回吧。我在这瞅着点儿,看还用不用再挖挖啥的。"

谷子说:"那就算啦,我也在这儿吧!"

直到下午两三点钟光景,地里的水才算流完了。两个人打点回家。穿鞋的时候,谷子说:"你说这庄稼,旱也不行,涝也不行。"

苞米说:"当然,不旱不涝正好才行。"

回到家里才发现,别人也没吃午饭,等着他们呢。

吃饭的时候,高粱问苞米:"放完水了?"

苞米赶紧说:"放完了,放完了。"

谷子虽然饿了,却只狼吞虎咽吃了几口,就吃不下去了。见他愁眉苦脸地放下碗筷,地瓜关切地说:"吃完了?就吃这么点儿……"

麦穗接住妈的话说:"哥是想嫂子了吧?"

谷子瞪了麦穗一眼说:"别胡说!"

不过,麦穗的话倒真的说出了他的心思:豆花不在身边,太没意思啦!

高粱说:"真没出息!才离开媳妇一天,就这副熊样子了?咋说你也得让人家看看亲妈呀!"

没滋没味地过了几天,地瓜对谷子说:"傻小子,你去把她接回来不就得啦!"

这话正对谷子心思,这天一清早,他就跑到老丈人的村子去了,到了傍晚,就和豆花一块儿进了家门,有说有笑的。

六

在我的家乡三水头,当我想起我的乡亲时,我突然发现,我并不特别了解他们,我指的是他们的内心世界:他们每天想些什么?除了吃喝拉撒之外,他们对生活还有些什么要求?以及他们是否关心国家大事?对村子以外的世界了解多少?……这些我都无法做出让自己满意的描述。当然,我知道他们大概的秉性,也知道他们大概的事迹,遗憾的是,他们又很少有人做过什么大事,有过什么伟业,他们的事迹,都是普通的事迹,普通到无法再普通了。我便只好满足于描述他们的秉性和普通的事迹。不能不说,这是令我非常遗憾的。另外,我也觉得惶恐。

村里有个徐老疙瘩,他死的时候,我已离开三水头来到城里上大学了。

在村里,徐家一共有兄弟四个,他是最小的,因此叫老疙瘩。多年前,父母给他们分别找了媳妇,成了亲。父母死后,他们就把家分了,这样,村里就由一个徐家变成了四个徐家。到我记事,徐老疙瘩已经是一个老头儿。其实年龄并不算老,也就四十多岁,但农村人都显得老相,不像城里人,都五十岁了,还像三十岁的样子,还要和老婆离婚,想再找一个年轻的大姑娘,越年轻越好。

徐老疙瘩是村里公认的最能干的人,最能吃苦,最能持家,农活儿也干得最好,种田的经验也最丰富。这样的人,在村里是很受尊重的。

只有一件事让他恼火。那时候不讲计划生育,他老婆一连气生了五个女孩儿,眼瞅着奔五十了,却没有一个儿子。

记得就在那一年,他老婆又怀了身孕。十月怀胎,一朝分娩。老婆生孩子那天,他是最着急的一个,大概也最痛苦,内心的折磨也最大。老婆临盆,请来了接生婆。老婆已生过五个孩子,生个孩子根本不算回事,不哭不叫也不喊疼,一下就生出来了。

接生婆一看是个男孩儿,剪断脐带后马上跑出来向徐老疙瘩报喜,转了一圈儿却没找到他的影儿。接生婆心里纳闷儿:他这是跑到哪儿去了呢?真是个没心没肺的人啊。便让五个女儿中的四个出去寻找,找遍了全村也没找到。四个女儿心里着急,不由得连哭带叫起来:"爸呀,我妈生啦!这次是个小弟弟!爸呀!你跑哪儿去啦?"

四个女儿一路哭喊着进了院子,突然发现柴草垛一阵颤动,四个女儿十分害怕,以为遇着鬼了。这时却见徐老疙瘩从里面钻了出来。徐老疙瘩沾了一身的杂草,出来喝道:"喊啥喊啥?我不是在这儿吗?"

徐老疙瘩顾不得浑身是草,撒腿就往房里跑去,边跑边喊:"小子呀!我那小子呀!"

后来这件事被村里人知道了,有人又编了另外一条歇后语:徐老疙瘩钻草垛——不知是男是女。(在写这篇小说时,我正是循着这条歇后语才想到他的。)

得了儿子以后,徐老疙瘩干什么就更有劲儿了,而且总是高高兴兴的。不过,一个痛苦也在折磨着他:胃病。

在我的家乡三水头，人们不把胃痛叫胃痛，而叫心口痛。一旦痛起来，他顿时便满脸的虚汗，还要用双手抱着肚子。

开始的时候，他吃索米痛片，可索米痛片反而刺激胃。这时有人告诉他，喝面起子（即苏打粉）最顶事了，他就开始喝苏打粉，只要胃一有痛的征兆，马上就把苏打粉倒在手心里，然后一下子扣进嘴里，再喝一大口水冲下，果然很见效果。

那时候，苏打粉是凭票供应的，每家每年多少多少，当然是很少的。那阵子，便总能听见他对村里人说："你家的面起子买没买？把票儿借给我吧？"

当时曾有人劝他："我说老疙瘩，你到城里的医院瞧瞧去吧！老是这么疼，也不是个事呀。"

他说："让我去花那份儿闲钱？我才没那么娇贵，不就是个心口疼嘛！"

还是那么痛，还是喝面起子。

时间像风一样，呼呼地刮过去。这期间，儿子慢慢长大了，念了几年小学，没有兴趣，学习不好，不念了，下到生产队当社员，先当半拉子，又当整劳力。儿子到了十八岁，徐老疙瘩病得重了：心口整天整夜地痛，痛起来要死要活的。

别人又劝他，这次他没反驳，去了省城的医院，先到了一个普通医院，大夫给他做了检查，还喝了一种没味道的粥，照了相，最后，大夫说："你这个病不好确诊，到肿瘤医院去看看吧。"

看病是儿子陪他去的。父子俩又来到肿瘤医院。这次给他检查的是个老大夫，一头白头发，还戴个白帽子。检查完了，老大夫问他："你今年多大岁数？"

徐老疙瘩伸出手指比画了一下，说："六十五了。"

老大夫说："哦,六十五了?"

老大夫就不再说啥了。

不是从老大夫的话里,而是从他细微的神情里,徐老疙瘩感觉到了什么,他当时是那么敏感,这一生从未如此敏感过。

他马上涕泪齐流,说:"大夫,大夫!救救我!求求你救救我!我不想死!我儿子还没娶媳妇呢……"

结果,大夫给他开了些药,其实都是止痛药和镇静药。他就回来了。

这些,都是他儿子后来讲的。

回来以后,他马上就张罗给儿子说媳妇,求人做媒,过彩礼。

有人说:"老疙瘩,你儿子才十八岁,不够结婚岁数,这可是要罚款的。"

他问:"罚多少?"

那人竖起了一根手指头,说:"起码得这个数!"

他问:"一千?"

那人点点头。

不料他说:"嗨,不就一千块钱嘛,我认了!"

真是无比慷慨,无比悲壮。

结婚的日子定在第二年正月。

这时候,他已经瘦得只剩一副骨头架子了。可是那天他分外高兴,招呼每个乡里乡亲,和每个人唠嗑。

有人又提起了他的病,对他说:"我说老疙瘩,你还得上城里去看看,没准儿这回就治好了。如今有了儿媳妇,治好了,享几年福。"

他朝人家笑了笑,说道:"算了,老哥儿,咱这命贱。这回儿子办事,把钱花得差不多了,剩下点儿,还得留着让他们过日子呢……"

末了他又补充了一句:"人活一世,草木一秋。这病我不治啦!"

儿子结婚一个月后,徐老疙瘩就死了。

临死的时候,他对儿子说:"来旺啊!人活一世,草木一秋。好好过日子!到年底,你媳妇就该生小孩儿了,不知道能不能生个小子……"

当时,他老婆,他的五个女儿(其中有三个已经出嫁),都在他的身边,听见徐老疙瘩的话,由老婆起头,五个女儿跟着,大家一起哭了起来。一时间呜呜咽咽,终于把他哭烦了,拼尽力气喊了一声:"都给我闭嘴!你们烦死我啦……"

如今,徐老疙瘩也睡在北林地里。

七

十月里,天空格外地明净起来,阳光却显得越来越遥远,也没了夏天那般火爆劲儿,像一个未见过世面的年轻姑娘那样,腼腼腆腆,忸忸怩怩,只有在正午时刻,才会热烈一阵子,这个姑娘似乎想起了什么令她神往的事,激动起来。不过,这事并没有什么结果,有许多难处,激动过后,便有点灰心丧气,热烈劲儿便过去了,最后只剩了一丝忧郁,在心头,抹不去,还有一种凉丝丝的感觉。

村子周围的田地里，庄稼已经成熟。高粱一片老红色，苞米整个儿苍黄起来，谷子穗儿沉甸甸地低垂下去……它们的茎秆虽然还挺立着，叶子却几乎完全干枯了，垂落着，就像鸟儿折断的翅膀，没有了丁点儿的精神。到了夜里，村子里静悄悄的，秋风吹动庄稼的声音就从四面八方传过来，这声音有点干燥，有点沙哑，却非常清晰。

村子里，家家户户都做好了准备，要收割庄稼了，也把院子扫得干干净净，把菜园子里的黄瓜秧、茄子秧等都连根拔掉，并平整了垄台垄沟，又用石磙子碾轧得平平整整，再找出放在一边的镰刀，该修理的修理。这样一来，每个人都感到了一种隐隐的紧张，都忙忙叨叨的，都挺兴奋。

有一天，高粱说："今年的庄稼，真不赖！上得这个实。那苞米粒子，一咬咯嘣咯嘣直响！"

这一夏半秋，高粱一直病病快快的，不是这儿难受就是那儿难受，尤其是腿，总是酸拉吧唧的。不过，这几天倒像好了似的，感觉浑身舒服多了，下午又到地里去了一趟，看见庄稼这么好，简直高兴得不得了。

隔一会儿，高粱又对儿子说："喂，苞米，你把家什都收拾出来了吗？好好收拾收拾，省得到时候耽误工夫！"

苞米说："不用你操心，我早收拾好了。"

高粱说："好小子！"

这话立刻把苞米说了个大红脸。苞米心想，这老头儿，咋这么说话呢？还当我是个小孩子呢？我也是个有儿媳妇的人啦！这是眼看庄稼丰收了，不知咋的好啦！

苞米一边想着，一边朝豆花看了一眼，见豆花正和地瓜忙着晚饭,不一定能听得清楚,这才放了心。

其实豆花早听见了,当时就差点儿笑出来了,使劲儿憋了半天,好不容易才憋住了。豆花觉得爷爷真是太逗了,太有趣了。

如今豆花干活已经很不灵便,主要是她的肚子越来越大了,看上去,就像那儿扣了一只饭盆儿,把衣服顶得连扣扣子都费劲儿了,还有裤子,总好像提不起来似的。倒是谷子给她出了个主意,在裤腰两侧各剪了一道口子,这才勉强提上来了。可还是不舒服。另外,两条腿也总是胀乎乎的,好像特别沉,晚上脱了裤子,用手在腿上摁,一摁一个坑儿,好一会儿才能恢复。

地瓜说:"豆花你这么显怀,这孩子准是个大孩子。大孩子好是好,就是当妈的太遭罪了……你估摸啥时候坐月子呀?你心里得有个数儿……"

豆花红着脸说:"差不多是十二月吧?阳历的十二月……"

地瓜说:"生日可够小的。豆花你不用担心,到时候有我呢!"

说起来,豆花倒真是有点担心,她总在估摸,这么大的一块东西,他咋出来呢?平常屙泡屎还那么费劲哪!

虽说豆花挺着个大肚子,看起来却并不怎么难看,脸儿总是红扑扑的,脖子又白又嫩,一双大眼睛更黑更亮了,并且水汪汪的,总显得一副若有所思的样子,让人一看就十分爱怜。

本来,地瓜已经不太让豆花干什么活儿了,可是豆花总说:"没事儿,妈,没事……"

地瓜就说:"可也是,平常活动活动,到时候少遭点儿罪。"

晚饭做好了,麦穗和谷子还没回来。麦穗还没放学,谷子上伙伴家里去了。

地瓜对高粱说:"爹,饭好了。"

高粱说:"谷子和麦穗还没回来吗?等他们回来一块儿吃吧。"

高粱话音刚落,谷子和麦穗就脚前脚后回来了。真是说曹操曹操就到。

吃饭的时候,高粱又把刚才说的话在饭桌上说了一遍,末了,高粱说:"又是旱又是涝,今年还丰收了,真是没想到!"

谷子说:"多亏爷爷指挥得好啊!"

高粱听出谷子这是嘲讽他春天浇地的事,高粱倒不在意,说:"屁话!"

两天之后,一大早,就听见村子里处处都响着脚步声,在清早宁静的粉红色的空气里,脚步声显得夯实而又响亮,脚步踩过下了一层薄霜的当街,留下了一串串新鲜的鞋印子。在脚步声中间,还夹杂着清嗓子的声音、吐痰的声音、相互间说话打招呼的声音。一时间,村子里显得喧闹起来。

苞米对高粱说:"爹,你听听,这准是开镰了,你听听!"

高粱一副不以为然的样子,说:"咋着?你着急了?……着急吃不下热馒头……咱不赶这个形势。你看这两天儿,日阳儿多好!又有小风溜着。晾一天是一天,一天一个成色。再让庄稼站两天,不急!"

这几天,村子周围的田地里,几乎处处都是人,都是割庄稼的人,站在村头一望,说不上打哪儿就看见镰刀的白光耀眼地一闪,也能看见阳光下的那些人,有男人也有女人,女人的头上都戴着头巾,有绿头巾、花头巾、红头巾,在秋日艳阳的照耀下,各种颜色的头巾都显得特别新鲜,就像刚刚洗过似的。

一片一片的庄稼被割倒了,庄稼被割倒时发出咔嚓咔嚓、唰啦唰啦的声音,就仿佛它们在叹息和呻吟。

又过了几天,大部分庄稼已经割完了,丰满的大地就像得了一场病,一下子就瘦下来,还有没割倒的庄稼,看过去便一片杂乱,就像一件穿久了的衣裳,破破烂烂的。

头天晚上,吃晚饭的时候,高粱说:"明天,咱们也割。"

这次,麦穗表现得很积极,她说:"爷爷,这次用不用我了?"

高粱说:"这回没有那么急,不用你。豆花也不用了,你挺个大肚子,就在家里待着吧!"

豆花说:"我没事,爷爷。我慢慢干呗!再说,我活动活动更好,省得到时候遭罪。"

高粱说:"可也是。你奶奶生你爸那会儿,头两天还跟我干活呢!"

这时苞米说:"爹,你就不用去了。你都这么大年纪了,这一年又没怎么得好,病病歪歪的。"

高粱不高兴了,说:"净胡扯。谁说我病病歪歪的?我这不好了吗!净胡扯!"

第二天早上,全家人(除了麦穗)就由高粱领着,来到了自家的地里。

一路上,看着路边被割倒的庄稼。高粱不住地唉声叹气,说:"唉,这就是庄稼的命儿,挣巴挣巴长了一年,这就割倒啦!真不忍心呀!"

听了高粱的话,谷子偷偷地直笑。豆花往谷子的腰眼儿上捅了一下,怕高粱看见谷子笑,心里不高兴。

高粱还是看见了,他说:"你个小兔崽子,你笑啥?你是不明白呀,等你明白了,你就不笑了。"

谷子赶紧说:"是,爷爷。"

到了地里,每个人把住四条垄,挥动镰刀割起来了。一旦动了手,高粱就没有那些想法了,他干得比谁都卖劲儿。

地瓜和豆花因为是女的,每人把了两条垄。苞米让高粱也把两条垄算了,但高粱不同意。

一棵棵庄稼一边发着脆响一边被割倒了,很难说它们是痛苦还是欢欣。当然,它们都已经老迈,它们享受了一年的阳光雨露,它们是不是很满足呢?

割到地中央时,谷子发现有几棵庄稼被撅断了铺在地下。他马上咋呼起来:"看这!谁他妈这么缺德,把庄稼给糟害成这样……"

挨着谷子的苞米朝这边瞅了一眼,意味深长地笑了。挨着苞米的高粱见了,大声说:"你还不明白,这准是……哈哈哈……没啥没啥。"

在谷子右边的豆花不明白咋回事,问谷子:"爷爷是啥意思?"

谷子已经明白了,谷子对豆花说:"爷爷说……咳!这还不明白,这是有人在这儿……这还不明白?"

豆花也明白了,脸红了一下。

到了中午,几个人已经割了不少。又回到开始割的地方,高粱说:"行啦行啦,吃饭吃饭。"

饭是早晨从家里带来的。

干了一上午的活儿,高粱非但没有觉得哪儿不舒服,反而感觉浑身都无比畅快,一边吃饭一边不断地讲话,讲庄稼,讲村里的事,也讲他的一些经历,讲得兴致勃勃的,讲到有趣处,便自己首先哈哈大笑起来,无比爽朗,无比单纯,仿佛他的笑声是透明的,像空气一样透明,像秋风一样透明……

在讲话的空隙,还不停地夸这夸那。

一会儿夸阳光:"这日阳儿,多好!"

一会儿夸庄稼:"这庄稼,长得多好!"

一会儿夸饭:"在野地吃饭,少说也能多吃一碗!"

不过,就像那次浇地一样,到了晚上,高粱却又哼哼起来。

地瓜听见了,对苞米说:"你听,爹又哼哼了!都这么大岁数了,明天跟他说说,就不用他去了……"

苞米说:"你能说得动他?这老头儿,要说你去说吧。"

第二天,地瓜果然对高粱说,不让他再下地去。

高粱瞪了地瓜一眼说:"别扯了!哼!"

高粱还甩了一下手,扭头先走了。

高粱干起活儿来,果然又啥事没有了,干得像前一天一样利索。

一直干到第四天,总算把庄稼割完了。全家人的心情都十分愉快。只是麦穗没参加割地,显得有些愧疚。这天下午,学校教师有事,同学们早散了一会儿学。麦穗一回到家,就抓紧时间做好了晚饭。傍晚,看见大家一进院子,麦穗马上就从房里迎出来了。麦穗扶着高粱,心疼地说:"累不累,爷爷?"

高粱说:"没事没事!就当我活动活动筋骨了……"

吃饭的时候,大家七嘴八舌地说着话,气氛又热闹又轻松。说说这几天割地的事,说说接下来该做的活儿:要把庄稼从地里拉回来,先拉什么,后拉什么,雇谁家的"手扶"拉好……

只有高粱一声未发。这自然有些反常,但是大家都认为他这是累得,就没有多想。饭吃到一半的时候,高粱站了起来。

麦穗说:"爷爷你吃完了? 就吃这么点儿?"

高粱说:"我今天有点儿累。我躺一会儿去。"

高粱进了里屋。过一会儿,大家都吃完了晚饭。这时天已经黑了。地瓜和豆花拾掇碗筷。地瓜对麦穗说:"麦穗,你去看看爷爷,把被窝铺上。爷爷累了,让他早点睡吧!"

麦穗进屋一看,高粱正在炕上躺着,似乎已经睡着。麦穗叫了一声,他没应。麦穗便想爷爷果然睡着了。麦穗给他铺好了被,想叫高粱把衣服脱了,就又叫了一声,高粱还是没应。麦穗想,睡得还挺沉呢!便伸手扶着高粱的肩,摇他,想把他摇醒,边摇边叫:"爷爷,醒醒……你脱了衣裳再睡,舒服!"

连说了两遍,高粱始终不应。麦穗这才觉得不对劲儿,急忙出来,对地瓜说:"妈,你看爷爷怎么了,我咋叫他也不答应!"

地瓜自己来到屋里,她或许心里有了什么预感,便伸手在高粱的鼻子底下试了试,然后就大叫起来,"苞米、苞米,你来看看,爹不好啦! 谷子! 谷子! 快来看看你爷爷! ……"

苞米和谷子闻声一起赶过来,才发现高粱已经不喘气了。

苞米当即急得大叫起来:"爹! 爹……"

高粱死了。

八

在我的家乡三水头,差不多每年都有老人被抬出村去,抬过北大道,抬进北林地。

谁家死了人,第二天早上,这家的长子便要挨家挨户到全村每家去报丧,他进得门来,马上就跪在屋地上,还要磕一个头,说:"我爸老了。"

如果死者是他母亲,则说:"我妈没了。"

说完便站起来,到另一家去了。

到了出殡的那天,死者已经装殓在老红的棺材里。村中的长者先要携着这家长子给死者开光,开光时念念有词。开光过后,便封棺了,由死者的亲属握着一柄木匠斧子,把事先钉在棺盖上的大铁钉砸到棺木的边上。乓乓乓乓一阵响声,棺盖就被钉死了。接着是"指路"。指路也必须由死者的长子来做,手握一根扁担,站在一只凳子上,扁担直指西南方向,指一下,呼一声:"爸,您走西南大路!"若是母亲,便呼:"妈,您走西南大路!"无论父母,均连呼三次。然后是摔丧盆,一般都是黑泥的瓦盆,这也是要由长子来做的,他跪在棺木前头,双手擎着这只瓦盆,擎过头顶,然后用力一摔,摔得越响越好。一声脆响过后,棺木便被抬起来,这是起棺了⋯⋯

抬棺的都是村里的精壮青年,一般是十六个人,两根长杠从棺底穿过,每根长杠的两端横着两根短杠,每杠两个人,共十六人。棺木的前边,长子肩扛一杆灵幡。棺木的后边,则跟着其他亲属,亲属们一路号啕,一路撒着纸钱儿……

一行人上了北大道。

……

我突然想起了张三尿子。

……

我粗略计算了一下,张三尿子大概快八十岁了。

有关张三尿子,我能记起来的第一件事,就是他和赵六儿(也是一个老人)打架的事。那时候我还小,当时还有生产队。前一天,队里死了一头牛。牛死了要剥皮。这工作派给了他和赵六儿。牛肉一般按人口分配。剥牛皮的人可以另外得到一些牛下水:肠子肚子心肝肺,以及一只牛头。他和赵六儿挑灯干了半宿,第二天早饭前,已经把牛肉给社员分完了。大家领了牛肉,回家商量是包牛肉馅饺子好呢,还是用牛肉炖大萝卜……就在这时候,听见他和赵六儿打起来了。

打架的具体原因无人知道,猜测是因为对什么东西分配得不当:你多了我少了,或者你想要这个我也想要这个。这不是主要的。我家当时就在生产队旁边,我目睹了当时的情景。本来,他们每人手里都有一把尖刀,他们却把尖刀都扔在了地下,接着每个人脱下了一只鞋,把鞋当作武器握在了手里。肯定是张三尿子先动的手。只见他就像一头狮子,朝赵六儿猛扑过去,挥鞋就打,打了两鞋底子,可惜都打空了。接着赵六儿开始反扑。赵六儿倒打得极准,第一下就打在了张三尿子的光脑门上。张三尿子愣怔了一下。赵六儿接二连三,每一下都那么准,都打在了脑门儿上。现在我已经记不清楚当时是否听见了鞋底子和脑门的撞击声,不过我可以假定我听见了。那声音肯定不会很响亮的,"啪、啪、啪……"甚至很喑哑。鞋底子和脑门儿的撞击声,应该就是这样的吧!

张三尿子开始退却了,他竟然满脸的惶惑。赵六儿则步步逼近。最后张三尿子转身就跑。赵六儿并不追他,只在那儿喊:"你个张三尿子!你不是尿性吗?你咋他妈跑了?你给我回来……"

赵六儿说得对,在村里人看来,张三尿子一直是个"尿性"的人,脾气大,总是开口就骂,举手就打。张三尿子的外号就是这么来的。没想到,那天他却那么尿。

这件事一直被村里人说了好久,而且一说起来就乐不可支。当然,村子是那么小,本来新闻(或新鲜事)就少。这是一个原因。另外,这件事是发生在张三尿子身上的,人们才都觉得很不一般。

实际上,我曾经听人讲过许多表现他"尿性"的故事。虽然发生了他和赵六儿这件事,但总的说来,他在村子里的口碑还是不错的。遗憾的是,在我写这篇小说时,尽管我搜肠刮肚,却再也想不起有关他的其他事迹来……这真是太遗憾了。

不过,几年前我回家看望父母,倒是见过他一面的。

在我的印象里,他一直是个魁梧的人,那次见他,他却已是一副干枯的模样,人已极瘦,头发都白了,大概很久也没剃过,显得脑袋出奇地大,让人担心他那细脖子怎么撑得住那颗脑袋。但是,他的眼神儿却相当地好,还离他挺远哪,他就认出了我,沙哑地叫着我的小名儿。我给了他一根香烟,又帮他点上火。然后,我问候了他几句,他则说了几句家常话儿。在我的记忆里,他那天相当沉静,尤其是他的眼睛,在我们谈话的间歇,他总是把目光向远处投去,将眼睛眯缝着,让人产生一种超然的感觉。

这是我见他的最后一面。

当时正是深秋,田野上的庄稼都已成熟,却还没有收割。我很自然就把他与庄稼联系起来了——他就像一棵庄稼,一棵成熟了的庄稼。

他迟早会死的,当时我想。如今他终于死了。他肯定也葬在北林地了。

愿他安息!

九

元旦过后,接连下了好几场大雪,地里的积雪起码也有半尺厚,沟沟坎坎的地方更厚(那是西北风把雪旋在那里造成的)。此外,每一间房子的房顶上、院子里柴火垛上,也都积着厚厚一层雪。这使得一切都变得浑圆起来。带有围墙的小菜园子,则像一个巨大的方形器皿,里面也盛着厚厚的雪。相比之下,当街的雪就没有那样幸运了,不仅被踩得硬邦邦的,并且显得很脏,上面还有牲畜们屙的星星点点的粪便。

天气一天比一天冷。而且,现在刚过了"头九",冷日子还在后头!

在这段时间,早已没有什么农活儿了,一般说来,如果没有什么特别的事情,人们就不起得那么早了,躺在早晨的热被窝里,总是觉得格外舒服。

这天一清早,麦穗穿得暖暖和和的,走出了家门。她是全村出门最早的人。学校上课的时间总是很早的,麦穗又是个好强的人,她可不想因为迟到在前边站着,她从来没有因为这个挨过罚。

尽管麦穗穿得挺暖和,一出屋门还是禁不住打了一个寒战。她又把围巾仔细掖了掖,这才走出了院子。这时还不到七点,太阳还要等一会儿才能出来。天空灰蒙蒙的,空气倒特别干净,吸进鼻子里十分爽快。街上只有麦穗一个人。只短短一会儿工夫,麦穗轻快有力的脚步声就传出村子去了。听她的脚步,简直就像一匹小马驹子。

麦穗的书包里,装着一本从同学那儿借来的小说《呼兰河传》,准备还给人家。麦穗知道现在学习紧张,不该再看课外书,可她总是管不住自己。昨晚她看了半宿,总算把书看完了,看得她心里颤颤悠悠的,现在还有这种感觉。麦穗的心里总是充满了诗情,一直都是这样。有同学跟她开玩笑,管她叫女作家,语文老师甚至跟她这样说:"麦穗将来就考中文系吧,毕业后就搞创作,写小说。"老师之所以这样说,肯定是发现了她有这方面的天赋。麦穗的作文也确是班里写得最好的。

前些日子,麦穗又写了一篇作文。作文是写爷爷的。她以前曾在作文里写过爷爷,但这次写得最动感情。麦穗一边写着作文,一边想着爷爷的样子,想爷爷走路的样子、说话的样子、抽烟的样子,吐痰的样子……爷爷虽然死了,可麦穗好像是还可以看见爷爷似的,有好几次,她写着写着就哭了。

"当然,爷爷是普通的,就像庄稼一样普通,可是庄稼可以打出粮食,人离了粮食就活不了。"在作文的最后,麦穗这样写道。在批改这篇作文时,老师在这句话下面重重地画了一条波浪线,老师认为这话太有哲理了。麦穗并没这样想,她根本没想什么哲理不哲理的,她只是这样想了,也就这样写了。

后来老师让麦穗把作文给同学们读一下。麦穗已经好几次当众读自己的文章了,所以,刚开始她读得很冷静。但是,读到一半,她就读不下去了,她觉得心里那么难过,那么胀,胀得她浑身直哆嗦。她就不读了,只那么站着。

这时老师说:"怎么停下了?读哇,接着读哇!"

不说不要紧,老师这么一说,麦穗就再也憋不住了,她一下子就坐下了,坐下了就哭起来。她哗哗地流着泪……她的举动把同学们惊呆了,每个人都诧异地看着她,而她却一点感觉都没有。

走在去学校的路上,麦穗又想起了这件事,她心里又胀痛了一下,同时也有点不好意思,认为自己当众出了丑。

麦穗离开家以后,苞米才起来。地瓜又往灶膛里续了一把火。锅里热着饭哪,她怕饭凉了。苞米一边系着棉袄扣子,一边对地瓜说:"瞧屋里这团气,下了大雾似的。"

"天儿要大冷了,要不气儿不会这么厚。"地瓜应声道。

"我出去看看。"苞米说。接着门声一响,一股冷气灌进屋来,立刻把屋里的水气冲得翻滚起来,乱纷纷的。

"你戴上帽子……"地瓜刚这么说,门声又一响,苞米已经出去了。

苞米先去茅房撒了一泡长尿。然后又绕着院子走了一圈,看了仓房,又看了猪圈和鸡架才回了屋。

自从高粱死后,苞米突然感觉自己肩上的担子重起来,他似乎意识到,自己这才成了一家之主。高粱活着的时候,他并没有这种感觉,虽然他也是个五十多岁的人了,可他总是觉得,家里的事有爹张罗,用不着自己。这些琐碎事,以前也是由爹来做的。

自从高粱死后,苞米已经有了一些变化。他自己也发觉了这些变化。主要的一点是,他发觉自己心细了,想的事也多了。当然,有些事是不能不想。他常记着高粱以前说过的一句话:"吃不穷,穿不穷,算计不到才受穷。"他越想,越觉得这句话有道理。再者,苞米原来不爱讲话,只听高粱的吩咐,让他干啥他干啥就是。他现在话才多呢,而且像高粱一样,都是在吃饭的时候说。可以这样说,直到现在,他才理解了高粱的那份苦心。他正在努力模仿父亲。要说变化,大概这是最大的变化。

日子是一定要过下去的,还要尽力过好点儿。这是苞米最明确的认识。

苞米回屋时,又带来一股子凉气。苞米对地瓜说:"谷子呢?还没起来吗?叫他起来!吃完饭跟我上趟霞镇,看看种子站有没有好种子,有就先定下。凡事就得先下手,省得到时候抓瞎呀!"

这话实际是对谷子说的,所以声音很大。

地瓜说:"看你咋咋呼呼的!反正也没啥事,你就让他们多睡会儿呗!再说,豆花就在这几天……"

苞米说:"这几天怎么了?不就是生个孩子嘛!也值得这么大惊小怪的?"

地瓜说:"看你这熊样子!你越来越像爹了……"

地瓜刚说到这儿,谷子就从里屋跑出来了,他一脸惊慌,一时间,弄得苞米和地瓜都愣在那儿了。

谷子对地瓜说:"妈,豆花怕是……豆花说她肚子……"

地瓜也慌了,问:"啥时候?啥时候开始的?"

谷子说:"就今天早上……就刚才……"

地瓜抬脚就进了豆花的屋。

豆花仰面躺在炕上,身上盖着棉被,肚子把棉被撑起来,撑得老高。棉被退到胸部,露出了粉色的小褂和小褂下面鼓胀的乳房。她双手抓着被头,正把被子往上拉,被子似乎很重,一点儿也拉不动。她咬着嘴唇,忍着痛。在她的额头上和脸颊上,布满了一层细密的汗珠儿。她脸色红通通的,就像被火烤着了似的。她的嫩白脖颈上,显出了一条条青幽幽的血管。

"孩子,别怕!"地瓜进屋就说。

地瓜又把被子撩起一点,朝豆花的下身看了一眼。

"没事!"地瓜说,"还没露红呢!"

"你叫!你叫出来就不那么疼了!"地瓜又说。

地瓜很快又离开里屋跑到外屋来,对两个惊慌失措的男人说:"还在这杵着?快去把老孟太太接来!"

正在这时,屋里的豆花又疼了,她这次疼得叫了起来。

地瓜说:"快去!……"

说完,地瓜马上又回到了屋里。

苞米和谷子这才缓过神儿来。

苞米对谷子说:"我去吧。我去接老孟太太。你在家守着,看有什么紧急事……"

谷子说:"要不,咱们上霞镇吧?把她弄霞镇医院去……"

苞米说:"用不着,再说,这死冷寒天的,还不把人冻死……好小子,没事,你妈养了你们俩呢……"

苞米笑着眨了一下眼睛,走了。

到了老孟太太家,老孟太太刚吃完早饭。苞米一进屋,人家就知道怎么回事。老孟太太当了多年接生婆,在这一带名气很大。经她的手接出来的孩子,说不上有多少了。谷子和麦穗就都是她给接生的,当时她才三十多岁。老孟太太接孩子没有更多的要求,只要临走给抓一只大公鸡就行,如果没有鸡,那么一只鸭或一只鹅或者一头小猪羔子,也将就了。老孟太太没有别的毛病,就是爱眨巴眼睛,一边跟人说话,一边眨巴眼睛,就像卖弄风情似的。

老孟太太说:"是不是谷子媳妇?"

一边说一边朝苞米眨巴了一下眼睛。苞米心想:这么多年了,她这毛病还没改,真是的。

苞米说:"你看你看,又来麻烦你!"

老孟太太说:"别说那些没用的……走吧!"

老孟太太跟儿媳妇交代了几句话,就跟着苞米出来了。这时街上已经有了些走动的人,大家一看见苞米和老孟太太一块儿走,就问苞米:"是不是谷子媳妇要生了?"

苞米便回答:"是呀!正是……"

苞米和老孟太太到家不久,家里又来了许多乡亲,左邻右舍的,都是妇女。大家都是热心肠,都想过来看看,看有没有能帮忙的地方。不过,产房她们是进不去的,只能待在别的房间,一边叽叽喳喳唠嗑儿,一边听着动静。人多势众,从某种意义上来讲,这倒可以淡化和分散一些紧张的气氛。

起码,对谷子来说是这样。

谷子按照地瓜的吩咐,已经烧了一锅开水。

这期间,豆花一直叫叫停停的。叫的时候像是要把一条嗓子扯破了。也仿佛是一头困兽,因为纠纷而激怒了。在叫的同时还有呼号。谷子从来没听过这种声音,他心里充满了恐惧,浑身的肌肉都绷紧了,一会儿却又松弛下来。

"这是头生儿。要是二生就好了。"那些女人说。

"这就是女人生孩子呀!"

"儿的生日,娘的苦日。"

"哪个孩子不是从血水里淌出来的!"

"谷子,往后可得心疼媳妇哇!"

正在这时,那边正在叫着,豆花冷不丁就不叫了,半天也没有叫。这不但使谷子,也使妇女们紧张起来,一种不祥的预感顿时升上大家的心头,大家屏住呼吸,竖着耳朵,极力捕捉那边的动静,似乎心都不跳了。谷子终于承受不住,拔腿就要往那边屋里闯。几个妇女反应极快,呼啦一下扑过来,把谷子抓住了。这时屋门反倒开了,那儿站着地瓜。她沾着满手的鲜血,又兴奋又疲劳,颤颤地叫道:"生下来了!生下来啦!……"

地瓜看见那些妇女抓着谷子,有拽胳膊的,有扯衣服的,不明白咋回事,说:"这是干啥?"

妇女们这才明白过来,把谷子放开了。

谷子立刻一屁股坐在了地上。

地瓜又说:"苞米呢?咋不见苞米?"

妇女们互相看了看,有人说:"是呀!咋不见苞米呢?这大半天,苞米哪去了?"

有一个后来的说:"我想起来了,他扫院子呢!"

地瓜对谷子说:"快把他喊回来!都这么大岁数了!"

谷子跑出外屋的门,看见苞米果然在扫院子,把院子扫得那么干净,不知道扫了几遍。

傍晚,麦穗放了学,一进家门,就感到气氛不同往常,屋子里充满了血腥味儿,每个人都喜气洋洋的。

麦穗问地瓜:"妈,这是咋的啦?"

地瓜说:"还能咋的?你嫂子生孩子啦!"

"是吗?"麦穗把书包一扔,就往豆花屋里跑。

地瓜一把将她拉住,说:"你别闹,你嫂子歇着呢!"

麦穗眼睛一亮一亮地说:"男的还是女的?"

地瓜说:"啥男的女的……是个小子!"

麦穗说:"像嫂子还是像我哥?长得好看吗?"

地瓜说:"精神着哪!……"

"太好啦!"麦穗还拍了一下巴掌,这才是她最关心的,停停又说,"那……起没起名儿呢?"

地瓜说:"哪有刚生下来就起名儿的!"

麦穗说:"我给起一个怎么样?"

地瓜说:"用得着你起?"

娘俩正这样说着,苞米走过来了,他皱着眉头,愁眉苦脸地说:"我都想了半天了,就叫黄豆吧……"

接着又补充了一句:"他妈叫豆花,他叫黄豆不是正好嘛。"

这孩子就叫了黄豆。

后来,趁地瓜没注意,麦穗到底悄悄地溜到豆花屋里去了。这时豆花正在睡觉,她身边的黄豆也在睡觉。麦穗不敢打扰他们,又悄悄退了出来。她对自己说:"我这可怜的大侄子哟,这又成了庄稼啦!……"

这时候,谷子一身寒气地进了屋,他去送老孟太太回家,刚回来。

……

写完这篇东西,是在正月十六这天。尽管我特别重视这篇作品,动笔之初充满了激情。可一待写完最后一个字,最先感到的恰恰是一种失望和无奈。我一点自信都没有。当今社会,文学的潮流滚滚向前。而我总觉得,我的作品是潮流以外的东西。

转眼间,我离开家乡已经十八年了。十八年间我求学、工作……早已把自己成功地移植到了另一种环境里。但是,连我自己也说不清为什么,家乡的那种朴素的、简单的生活却越来越感动着我。那里的生活确实是朴素的,却也演绎着天下最大的真理,便是生存和死亡。

我之所以感到失望和无奈,主要还是觉得没有把它写好,没有写得像我预想的那样好。那么,就继续努力吧。

子洲的故事

一

子洲的爸爸死了。爸爸才四十多岁,得了肺癌。他抽烟抽得太多。子洲认为,爸爸就是抽烟抽死的。

爸爸是在子洲的眼前死去的。当时,爸爸住在医院里。只有子洲在爸爸跟前。妈妈那些天挺忙。妈妈在一个中外合资的公司里当公关部主任,据说正在跟什么人洽谈一个项目。

爸爸一直昏迷着。

子洲已经在爸爸的床前坐了半天。爸爸瘦得不像正常人了。看着爸爸的样子,子洲心里非常难过(也有点儿害怕)。

后来,爸爸醒了。爸爸一眼就看见了子洲。爸爸的眼睛马上就红了。

爸爸说:"儿子……"

爸爸又说:"你要听你妈妈的话……"

爸爸接着说:"千万不要惹她生气……"

爸爸还说:"寒假和暑假,别忘了去霞镇看看爷爷……"

爸爸最后说:"去,把窗户给爸爸打开……"

子洲走到窗前,把窗户打开了。子洲再回到爸爸的床前时,爸爸就死了。

后来,子洲不断地回想爸爸的话。子洲知道爸爸在为他担心。子洲还知道,爸爸和妈妈感情不好。子洲说不出为什么,也说不出谁对谁错。

子洲的爸爸在艺术馆工作。爸爸还写小说。子洲以前常听妈妈吵爸爸:"你老写你那破玩意儿。你那点儿稿费连烟钱都不够!跟你说多少遍了,让你干点儿别的,哪怕摆个烟摊儿,你就是不听!"

妈妈生气的时候,爸爸并不吱声。爸爸的脸色十分难看。他顶多说一句"这是我的事,不用你管!"或者"我不是把工资都交给你了吗?"。

妈妈便说:"就你那点儿破钱!要不是我,你们喝西北风儿去吧!"

妈妈一脸的轻蔑。

子洲知道,妈妈挣的钱比爸爸多。妈妈还买了录放机和DVD,还买了钢琴和电子琴。

另外,妈妈上下班总有一辆"奥迪"牌汽车接送,爸爸则一直骑一辆"孔雀"牌自行车。

还有,家里的房子也是妈妈的,是妈妈的公司给妈妈买的。爸爸总说单位要给他分房子,可就是不分。

爸爸死了。子洲给妈妈打了一个电话。妈妈有部手机,联系起来很方便。

那边的声音很嘈杂,闹哄哄的,还响着音乐。

子洲哭着说:"妈,我爸死了!"

妈妈那边静了一会儿。

妈妈说:"是吗?"

妈妈又说:"你等一会儿。我这儿还有点儿事,办完我就过去……"

爸爸的尸体在医院里放了三天才火化了。这是为了等子洲的爷爷,也等二叔和老叔,还等姑姑和姑父。

妈妈没让爷爷他们住在家里,而是给他们找了一家旅店。

爸爸最后变成了一只骨灰盒。爷爷对妈妈说:"让我把骨灰盒带回去吧!"

妈妈没怎么想,就说:"好吧!"

爸爸死后两个月,妈妈又结婚了。她把房子重新装修了一遍,把原来的床、衣柜,还有爸爸从前用过的写字台、书架都卖了。

还有那些书。

妈妈把书卖给了推着三轮车在街上卖降价书的书贩,不论厚薄,每本都是一元钱。其实那些书都是很新的。爸爸对书十分爱护,每次看书都要先洗手,看完就放回书架。

妈妈卖书的时候,子洲没在家,他上学去了。等到他放学,才看见书架已经空了(那时书架还没卖)。

子洲的心也空了。他一下子想起爸爸来,想起爸爸站在书架前翻书的样子,想到爸爸再也不会站在这儿翻书了。

子洲哭了。他觉得心里那么酸,从来就没这么酸过。不过,他并没哭出声来,他只让眼泪顺着脸颊流下来,流过下巴,滴落到衣襟上。眼泪刚流出来时还是热的,可是很快就凉了。

后来,一个名叫钱加玺的男人搬进来了。他是妈妈公司的领导。从前子洲曾经被妈妈带着和他吃过饭,那是在饭店里。

妈妈一直盼望着过另一种生活,如今她达到目的了。

从前,子洲上学都是爸爸接他送他。每天吃完早饭,都是爸爸拎上他的书包(之前还要看看水瓶灌没灌水,还要说一声"别忘了戴红领巾!"),先到楼下去。然后,子洲才下来,坐在自行车的横梁上,让爸爸一脚一脚蹬到学校,一般要蹬十分钟左右。

现在,他不用坐自行车了,他坐汽车了。坐的是小汽车。每天早上,只要他下了楼,必定有一辆"奥迪"车在等他。也不用走十分钟了,用不了五分钟就到了。并且,每当他走到车前,车门已经打开了。子洲知道,这是钱加玺的车。

有一阵儿,子洲觉得这样很好。从前,他动不动就会迟到,尤其是天气不好的时候,刮风了,下雨了,尤其是逆风,尽管爸爸累得呼呼喘着粗气,可还是迟到了。自从坐了钱加玺的小汽车,就不怕这些了,不怕刮风,也不怕下雨了。

可是,渐渐子洲就不那样感觉了,总觉得这样缺了些什么。缺些什么呢?缺了爸爸对他说话。

以前,爸爸总是跟他说话,一边蹬车,一边说话。当时,子洲并没觉得那有多么重要。他还觉得烦呢!觉得爸爸真啰唆,尤其是发表"教导"的时候。爸爸一路蹬一路说,一跨上车子就开始说,一直说到学校。

现在没有人跟他说话了。

现在也没人跟他下象棋了,没人跟他"比剑"了,没人领他出去散步了。

是爸爸教会子洲下象棋的。开始的时候,子洲总输。那时子洲总希望爸爸让他几步,让他也赢几次,爸爸却从来不发善心,有时候会把子洲的"兵马"杀得精光,只剩个老将。子洲当时简直恨死爸爸了。可是后来,就轮到爸爸输了,虽然子洲不能杀净爸爸的"兵马",却能把爸爸的老帅逼得一动不动。子洲很喜欢看见爸爸输棋以后的样子。他抓着头发,嘴里嘘着气,神态十分沉重,他说:"哈……'将'死啦?"每当这时,子洲总有一种心花怒放的感觉,有一种复仇的快乐。

有一天,子洲突然想起了这些。

子洲又哭了一次。

二

子洲决定到爷爷家去。

时间过得真快。一转眼,爸爸死去半年了。子洲也念完了六年小学,过了这个暑假,就该升初中了。

子洲十三岁了。

自从爸爸死后,子洲觉得自己一下子就长大了。他认为,有些事应该自己拿主意了。

说走就走。

临走之前,子洲给妈妈留了一封信。他不想让妈妈以为自己失踪了。信写得很简单,只告诉妈妈他到爷爷家去了。至于要在爷爷家里待多长时间,他却没有写。实际上,他已经打定主意不再回来了。他总觉得,现在这个家已经不是自己的家了。

爷爷的家在霞镇。

从城里到霞镇,有两条路可走:一是坐火车,先坐到县里,再从县里倒长途客车。二是坐轮船,坐轮船则可以直接坐到霞镇去。

子洲当然到爷爷家去过。不过,都不是坐火车去的,都是坐轮船去的。因为,他每次到爷爷家去,都是放暑假的时候。

都是爸爸带着他去的。

子洲来到了船运码头。他带了不少东西。他带了书包,还带了一些衣服,衣服装在一只旅行包里。此外还有牙具。还有几张他和爸爸一起照的照片。还有一些钱(这些年他有一些压岁钱,一直都没花)。

买了票,上了船。

这艘船不是很大,共有两层。客舱在甲板的下面,里面放了一些长条椅子,给人的感觉很简陋。那天坐船的人很多,把所有的座位都坐满了。子洲坐在靠窗的角落里,窗在甲板上面(从这里望出去,只能望见来回走动的大腿)。

他一言不发。

船开了。

子洲突然难过起来。他一下子想起来了那么多的事。他想起了爸爸。想起去年夏天他还跟爸爸一道坐过这趟船呢!想起爸爸还在水龙头下面给他洗了两个桃呢!一想起这些,子洲差点儿又要哭了。可是他没哭。他看了一眼坐在身边的旅客,把眼泪憋回去了。

实际上,已经好几年,一种感觉一直困扰着子洲:妈妈越来越瞧不起爸爸。妈妈总对子洲说,别像你爸那样,一点出息也没有!子洲却不这样想,爸爸总是陪子洲玩的,妈妈却不陪他玩儿。子洲是爱看书的,爸爸给他买了好多书,买了《世界民间故事宝库》,买了《世界儿童小说宝库》,买了《绘画三字经》,买了《二十五史故事丛书》,还买了很多小人书,他都看完了。爸爸也是爱看书的。妈妈却从来不看书,只是练仰卧起坐。

妈妈也瞧不起爷爷。

爷爷原来是一名小学老师,现在退休了,不当小学老师了,在霞镇中学打更呢。记得有一次,爷爷给爸爸来了一封信,信中提到了子洲。爸爸从单位回来,把信给子洲看了。子洲现在记不住爷爷的原话了,只记得那句话的大意。爷爷说,要好好教育子洲,要让他有大志向。妈妈也看了爷爷的信。妈妈马上露出一脸的不屑来,妈妈说:"把自己管好就不错了,说这些空话有什么用?有心给甩点钱来呀!"爸爸听了这话,急了,说:"你怎么这么说话?"妈妈说:"我这么说咋的了?"结果,爸爸和妈妈吵了一架。

子洲知道,妈妈那些话是有所指的。妈妈以前对子洲说过:"你爷爷以前是校长呢!因为赌博,让人家给撤职了!"子洲不信妈妈的话,他问过爸爸,这事儿是不是真的。他希望不是真的。可是爸爸说,这是真的。不过,爸爸又说,人都有犯错误的时候。

子洲不知道从前的爷爷,只知道现在的爷爷。子洲发现,爷爷像爸爸一样,也是个不爱说话的人。以前到爷爷家去,爷爷也和子洲一起玩的。爷爷领着他四处转悠,领着他到镇外的田地里去,还跟他唠嗑儿,给他讲爸爸小时候的事。可是,更多的时候,爷爷都是不说话的。爷爷抽着烟。爷爷的脸色也凝重下来,不知心里想些什么。

轮船行进得十分平稳。如果没有机器在突突突不断地震动,几乎感觉不到它在走。船舱里的座位是带靠背的长椅。子洲的座位上还有两个青年,他们又喊来了两个中年妇女。他们显然是相熟的,四个人打起扑克来。他们吵吵嚷嚷的,分散了子洲的注意力。

后来,子洲就到甲板上来了。

江风很强劲。空气爽人肺腑。江水被轮船撞击得泡沫飞溅,同时呼呼地响着。江岸好像很近。岸上长满了绿草,偶尔也有一片柳树毛子。柳树毛子看上去有点发红、暗红、紫红。再往远一点,是成片的庄稼地。子洲已经认识这些庄稼了,有玉米,有高粱。玉米已经蹿蓼(爸爸告诉他的,那叫蓼儿),高粱也长出穗儿来,不过还没有成熟,还不是红色的。

将目光收回来,岸边的沙滩上,竟然还有水鸟。爸爸说,那是野鸭子,也有长嘴鹬。它们有的在那儿站着,有的在水里游动,尽管轮船过来了,却一点儿也不害怕,好像没事似的。岸在朝后退,一尺一尺地退,却没有尽头,永远不会有尽头似的。

船到霞镇的时候,已是日暮时分。朝岸上望去,镇上一片灯火。镇子静悄悄的,笼罩着一种神秘的气氛,让子洲怦然心动。

子洲一下船就跑起来。向东跑,向霞镇中学跑。跑得上气不接下气,跑得心都快从嘴里跳出来了。跑进了中学的操场,好大一个操场,才停下来……

此时此刻,操场已经模糊了。还有那些房子,那些教室和办公室也模糊了,一片黑。只有一个房间亮着灯光。灯光是暗红色的,从窗户映出来。

子洲一眼就看见了那团灯光。

爷爷就住在那里。

子洲听爸爸讲过,从前爷爷并不住在这里,他有自己的家,自己的房子。那时还有奶奶。后来奶奶死了。奶奶死的时候子洲还小,他已经不怎么记得奶奶的模样了。再后来,爷爷就到这里来打更了。学校的领导说:"干脆您就搬过来吧!反正您就一个人,省得来回跑了!对不对?"于是爷爷就把原来的房子卖了。学校把值班室整个儿给腾出来,又请人盘了火炕和锅灶,这里就成了爷爷的家。

子洲还听爸爸说,奶奶死后,他曾和二叔商量过,要爷爷到城里来住,或者到爸爸的家,或者到二叔的家(二叔也是个大学生,他在另一座城市生活),可是爷爷谁家也没去。尽管爷爷谁家也没去,妈妈还是跟爸爸打了一架。子洲记得清清楚楚,妈妈当时说:"他给咱们做啥贡献了?不用说别的,他连一件衣裳也没给子洲买过呢!让我伺候他,没门儿!"

子洲定定神儿,向那团灯光走过去。

当子洲穿过操场,推开爷爷家的房门时,爷爷正在看电视。子洲往门口一站。爷爷吃了一惊……

爷爷终于缓过神儿来。

爷爷说:"是子洲?子洲来啦!……"

爷爷过来把子洲抱住了。

爷爷一下子哭了。

子洲没哭。

他说:"我妈又结婚了。"

……

三

　　第二天吃完早饭,爷爷才和子洲仔细地说了一回话。

　　昨儿晚上,爷爷一夜都没睡好。他听子洲说自己再也不回城里去,要"永远"在这儿待下去了。当时,爷爷听了这话,心里一痛。后来,子洲睡觉了。爷爷坐在炕沿上,一边抽烟一边看着子洲。

　　孩子睡得很安稳,伸胳膊撂腿儿的,还不时说着梦话。孩子的小脸儿白白净净的,使爷爷想起了小时候的儿子。子洲和他爸很相像,脸上都有一种执拗的固执的神气。爷爷看着子洲时,心里非常难过,十分十分酸。

　　爷爷也特别歉疚,为儿子歉疚。他知道儿子后来的生活并不如意。儿子自小就是个好强的孩子。而他这个当爹的,似乎一直都对儿子缺乏关怀。儿子后来考上了大学,不用说别人,连他这个爹都觉得吃惊。

　　如今,爷爷快七十岁了。爷爷总是对自己从前的生活感到后悔,觉得那时的自己多么荒唐,他常常想起自己那段赌徒的生涯,觉得那是多么不可思议。如今他老了,人一老,心思就多了。

　　当爷爷看着子洲,看着他嫩嫩的小脸儿时,他好几次差点流出眼泪来。他在心里说:"这可怜的孩子,这么小就没有爹啦!"

当然,爷爷不相信子洲会留下来,他认为子洲吃不了这里的苦。他认为这不过是小孩子的心血来潮、意气用事罢了,等到过了这一阵儿,心里平静了,自然就回去了。况且,从他这方面讲,他也不能让孩子留下来。人家毕竟还有妈呀!当然,子洲来了,他是高兴的,他又看到孙子啦!单凭这一点,他也应该高兴的呀!

爷爷想来想去的,想得脑袋都痛了。

早饭吃的是小米粥就咸菜。爷爷专为子洲煮了一个鸡蛋。爷爷对子洲哈哈一笑,说:"待会儿咱们上市场,买鱼去。晌午爷爷给你炖鱼吃。"

子洲看着爷爷,没吱声儿。

爷爷又说:"你说你妈又结婚了,这没什么错儿,你还小,现在还不懂这些事儿。"

子洲仍然没吱声。

爷爷又说:"你在这儿玩几天。明天爷爷领你钓鱼去。后天再领你去采蘑菇……"

爷爷刚说到这儿,突然被子洲打断了。

子洲说:"爷爷,你的样子真像我爸……"

一听这话,爷爷立刻不说话了,顷刻之间,连眼睛也红了。

子洲又说:"你不知道,她连我爸的书都给卖了……"

子洲的样子又伤心又愤怒。

这天晚上,爷爷给子洲的妈妈写了一封信,告诉她,子洲已到了霞镇,一路平安,没发生什么事,让她不用惦念,过几天就把他送回去。爷爷还说,知道她工作忙,就不用回信了。

子洲的妈妈果然没有回信。

以后几天,爷爷真的带着子洲去钓了鱼,又带他去采了蘑菇。子洲发现,其实爷爷并不会钓鱼的。祖孙俩每人拿着一根借来的钓竿,钓钩上挂着蚯蚓做的鱼饵,坐在江边的土坝上,一坐就是半天。

一连坐了两天,却连一条鱼都没钓上来。

采蘑菇的情况要好一些。采蘑菇要到很远的草甸子去采。每人戴一顶麦秸的草帽子,还要带一个挺大的旅行包儿。爷爷采蘑菇倒是很在行的。他们只采草蘑(草甸子上只有草蘑),草蘑都长在草丛墨绿的地方,草势非常浓,草丛下面特别湿润。爷爷只要站在高岗上四处一望,就知道哪儿有蘑菇。采回来的蘑菇,有的当天就炖上吃了,有的则用线穿成串,挂在房檐,晒起来。

爷爷说:"这些留着冬天吃。到时候用清水一泡,照样滑溜溜的。"

采蘑菇回来的路上,爷爷又高兴又满足。爷爷总是一个人拎着那只包儿。好几次子洲说:"爷爷,咱们抬着吧!"爷爷都拒绝了,他说:"没事没事!我一个人拿着就行了!"

子洲走在爷爷身边。子洲穿着从家里带来的衣服,干干净净的。子洲越来越觉得爷爷有一种亲切感,这种感觉让他心里特别舒畅。

爷爷一路上不停地跟子洲说话,有时候还讲笑话,有的笑话还真挺有趣儿,好几次都把子洲逗笑了。

爷爷就是要逗子洲笑。爷爷还总是努力不在子洲面前提起死去的儿子,爷爷害怕那会让子洲心里难受。

爷爷还领着子洲到镇子里转一转。爷爷倒背着双手。子洲

069

走在爷爷身边。这跟以前子洲到爷爷家里来的情形完全一样。

爷爷认识镇上所有的人,或者换一种说法,镇上所有的人都认识爷爷。爷爷跟路上碰到的所有人都打招呼,有时候还停下来和那个人站在那里唠嗑儿。子洲则站在爷爷身边听他们唠。子洲总觉得他们唠的是他。虽然子洲不认识他们,叫不出他们的名字,他却感觉到,他们已经认识他了,早就认识他了。子洲是从他们那种关切或者亲切的目光里感觉到这一点的。那目光不断地投到他的身上来,让他很不自在。

那个人总是唉声叹气的。

子洲知道,爸爸在这里有很多同学,有小学同学,也有中学同学,如果他们碰见了爷爷,唠嗑儿的时间就更长。他们总是说:"可惜了!可惜了!这么年轻就……"

子洲发现,这里的每个人都是喜欢爸爸的,人们真的在为爸爸惋惜。他们还为爸爸感到荣耀和骄傲,因为爸爸是作家,是他们当中最有出息的……听到他们说这些,子洲也会感到荣耀和骄傲的。

子洲这才意识到,他是不了解爸爸的。以前,他只是觉得爸爸亲切,也觉得爸爸很辛苦。但是,他也认为爸爸的辛苦是没有意义的。当然,这多半是由于妈妈的缘故,在妈妈看来,爸爸一直是个没出息的人。现在,子洲已经不这样看了。

时间过得很快。一晃,子洲已经在爷爷家待了一个多星期。

以前,子洲到爷爷家来玩儿,最多就待一个星期。那时候,子洲很忙,即便在暑假,也有好多事。他参加了一些课外学习班,英语班、书法班、数学奥林匹克班等等,无论寒假、暑假,都照常上课的。

这天,爷爷对子洲说:"洲哇,你来了一个星期了。明天,爷爷打张船票,送你回家吧……"

听见这话,子洲吃了一惊,一时竟怔住了。他想我不是说过了不回去嘛!爷爷怎么变卦了呢?

见子洲不说话,爷爷又说:"回去写暑假作业。你不是还要参加一些课外班儿呀?可别耽误了。再说,你也想家了吧?"

子洲似乎没想过这些事,他也说不上自己是不是想家。有时候,他会想想一些过去的事,会想起家里的样子,其中有从前的样子,也有现在的样子,他也会想起同学和老师,每当想起这些,他心里都热辣辣的,很不是滋味。

子洲看着爷爷,看了半晌,他好像有很多话要对爷爷说似的,可是到头来,却只说了声:"不……"

这下轮到爷爷吃惊了。爷爷不知道怎么办才好,他也怔住了。爷爷早就看出来,子洲是个执拗的孩子,很固执,脾气很倔。爷爷心里乱糟糟的。但他看出子洲是坚决的,他也知道子洲懂事,知道子洲这样做因为什么。这时爷爷想,孩子就像一条小狗儿,谁对他好他就对谁摇尾巴!

爷爷突然笑了,他摸了摸子洲毛茸茸的脑瓜顶,大声说:"那好!咱子洲就不走啦!"

爷爷尽管这样说,可他心里并不是这样想的,他心里想:就让子洲再在这儿待几天吧!

四

爷爷家的屋门正对着操场。操场很平坦,边上立着几只单杠和双杠。那操场太大了,比子洲那个学校的操场起码大十倍。

爷爷家的屋门前有三级水泥台阶。没事的时候,子洲就坐在台阶上,望着空旷的操场想心思。子洲从前是极爱说话的,那时只要班级有什么活动,班会、队会、知识竞赛,每次他都是主要人物。不过,因为爱说话,他也总是违反纪律,动不动就会被老师叫到前边去当"课堂观察员"。连子洲自己都没发觉,他现在说话少了。

他不爱说话了,只爱想心思。

子洲已经意识到,自己的生活发生了多大的变化。当然,他并不后悔。这是他自己的选择,没人强迫他,爷爷没强迫他,妈妈也没强迫他。开始的时候,他还有点不适应,不适应这种变化。现在,他已经好多了。他就像一只受了伤的小鸟,或者一只小兔子、一只小鸡崽儿。伤痛终有痊愈的一天。当然,伤痛会留下记忆。

他虽然充满了心事,却不清楚自己在想些什么。他的想法多极了,常常是刚想起一件事,刚想了一个头儿,就跳到另一件事上去了。

有一天,他决定到镇子里面去走走。

他虽然来过霞镇好几次,却还从未一个人在镇子里走过,每次都是爷爷或者爸爸带着他。尽管这样,镇子仍然给他留下了极深极好的印象。这里没有城里那份儿嘈杂。这里十分宁静,十分朴素。这里的人好像全都互相认识,走在街上常常看见两个偶然相遇的人站在大街上唠嗑儿。以前,爸爸领着他在街上走,也是常常停下来,和遇到的人站在那儿唠嗑儿。先是站着唠,后来竟蹲下来,还点着了香烟,看上去十分亲热。根本不像城里,满大街都是人,却没一个是认识的。并且每个人都一脸矜持,匆匆忙忙,好像刚接到电报,有什么急事儿似的。每个人都冷冰冰的,就像害怕谁会跟他借钱似的。

这时刚吃过午饭。爷爷夜里睡得晚,躺在炕上睡着了。子洲看见了,没打扰他,写了张纸条,放在爷爷枕边,走了出去。

晌午时分,太阳像泼火似的,晃得镇子白光光的,把人烤得身上冒油。街上根本没人走动,肯定都躲在屋子里。镇子越发静了。

子洲走在街上,走了一会儿,突然觉得没啥意思了,不想走了,却遇上了国泰。

当时国泰正蹲在他家的院门前摆弄一只捕鼠用的铁笼子。那儿有一块树荫,国泰就在树荫下。

子洲发现了,就停下来看了一会儿。子洲没见过这东西,看着看着,忍不住问一声:"哎,这是个什么呀?"

国泰摆弄得很专心,听见子洲问他,才抬起头来。国泰立刻显出一种不屑的神情来,说:"唉,你连这个都不认识呀!告诉你吧,这是捉老鼠的铁笼子。"

子洲没在意国泰的轻蔑,他说:"捉老鼠的铁笼子?老鼠那么傻?往里边钻?"

国泰说:"这里边放好吃的呀! 放一块肉,用油一炸,香喷喷的,老鼠老远就闻到了,就钻进来了。"

子洲说:"它能钻进来,不也能钻出去吗? 它把肉吃完了,再从原路钻出去不就得了!"

国泰说:"哪有这么便宜的事? 你看,这儿不是有个门儿吗? 你看好了,这个门现在开着吧? 等老鼠一吃肉……跟你说你也不明白! 你看你看……"

国泰干脆动手演示起来。原来放肉的地方有根细铁丝跟门连着,国泰用手一捅那根铁丝,本是开着的门立刻就关上了。

子洲马上说:"我明白了,我明白了!"

只听国泰说:"你还挺聪明的。"

子洲赞叹道:"真够巧妙的! 是你发明的吗?"

国泰抓着头发说:"是我爷爷发明的。"

子洲说:"你爷爷真了不起!"

子洲和国泰就这样认识了。

这时国泰说:"哎,我还没问你呢,你是谁?"

子洲说:"我叫子洲。"

国泰说:"其实我知道你,你是老龚头的孙子,你家在城里住。"

子洲说:"对呀! 你怎么知道的?"

国泰说:"你年年暑假都上霞镇来,你爷爷就领你四处走,我早就看见了。"

和细瘦的子洲相比,国泰显得矮一些,又黑又结实。像他的名字一样,长着一张国字脸,脸上一双亮亮的大眼睛,看上去很憨厚,也很自信。

国泰又说:"我爷爷认识你爷爷呢。有一回,我爷爷还领我上中学去看过你爷爷。听我爷爷说,他还认识你爸。从前,你爸也是我们霞镇的人,后来他考上大学,才搬到城里去了。"

子洲听到爸爸,心里突然一动。

国泰说:"听我爷爷说,你爸是个作家……作家就是写文章的,对不对?听我爷爷说,他看过你爸写的文章。听我爷爷说,写文章挺熬心血的。他说,我们学的那些课文,就是作家写的。对了,你现在几年级?……你咋不说话呢?"

子洲突然很想对国泰讲讲爸爸,讲讲作家是怎么回事。可是,他觉得有点儿不好讲,就打消了这个念头。他说:"我得回去了!"

国泰马上说:"别走,再玩一会儿呗!"

国泰十分诚恳。

正在这时候,从院子里传来了脚步声。院子实际是个菜园,菜园的中间有条过道。在传来脚步声的同时,还传来几声咳嗽。

"国泰,跟谁说话呢?"

国泰对子洲说:"是我爷爷。"

国泰这才提高了声音说:"跟子洲!"

"子洲?子洲是谁呀?"

国泰的爷爷这样说着,已经来到了门前。一见子洲,立刻就知道他是谁了,他说:"哎呀!这不是老龚头的孙子吗!"

子洲惊讶地望着这位老人。国泰的爷爷穿着一件圈领的老头衫儿,下身穿一条肥大的短裤,样子和国泰一样憨厚。子洲想起来,以前自己是见过他的。

国泰的爷爷让子洲到屋里去玩,他说:"这大热的天儿,能把人晒死！进屋吧,进屋玩,爷爷给你们切西瓜吃。"

国泰的爷爷又吩咐国泰到地窖去拿西瓜,国泰闻声就先跑进院子里去了。子洲站着没动。国泰的爷爷便拍拍子洲的肩膀,说:"进来呀,孩子！没事……"

可是子洲说:"谢谢爷爷……我爷爷在家等我呢！我得回去了……"

没等国泰的爷爷再说什么,子洲已经跑开了。

子洲边跑边说:"爷爷再见！"

国泰的爷爷看着子洲说:"这孩子,真跟他爸小时候一模一样儿的……"

五

子洲到家时,爷爷正在给操场上的两个花坛浇水。有些花已经谢了,只有少数还在开着。当时月欣也在这里……

子洲走了不一会儿,爷爷就醒了。他看见了子洲放在那儿的纸条儿,本想到镇子里把子洲找回来,转念一想,又打消了这个念头,他觉得应该让孩子出去走走,这儿又不像城里有那么多汽车……

后来,爷爷打开了柜子,从里面拿出了一包书来。其实这是一些杂志,是儿子寄来的,因为上面有儿子发表的小说,爷爷便都保留了下来。

这些小说,爷爷早就看过了,刚寄来的时候就看过了。那会儿,每当收到装着杂志的信,爷爷都立刻先看一遍,然后还要拿给别人看,给学校的老师看。大家当然都认识儿子的,有的老师还曾经教过他。每一个看到儿子的小说的人都说:"厚泽这不是当上作家了嘛!"每当听见这话,爷爷总特别地自豪,当然,那些人也都自豪的,都觉得无上光荣似的。有的还说:"我早就看出来了,厚泽是个有出息的人!我没看错吧……"

自从儿子死后,隔一段时间,爷爷就要看一看儿子的小说。爷爷说不上儿子的小说写得好还是不好,但是,爷爷却能看出他写得多么认真,也看得出他的心是善的,看得出他的心有多软。那些小说有一些是写霞镇的,写的都是爷爷熟悉的人和事,爷爷觉得儿子对他们充满了关心……

爷爷一看见儿子的小说,就仿佛看见了儿子。他看见儿子正在张着一双失神的眼睛望着自己。那眼神儿有点儿呆滞,却十分聪慧,也十分诚实。爷爷是知道的,儿子向来是个脆弱的人,性格又软弱又固执。也许这是偏爱,在爷爷眼里,儿子始终是个优秀的孩子。

像第一次一样,一看儿子的小说,爷爷忍不住就哭了。

爷爷流着泪,对儿子说:"厚泽,好厚泽!这没啥!人都免不了一死。我知道,你是有大志向的。可惜你死得太早了,太早啦!"

后来,爷爷就拎上水壶,来给花坛浇水了。

爷爷擦了擦眼泪,一边往白铁壶里灌水,一边又说:"唉……可惜呀!临死都没说上一句话……"

爷爷刚从屋里出来,就看见了月欣。

月欣是儿子的同学,从小学到中学一直同学。月欣还是个小姑娘的时候,爷爷就认识她了。在爷爷的印象里,月欣一直是个性格柔和的女孩子,总害羞,不爱讲话。上中学的时候,月欣曾经到家里来过几次,都是有事找儿子商量(当时他们都是班干部)。谈完正事以后,他们也唠唠闲嗑儿。爷爷发现,那时月欣动不动就笑,一笑便伸出手来掩嘴。

儿子考上大学以后,月欣还到家里来过几次,来打听儿子的消息。后来儿子开始发表小说了,每隔一段时间,月欣便过来问问:"龚厚泽又邮刊物来了吗?"若邮来了,她便借去看,看几天,又还回来了。凡是儿子发表过的小说,凡是给爷爷邮来的,月欣全都看过了。

月欣风风火火地来到爷爷跟前,一边掏出白手帕在脸上擦汗,一边跟爷爷打招呼。

如今月欣在镇政府当妇联主任,每天工作挺忙,现在正在包村,吃住都在村里,那儿离霞镇足有十多里的路,十天半月才回镇子一趟。大家都说月欣是个能干的人,不怕吃苦,说话办事干净利落,就像个男人似的。

月欣问爷爷:"听说厚泽的儿子来了?"

爷爷说:"你也听说了?"

月欣说:"还说不走了,是吗?"

爷爷说:"是呀!他妈又结婚了。"

月欣说:"可怜的孩子。"

爷爷说:"跟他爸一样,是个拗种。"

月欣说:"咋没见着他?又长高了吧?"

爷爷说:"上镇子里玩去了。高是又高了点儿。"

月欣不再问什么,看着爷爷浇水。她心里特别难受。当初,听到厚泽的死讯,她就这么难受过。多年以来,她心里一直有一个秘密,那就是她对厚泽的爱情。或者不能称为爱情,而只是一种好感。当初他们都小,还不知道爱情是怎么回事。当初,厚泽是班里学习最好的学生,而学习好的人总是让人羡慕和喜爱。当初,厚泽有一头非常亮非常浓密的黑发,总有一绺垂在他白白净净的宽宽的额头上,看去就像一个逗号。没事的时候,她总爱偷偷地看他那个"逗号",一看心里便禁不住一番狂跳。那时候她常常做梦,她的梦里便总有他的影子。有一次,她竟然梦见他跟她结婚,梦见他们手拉手到一个地方去,大概是他陪她回娘家吧!尽管这样,她却从未向他表露过什么,从未表露过她的情感。厚泽是个呆子,他对此竟然没有丝毫的察觉。

如此看来,他们真是不懂得爱情啊!

厚泽考上大学以后,他们几乎断了来往。为此月欣曾经十分气恼,她心里骂他是个"没有情意的人"。厚泽寒暑假回来,和老同学们见面时,也只当她是同学中的一员而已,当然,是关系比较亲密的一员。尽管这样,她仍然割舍不掉对他的喜爱。从某种程度上讲,她更爱把他当成一个弟弟,一个聪明的、招人喜欢的小弟弟。还在那时候,她就听他说,他要当个作家了。在同学们眼里,作家是那么神圣,那么了不起,大家都觉得他有点痴心妄想,只有她相信他,相信他能当个作家。他果然开始发表小说,她看到了他的小说,她喜爱他写的每一篇小说,就像喜欢他这个人一样。她还发觉他的小说里总有一种忧伤的情绪,总有一种缅怀的态度,让她总是特别感动。她不知道这是为什么。

后来他们都结了婚。她嫁了本镇的一名兽医,丈夫是她上一届的校友,人极忠厚,对她很好。她认为她已经渐渐把厚泽淡忘了,只是偶尔想起他来,心里会有一丝丝的痛,不知道为什么痛。她还是常到爷爷这里来,打听打听他的情况。开始爷爷还遮遮掩掩的,后来不再遮掩了,她便知道了他的一些真实的境况,知道了他的婚姻,她不免替他抱屈,也替他惋惜。一天下午,她听见了厚泽的死讯。当时,她正在镇政府的办公室里,屋里还有另外一个女人。她脸色立刻白了,接着就从椅子上滑倒在地下。那个女人十分惊慌,急忙过来又拉又叫,又掐她的人中,她才醒过来。她断断续续地说:"不会的!这不是真的!"

她马上跑到学校来问爷爷,她多么希望他对她说这不是真的啊!

可是爷爷却说:"我刚从城里回来。已经火化了,都烧成灰儿啦!"

这时候,她反倒冷静了,她对爷爷说:"是吗?您可要想开点儿,别太难过了……"

后来,爷爷又领她去看了儿子的骨灰盒,这时她表面仍然是冷静的,她看着那上边他的照片,眼泪在眼圈儿里打着转儿,好久,她才轻轻地说了一声:"你呀!"

爷爷没听清,问她:"你说什么?"

这话不好对爷爷说,她答道:"我没说什么。"

这时候,子洲回来了。他一进学校的大门,爷爷就看见他了。爷爷对月欣说:"瞧,子洲回来了。"

爷爷又对子洲说:"子洲回来了?这是你月欣阿姨……"

子洲慢慢走近了,礼貌地对月欣说:"阿姨好!"

月欣看着子洲,她心里突然痛了一下。

爷爷放下手里的水壶,对子洲说:"你见过月欣阿姨吗?她是你爸爸的同学呢!"

子洲点点头,表示见过的,确实见过的,只是印象不那么深刻了。

月欣这时说:"好孩子,你想到阿姨家来玩吗?你跟爷爷一块儿来,阿姨家有个小姐姐,让小姐姐跟你玩……"

没想到子洲说:"不!我不跟女孩子一块玩!"

这话说得月欣和爷爷一下子都愣住了。

六

子洲没想到,第二天,国泰就跑到中学来了,来找他出去玩。子洲本来不想去的,爷爷在一旁鼓励他去,他这才去了。

爷爷之所以这样做,自有他的想法,主要还是想让孩子出去散散心,免得他闷在家里想心事,另外也该让他交几个小朋友,在这里就不会太生分了。

实际上,这时爷爷已经有了让子洲留在霞镇的心思。这也没什么不好,他对自己说,我能把儿子养大,我也能把孙子养大的!不过,他并没有决定下来,他还没最后拿定主意。

这一天玩得很好。

直到傍晚,子洲才回来,这时爷爷已经做好了晚饭,等着子洲。爷爷一次一次来到门外,站在操场上,朝大门口张望。他并不是担心什么,他不仅认识国泰的爷爷,也认识国泰,也知道国泰是个好孩子——国泰还是个班长呢!

这时天已擦黑了。爷爷再一次出来时,一出屋门就看见子洲进了操场。爷爷看不见子洲的脸,只看见他的小小的身体,就像一个影子,但能断定就是子洲。子洲是跑回来的,速度很快,转眼就到了爷爷跟前。

爷爷说:"子洲回来啦!"

子洲嗯了一声,这才停住脚步,呼哧呼哧喘着粗气。

爷爷说:"饿了是不? 快吃饭吧!"

子洲真是饿了,吃起饭来狼吞虎咽的。在爷爷的记忆里,子洲从没这样吃过饭。

爷爷说:"别急,别噎着,慢点儿!"

似乎眨眼间,子洲就把一碗米饭吃完了,这才放慢了速度。子洲好像挺不好意思,抬头朝爷爷笑了一下,笑得爷爷一阵心疼又一阵宽慰。

爷爷说:"咋回来这么晚? 上哪儿玩去了?"

子洲说:"玩了好几个地方呢! 汽车站、市场、铁匠铺、水闸……"

爷爷说:"国泰的爸爸在铁匠铺,见着他了?"

子洲说:"见着了。还见着万良的妈妈了。她在市场,她还给了我们每人一听可乐……"

爷爷说:"你们都有谁呀?"

子洲说:"有国泰和万良,还有程敢和吴二柱。"

爷爷说:"哈……玩得开心吗?"

子洲说:"还行。我们说好了,明天还去玩,这回要走远点儿,这回上养鱼场去……"

子洲的样子兴致勃勃的。

爷爷说:"行。"

子洲玩累了,吃过饭,洗洗脚,就睡下了。爷爷拉灭了灯。子洲一躺下就睡着了。爷爷发现,这天下来,子洲就被晒得变了颜色,不像从前那样白皙了,浑身红一块紫一块。

爷爷又把灯打开了。子洲睡得十分沉,他蜷曲着身体,两臂放在胸前,那只朝上的耳朵在灯光下亮晶晶的,头发黑油油的,只是有点乱,爷爷本想给他梳一梳,又怕弄醒他。

爷爷看着子洲睡觉的样子,心里说不上有一种什么感觉。他再一次把灯拉灭了。他点燃了一支纸烟,烟头一明一暗的。前一阵子,他已经把烟戒掉了。儿子就是抽烟抽死的,他很害怕。自从子洲来到这里,他又把烟捡起来了。

从这天开始,子洲每天都要出去玩。一般都是在午饭以后。每天刚吃完饭,国泰就来了,他并不进屋,只站在操场上朝屋里喊:"子洲——"

子洲一听见喊声,马上就跑出屋去。一去就是一下午,直到吃晚饭时才回来。

有一天,爷爷碰见了国泰的爷爷。两人一见面,国泰的爷爷就说起了子洲。国泰的爷爷直劲儿夸子洲说:"你那子洲可是个好孩子!那才懂礼貌呢!多会儿见了我都说爷爷好爷爷好的,跟他爸小时候一样,一看就是个聪明孩子。"

听见有人夸子洲,爷爷心里自然是高兴的,嘴上未免还要谦虚谦虚,他说:"哪里哪里!聪明虽说聪明,毛病可也不少!"

国泰的爷爷说:"小孩子哪有没有毛病的?那不成了神仙了!"

国泰的爷爷突然发起感慨来:"你说说,老龚,从前是儿子们打打闹闹的,现在孙子们又打打闹闹了……你还记不记着了,国泰他爸念书那阵子,就总跟你家厚泽一块儿玩……说起厚泽,唉!真是可惜了!"

听见说起儿子,爷爷就没什么话了,只跟着叹了口气。

国泰的爷爷又说:"听我家国泰说,子洲就不回城里了,就待在霞镇了。说这是子洲跟他说的。"

爷爷说:"是呀是呀!他也这么跟我说的。我还拿不定主意呢!"

国泰的爷爷跟国泰的爸爸一样,从前也是个打铁的铁匠,说话办事都特干脆。

国泰的爷爷说:"嗨!这还有啥拿不定主意的?留下就留下呗!不好?依我看,孩子这么做,定有这么做的道理。他妈不是又结婚了吗?再怎么说,子洲也算是咱们霞镇的孩子,你说对不对?"

爷爷道:"这个……我还得想想……"

国泰的爷爷说:"看你这样子吧!不得想想?有啥好想的?就这么点事……"

国泰的爷爷突然有点不屑似的。

这天晚上,月欣来了,还领着她的女儿娇娇。这时候,子洲和爷爷刚吃完晚饭,爷爷正在抽烟。娇娇比子洲大一岁,个子却没有子洲高。子洲一看见月欣,就知道娇娇是谁了。子洲对月欣说了声"阿姨好",却没搭理娇娇。

爷爷和月欣说起话来。

娇娇并没在意子洲的冷淡,她来到子洲跟前。子洲趴在炕上看一本故事书,明明知道娇娇来到身边,却装作没看见的样子。不过,书已经看不下去了,只在翻着书页,翻得哗啦哗啦直响。娇娇在一边看了一会儿,问子洲:"你看的这是什么书?"

娇娇的声音细声细气的,听起来挺舒服。子洲仍旧翻书,好像没有听见。娇娇只好再说一遍:"你看的是什么书?"

子洲说:"是《动物三十六计》。"

子洲有点吃惊,他本来并不想回答她,可是话却说出来了,他自己也没有想到。

娇娇接着问:"好看吗?"

子洲后悔刚才回答了她的话,可又不得不接着说:"没啥意思。"

娇娇说:"我家有一套《上下五千年》,我妈妈给我买的,可有意思了,你看不看?"

子洲犹豫了一下说:"这书我看过了……"

娇娇说:"是不是挺有意思?"

子洲说:"还行吧。"

在子洲和娇娇说话时,爷爷也在和月欣说话。

月欣对爷爷说:"子洲是不是快要回去了?"

这话触动了爷爷的心事,他说:"我正琢磨这件事呢!他说他不想回去了,就在这儿待着。"

月欣说:"是吗? 那他妈妈怎么想呢?"

爷爷说:"谁知道她怎么想! 这么多天了,连个信儿也没有,就好像没有这个孩子似的。"

月欣说:"咋能这样呢!"

爷爷有点愤怒了,说:"你不知道,月欣,厚泽这桩婚事……"

月欣心里一颤,说:"我知道,我知道的……"

爷爷说:"我真是不知道咋办才好……"

月欣想了一下说:"要是孩子不愿意回去,那肯定有他的道理,依我看……"

爷爷说:"你是说,就让他留在这儿?"

月欣说:"留下也没啥不好。"

月欣说完这话,朝子洲和娇娇那边看了一眼。爷爷也朝他们看了一眼。

那边子洲已经下了炕,他和娇娇两个在电视机那儿,正在说话。娇娇说:"听我妈说,你比我小一岁,你该管我叫姐姐呢!"

子洲说:"我不叫!"

娇娇说:"不叫也没关系。我问你,你上我家来玩吗?"

子洲说:"到时候再说吧!我有好几个新朋友呢!国泰、万良、吴二柱……"

娇娇说:"他们呀!我们都是一个班的。"

正在这时候,月欣叫了声娇娇,月欣说:"娇娇,咱们回家吧!"

月欣和娇娇离开时,爷爷出去送她们。子洲没去送,只对她们说:"阿姨再见!娇娇再见!"

七

爷爷终于拿定主意让子洲留下来,他给子洲的妈妈写了一封信,说了这件事,说了子洲的想法,也说了自己的想法,他让子洲的妈妈放心,他能把子洲养大。爷爷写这封信写了好几天,感觉就像写一篇文章似的,写得极认真,写得深思熟虑,并且认为自己写得充满了道理。这时候,他倒担心起来,担心子洲的妈妈不同意,把信邮走以后,又担心了好几天,直到子洲的妈妈来了一封信。妈妈的信很短,写得也很客气,主要的意思是她同意这样做。爷爷一下子放了心。虽然如此,可有些话还是让爷爷很不痛快,很伤心。比如她说她和厚泽的婚姻,基本上是一个错误,因此子洲也是一个错误。但是,她说,无论如何,子洲都是她生下的,从这点考虑,如果他将来需要她帮助,她还是会帮助的,如果他需要钱,她会给他的。

爷爷看完信,三把两把就扯碎了。爷爷骂道:"谁要你的臭钱!谁要你的臭钱!……"

爷爷没对子洲说起过这件事。

又过了几天,学校开学了。学校的操场上一下子热闹起来。爷爷早就找了校长,把子洲上学的事安排好了。开学一分班,子洲被分到了初一(1)班。国泰、万良、程敢、吴二柱,还有娇娇,恰好也都分在这个班里。

昨天晚上,爷爷把子洲叫到跟前,对他说:"明天就开学了,听我说,你要好好学习,好好学习……"

爷爷的神情十分严肃,从来没这么严肃过。爷爷本来还想了一些别的话,却只说了这么一句,别的都没说。

爷爷站着,子洲也站着。爷爷看着子洲的脑瓜顶,子洲看着爷爷的纽扣。

子洲郑重地点了点头。

子洲决定给从前一个要好的同学写一封信。虽然他早就料到自己不会再和他(还有其他人)做同学了,但是,他直到这时似乎才真正地意识到了这一点。他突然有点难过。他铺开了作文本,还没落笔,便先哭了。眼泪啪嗒啪嗒地落在纸上,白纸立刻湿了一片。

爷爷问他:"你在那儿干啥呢,洲?"

爷爷这一问,子洲哭得更凶了。不过,他并不想让爷爷看见他哭,他怕爷爷伤心,也怕爷爷让他回到妈妈那儿去。

子洲说:"我没干啥,爷爷。"

爷爷说:"没干啥就睡觉吧,明天得早起了。"

有一阵儿,子洲又不想写这封信了。想了想,他还是写了。不过这时他已经哭过了,头脑冷静了下来。

他写道:"从这学期开始,我就不能和你同学了,我已经来到了一个新地方,我将在这里上中学。开学的时候,你肯定见不到我,别的同学也见不到我,那么,你别奇怪,告诉别人也别奇怪……"

他又写道:"我现在在我爷爷家,这个地方叫霞镇。这里的中学有一个大操场,有咱们原来的学校的操场五倍那样大。我在这里已经有了几个新朋友……"

他又写道:"其实我还是挺想念你的,也想念其他的同学,也想念老师,咱们从一年级一直到六年级,咱们还给许多同学都起了外号,你叫小胖猪(你可别生气),对不对?"

写到这儿,子洲禁不住笑了一下。刚笑过,又要哭了。他就不写了。他想,其实不写也没关系的,他们见不到我,肯定会打电话问妈妈,她也会告诉他们的。尽管这样想,还是把信写完了。他把信折好了,放进书包里,打算明天抽时间邮出去。

他后来还写道:"你告诉同学们,不用担心我,我在霞镇挺好的。我爷爷对我特别好,刚才他还对我说。让我好好学习,我会好好学习的,我保证……"

他本来想邀请他和同学们有时间到霞镇来玩的,想了想,觉得没必要,再说两张纸已经写满了,就没写。

子洲上学以后没有一点儿不适应的感觉,因为他对这个环境早就十分熟悉了。他们班的班主任是个老教师,姓孙,脸有点窄。有一天,他对爷爷说:"你家龚子洲挺好的,挺聪明……"

爷爷听了非常高兴,他说:"是吗?是吗?……这我就放心啦!"

过些日子,爷爷收到了一个邮包,一看地址,是子洲的妈妈寄来的。打开一看,全是子洲的衣服,毛衣毛裤,棉衣棉裤,里面还夹了一封信。妈妈在信上说,这些都是子洲的衣服,现在全部寄过去。如果子洲有用钱的地方,尽管来信。看了这封短信,爷爷同样又生了一回气,爷爷知道,这女人真是不想再让子洲回去了。真没见过这样的女人!爷爷甚至想把这些衣服再给她邮回去,爷爷对自己说,不就是几件衣服吗?我给他买!爷爷转念一想,又觉得没有这个必要,再说那要花很多钱的。爷爷没有那么多钱,爷爷知道这一点。

　　这天晚上,子洲也看见了这些衣服。爷爷曾经揣测子洲看见这些衣服以后会怎么想,他会不会不穿这些衣服呢?他会不会很生气呢?不料,子洲十分淡漠,他只是看了一眼,就忙别的去了,忙着写作业。

　　爷爷见了,暗暗地点了点头。

　　自打开学以来,子洲学习一直非常认真。前几天,老师布置了一篇作文,题目是《记我最熟悉的人》,子洲写了爸爸。作文被老师当作范文在班级读了,竟然把全班同学连同老师都给读哭了。后来爷爷看了这篇作文,爷爷竟也哭了。爷爷也很吃惊,吃惊子洲小小的年纪会有这样的想法。

　　在那篇作文里,在写了爸爸的"事迹"后,子洲写道:"爸爸是在霞镇长大的。爸爸是不被人理解的,可是,霞镇的人理解他。爸爸应该满足了。如今我也来到了霞镇,我也要在霞镇长大。霞镇的人都说爸爸是个好孩子,我也要当一个好孩子。"

八

　　过了几天,爷爷病了。

　　那天夜里,爷爷想到外面去巡察巡察,从炕上起来,突然觉得一阵头晕,就像脑袋上裹扎进了无数的银针,炸裂般地痛。

　　四周漆黑一团,黑暗中传来子洲均匀的无忧无虑的呼吸声,屋外则响着一阵紧似一阵的风声,秋风吹着操场四周的杨树。

尽管这样,爷爷仍然坚持出了门。他左手拿着手电,右手拎了一把铁锹。手电是新换的电池,十分亮,一晃一晃的,就像手里握了一柄长剑。

在外边走了一圈儿,爷爷的头就不那么痛了,只是觉得冷,冷得令他浑身颤抖。爷爷心想,这天儿,说冷这就冷了!赶紧回到屋里,熄了手电,钻进被窝睡了。

这一觉睡得长,一直睡到子洲醒来,爷爷还没醒。子洲本不想打扰爷爷,他知道他爷夜里辛苦,打算自己将昨天的剩饭热一热吃了,赶紧上学去,不料把爷爷惊醒了。

爷爷说:"子洲自己弄饭吃啊!"

说着想起来,刚一动,头立刻又痛起来。

子洲说:"爷爷你怎么了?"

子洲过来摸了摸爷爷的额头,吃惊地说:"爷爷你病了!你脑袋真烫!"

爷爷知道自己病了。

可是爷爷说:"我这是感冒了,没事,躺一会儿就好了,你先吃了饭上课去吧!"

子洲自己热了饭。子洲这是第一次自己弄饭吃,他倒没觉得怎么难,只是有点笨手笨脚的。子洲对爷爷说:"爷爷你不吃吗?"

爷爷说:"我待会儿再吃。你先吃。吃了好上学。"

子洲自己吃了早饭,上学去了。临走的时候,又摸了摸爷爷的额头,说:"还是那么烫。你保证待会儿就能好吗?"

爷爷说:"差不多。"

子洲上学以后,每次下课都要跑回来看看,看爷爷好没好,起没起来吃饭。可是直到中午,爷爷也没好,也没起来吃饭。不仅如此,爷爷的脸色还特别难看,似乎突然间,人就瘦了一圈儿。

爷爷就那样在炕上昏睡着。

子洲突然害怕起来,当下就哭了,接着跑去找到校长,哭着对他说:"我爷爷……你们快去看看我爷爷吧!"

校长很吃惊,忙问:"你爷爷怎么了?"

校长又叫了另一位老师,跟子洲来到爷爷跟前,他也摸摸爷爷的额头,马上说:"这老头病得挺厉害呀!快找个车拉到医院去!"

子洲跟着大家去了医院。霞镇的医院比城里的医院小多了,可是,医院里的气味都是一样的。子洲一闻到那种气味,立刻想起了爸爸。这种气味让子洲感到害怕。

医院的大夫说:"快,上急诊室吧!"

大夫给爷爷检查。爷爷一直昏迷不醒,就像死了一样。

大夫说:"是肺部感染。"

站在一边的子洲突然哭起来,他对大夫说:"我爷爷不能死吧?叔叔,我爷爷不能死吧!……"

大夫什么也没说,只是看了子洲一眼,大夫的神情特别凝重。

子洲害怕极了。大夫给爷爷打上了点滴。大夫让大家离开病房。别人都走了,只有子洲不走。子洲死死抓住爷爷的病床,说:"我不走!我就是不走!"

这时校长说:"就让他留在这儿吧!不过,你可不能出声儿。你爷爷没事……"

这时子洲已经不哭了,他只感到害怕。别人都走了以后,他搬了一张凳子,坐在爷爷身边。爷爷始终昏睡着。在子洲眼里,爷爷和爸爸简直是一模一样的,而爸爸已经死了,那么爷爷呢?爷爷也会死吧?

爷爷的手上插着针头,那只手又干又瘦。子洲好几次想摸摸爷爷的手,可是他不敢摸。他就不再看爷爷的手了,他只看着针管中间的那个气囊,看药水在那儿一滴一滴地滴落下来……

爷爷果然死了。有人拿来了一块白布,把爷爷从头到脚裹了起来。爷爷也对他说:"子洲,去把窗户打开……"他刚去打开窗户,爷爷就死了。他突然就哭了。他的心是那么疼,就像被一只手给攥住了。他抽抽噎噎的,哭得那么伤心。这时候,他听见有人叫他:"子洲,子洲……"

子洲睁开眼睛一看,面前站着月欣。他哭得更凶了,他说:"我爷爷死了,阿姨,我爷爷死了……"

他听月欣说:"别瞎说,子洲……"

子洲这才知道自己刚才睡着了,做了一个梦。

月欣一下子把子洲抱进了怀里。她说:"好孩子,子洲,好孩子……"

月欣突然也哭了。

她拍着子洲的后背,又说了一遍:"好孩子,子洲,好孩子……"

到这天傍晚,爷爷终于醒了过来。他满眼的疑惑,问:"这是哪儿?我怎么跑这儿来了?"

子洲一下子就笑了,叫道:"爷爷醒了!爷爷醒了!"

月欣也笑了。爷爷这才看见了子洲和月欣,爷爷说:"这不是医院吗？我怎么跑这儿来了？"

爷爷虽然醒过来了，却不能马上出院，必须治疗一阵，要把被感染的地方全部治好才行，这是大夫说的。

这样一来，爷爷就不能上班了，学校只好安排教师们轮流替爷爷值班。

月欣想让子洲到她家去。月欣对子洲说："你就在阿姨家待几天吧！等爷爷出了院，你再回来！"

子洲不同意，他说："我不去。我还要陪爷爷呢！"

月欣又说："爷爷不用你陪，医院的大夫会照顾他。再说你还得上学呢！"

子洲又说："不。"

月欣没有办法了，心想，这孩子可真够犟的。

爷爷在医院里待了七天。第一天晚上，只有子洲一个人待在家里。家里少了爷爷，好像整个屋里都是空的，空得他心里直发毛。子洲心想，我不能再没有爷爷了！子洲反反复复这样想，我不能再没有爷爷啦！

第二天早上，子洲早早就起来了，做了饭，自己先吃了，又用饭盒给爷爷盛了一份儿，送到了医院去，送的是大米稀粥，外加一个煮鸡蛋。他得快去快回，回来还得上学呢！

中午仍是这样。中午送的还是大米稀粥和煮鸡蛋。他连跑带颠儿，到了医院的门。没想到脚下一滑，一下摔倒了。这下可糟了，粥和鸡蛋撒了一地。

幸好月欣走过来了。月欣也给爷爷送饭来了。月欣和子洲商量："以后，你就不用送饭了，我给爷爷送，怎么样？"

子洲垂头丧气的，满脸的懊悔，只好答应了。

子洲的同学们也知道了爷爷住院的事,大家都特别关心,尤其是国泰,非让子洲到他家里去住不可,子洲不同意,国泰只好想了另一个主意,他对子洲说:"要不,我到你家来住吧!省得你晚上害怕……"

子洲仍然不同意,他说:"我不害怕。"

子洲就说了这么一句话,说完转身就走,离开了国泰。

爷爷出院那天,子洲来接爷爷。爷爷虽然好了,可身体还很虚弱。子洲说:"爷爷,我搀着你走。"

爷爷笑了笑,说:"好啊!"

子洲和爷爷走出了医院。爷爷停了一下,回过头朝医院看了一眼,说:"这地方,我可不想再来了。"

爷爷的身体很重,子洲一会儿就感觉到了这一点,可他咬紧牙关,一声不吭。

爷爷说:"我就是觉得腿软。"

爷爷又说:"我还以为我出不了医院的大门了。我还以为这次得死在这里了。我天天晚上都梦见我死了。可是我想,我死了子洲怎么办呢!我想我不能死。我就对自己说,你不能死!你要看着子洲长大,他长大了你再死!……"

子洲叫了一声:"爷爷!"

爷爷说:"歇一会儿,咱们歇一会儿再走……"

子洲和爷爷停下来。子洲突然感到手背上凉了一下。子洲抬头一看,原来爷爷哭了,爷爷满眼的泪,爷爷的眼泪又饱满又混浊。

子洲又叫了一声:"爷爷!"

子洲也哭起来。他说:"爷爷你没死!你这不都出院了嘛!……"

爷爷便说:"我没死!是呀是呀……我没死!"

爷爷又笑了,他笑得吭哧吭哧的,又空洞又干燥。爷爷笑的时候,仍然流着泪。

爷爷出院那天,尽管天气很冷,阳光却相当好,阳光明晃晃的,就像一汪清水。

爷爷说:"咱们走吧,我歇过来了。"

爷爷出院那天,霞镇的许多人都看见了子洲搀着爷爷走在街上的情形。

九

这年冬天,快放寒假的时候,子洲的妈妈来到了霞镇。当时子洲正在上课,爷爷把他从教室里叫出来,告诉了子洲这件事。子洲立刻愣住了。子洲愣了一会儿,才说:"她来就来吧,我得上课去了。"

子洲说完这话,转身就跑回教室去了。

当时是在下午。子洲见到妈妈,已经是放学以后。整整一个下午,子洲都没离开教室,下课的时候也没离开。子洲听课一直是十分专心的,今天却总是走神儿,为此被老师点名好几次。整整一个下午,他都心神不宁。子洲的心思十分乱,他又伤心又愤怒,想法十分多。放学的时候,他仍然不想去见妈妈,他对国泰说:"国泰,放了学我上你家去呀!"

国泰很高兴,说:"好呀!"

放了学,国泰拉着子洲就往家里跑。不料刚出教室,就碰上了妈妈和爷爷。

子洲听见妈妈叫了他一声:"子洲!……"

子洲又听见爷爷也叫了他一声:"子洲!……"

子洲看见妈妈和爷爷就在教室门口站着。子洲这才站下了。国泰拉了他一下:"怎么站下了?走呀!"

子洲只好说:"国泰你走吧,我不去了。"

子洲看着妈妈,妈妈的头发又黑又亮,像个电影演员。子洲的眼睛突然一热,差一点就要跑出去把她抱住了。可是他心里有个地方动了一下,就像一块石子扔进水里一样,还咚地响了一声,他站了一会儿。然后才朝妈妈走过去。

子洲的妈妈似乎很尴尬。她又叫了一声:"子洲!……"

子洲在妈妈跟前站下了。他的样子十分冷静。他说:"你怎么上这儿来了?"

子洲的妈妈试图拉住子洲的手,可是子洲把手背到身后去了。

子洲后来知道,妈妈到霞镇来,是要把他接回去,接到城里去。子洲还知道,那个钱加玺又看上了另一个女人,因此跟妈妈离婚了。这些都是妈妈告诉他的。在说这些事儿时,妈妈甚至哭了,她一边流泪一边说话,还真的使子洲难过起来。

妈妈还给爷爷带了些东西,尽管爷爷动都没动,爷爷还是说:"子洲,要不,就跟你妈回去吧!"

子洲始终没有说话,这时他看了爷爷一眼,轻轻地说了一声:"不……"

一听这话,无论妈妈还是爷爷,一下都愣住了。

然后子洲对爷爷说:"爷爷,几点了?还不做饭啊?我都饿了……"

爷爷说:"我也饿了。好,做饭,这就做饭。"

因为子洲的妈妈来了,爷爷特意做了四样菜,还有一条鲤鱼。

子洲真的饿了,因此吃得十分香,狼吞虎咽的,吃得吧唧吧唧,吃得头上出了汗。爷爷吃得也很香,只是他的牙不好,因此吃得很慢的。子洲的妈妈却一口也没吃,如果不是嫌饭菜不可口,那就是她没有心思吃饭。

不在现场者被人谈论

岁月像风一样

岁月像风一样,十几年的光阴,呼地一下就刮过去了。

四月的一天,我接到一个同学的电话,说某某今天"上来"了,晚上咱们聚聚。我当时没听清是谁,一边说着好好,一边赶紧抽空儿问道:"你刚才说的人是谁?"他又说了一遍这个人的名字,我这才听清楚了。打电话的同学骂了一句:"你这猪耳朵!现在你听好了,五点钟到新梦酒家,206包房,地址知道吧?就在宣化街8线车站旁边。"

这几年,我们形成了一个习惯,把从外地来到省城的同学一律称作"上来"。而凡是上来的同学,只要打了招呼,就一律设宴款待。想想当年大家朝夕相处摸爬滚打,如今早已各奔东西,这点儿情谊总该有的。不过,和前几年相比,这种情况已经越来越少,主要是现在大家都忙了,每个人都拖家带口的,都有一摊子事,再不像刚毕业那会儿,大家都有一种无依无靠的感觉,所以热衷于同学聚在一起瞎闹,就像亲兄弟一样。

想起当年,大家还真有那么一种兄弟般的感觉。还在那时候,我们就形成了凑在一起喝酒的风气,特别是毕业前夕,几乎每天都有酒宴。当时每间宿舍都有一只暖瓶,只是早已不再盛水,而是经常盛着从食杂店里打来的散装白酒。到了吃饭的时候,每人再从食堂打来两个菜,把酒倒在平时喝水的杯子里,小口小口地喝。喝完了还要唱歌,还要吵架,还要倾诉,还要哭。

这样一直闹到毕业,大家纷纷背起了背包,灰头土脸地走出校门,奔向外面那令人向往又令人恐惧的花花世界,有人边走边说,大学呀,我是你今天不要的……

五点过十分,我来到了宣化街的新梦酒家,找到206包房,推开门一看,已经到了四个人。他们是:刚刚"上来"的杨戈、给我打电话的冯臣、绰号"天气预报"的岳力和绰号"妇女之友"的程一杉。

杨戈是从齐市"上来"的,齐市是我们省的第二大城市,毕业后他被分配到那里的群众艺术馆,以后又调到文化局,现在辞了职,自己开了一家文化发展公司。上学的时候,杨戈是个又瘦又小的人,如今也没长大,只是在原来的基础上胖了一些,脸蛋儿圆鼓鼓的。这也是正常现象,毕竟过去了这么多年,哪能没有一点变化?变化最小的也许是他的眼神儿,骨碌骨碌的,一副机灵相。还在学校那会儿,他就以机灵而闻名,机灵又单纯,大家都把他当活宝看待,虽然他年龄不是最小的,感觉却像个小朋友。

当时,他特别热衷于参加各种课余活动,比方各种讲座。那时候讲座极多,几乎每个周末都有,时事的、哲学的、经济的、文学的,学校大门口经常张贴着各种各样花花绿绿的海报,今天是某位著名经济学家在某某教室阐述当前经济形势,欢迎各位学兄学姐前来捧场,明天是某位著名文艺评论家在某某礼堂评点文坛现状,课后有座谈……海报贴了一层又一层,看起来甚是热闹。杨戈奔波于各种讲座之间,就连校外的讲座(比如工人文化宫和青年宫)他也参加,每次讲座之后还要认真整理笔记,一旦因为听讲座误了吃饭,就买一块烧饼充饥。各种讲座都听过之后,他把精力集中到了文学上,一次他悄悄告诉我说,他已经决定了,今后他要写小说,当作家。记得我拍了拍他的肩膀说:"兄弟,你干吧。"他兴奋得脸都红了,说:"你看我行吗?"我说:"行啊,怎么不行?"我知道这话说得有点不负责任,不过是真希望他成功。

冯臣现在是某大机关的办公室主任,自然有种种便利,所以凡是"上来"的同学都首先找他,他再通知别人。换句话说,他这儿就好比我们的联络站。好在他从未有过怨言,这无疑是很难得的,他也因此获得了同学们的一致好评。大家背地里都说,这么多年,冯臣还那么厚道。这话一点儿不错。大学期间,他便以稳重谦和著称,一直很少说话,尤其不善夸夸其谈,做事有板有眼,考试成绩始终名列前茅,毕业分配时那个机关前来要人,他成了唯一的人选。他对这个结果非常满意。同学中有人不买这个账,说:"天天坐机关,你也太没劲了!"他对说话的同学笑了笑,什么话也没说。

他先从文秘做起,写材料,写总结,写汇报,给领导写讲话材料。几年材料写下来,稿纸写了几麻袋,然后当了副主任,现在又当了主任。当上主任以后,他发生了一点儿变化。变化主要是感觉上的。首先是说话比以前多了,也比以前能喝酒了,也爱发牢骚了。打个比方,说起主任的工作,他就总是说,全机关上上下下,吃喝拉撒,就他一个人管,他常常说:"该死的,都快把我累死了。"

岳力之所以得到"天气预报"这个绰号,主要是因为他消息灵通,几乎每次见面,他都会讲些新鲜事情给大家听:国际的,国内的、本省的、本市的,诸如某某人物最近出了什么新闻,当地某个官员为什么被调走了,某人和某人在某处说过什么话,这话将对某人产生什么影响,等等,而且讲得绘声绘色,兼有神秘和新奇,常把大家弄得一愣一愣的,有些话题还很敏感,有的确实得到了证实,你得承认他有这个本事。不过,他这本事可不是现在才有的。记得上学那会儿,他就常讲一些我们闻所未闻的事,只是范围比较小,大多局限在校园里,包括哪个系有一个漂亮的女学生,哪个青年教师即将出国进修,哪个班有个男同学正跟一个女同学起腻,男同学叫什么名字,哪个教授当年曾经跟某某评剧女演员谈恋爱……当时大家都特纳闷儿,问他:"这些事你是怎么知道的?"他显得很不解,慢吞吞地答道:"这还不简单?唠嗑呗。"临近毕业时,有同学对他说:"岳力你争取争取去报社吧,我看你最适合当记者。"他听信了同学的话,果真去了报社,去年还当上了记者部的主任。

在所有的同学里面,程一杉是工作变动最多的一个人,参加工作到现在,已经换了六七个单位,达到了平均三年变动一次。记得上一次聚会,我们还专门谈论过这个问题,据他自己说,肯定不是工作没干好,不论什么单位,只要待到超过两年,他就会烦得要死,所以必须离开,否则就要出事。他自己都承认这是毛病。他说:"没办法,我就这德行了,时间一长,心里就闹得慌,看哪儿哪儿都不对,看谁谁不顺眼,弄得人人烦我,我呢也烦他们。"他先后干过中专学校教师、学校行政干部、机关秘书、文学期刊编辑、外地报纸驻本地记者,现在是一本妇女杂志的主编助理——他的"妇女之友"的绰号就是这么得到的。

如此看来,把这个绰号安在他身上显然有点儿牵强,但这不过是同学之间的说笑,既是说笑,也就没有必要当真。当然也不排除这里有其他因素。值得一提的是,每次听我们这样叫他,他都并不恼怒,而且显得特别开心,一副喜不自禁、欲言又止的样子,看上去甚是可爱。

顺便说一句,除非"上来"的人是女的,或者有人提出要求,这种聚会一般不喊女同学参加。没有什么特别的理由,不过是多年形成的习惯。再说,也确实觉得有诸多不便。

我进来的时候,他们四个人正在嘻嘻哈哈地笑。杨戈手上夹着支烟,笑得烟在手上不停地抖;冯臣一边笑一边拍着手掌;岳力倒显得很沉静,眼睛看看这个瞧瞧那个,一下一下地咧着嘴;程一杉将右手在眼前挥来挥去,就像在扇扇子,同时断断续续地说:"岳力从哪儿……整来这么……将来你编本书……肯定好卖……"

一听程一杉的话,我马上就知道这是怎么回事了,说:"什么段子这么好笑?"

四个人仍然笑着,同时把目光转向我。冯臣指着一个座位说:"你先坐下……让岳力再说一遍……"

杨戈扔给我一支烟,算是打过了招呼。四个人先后收住笑,重新把目光投向岳力。岳力笑眯眯地说:"那好,我就再说一遍。听过以前的四大宽和四大窄没有?最近有人又编了一个四大窝囊……"

我一听就笑了,其他人也跟着笑起来,不过这次远没有刚才笑得凶。

渐渐都笑完了,只听冯臣说:"好了好了,点菜吧。一人点一个,我们都点过了。"

我拿起菜谱,打开,一边浏览那些花里胡哨的菜名,一边问冯臣:"今天都谁来呀?"

冯臣说:"除了梁三和赵强,剩下的都来。梁三出差去了,赵强在北京治病。"

我正想说什么,不料被杨戈抢了先,杨戈说:"什么病还跑北京去治?"

冯臣说:"有件事你不知道吧?去年他差点儿没报销喽。"

杨戈吃了一惊,问:"是吗?什么时候?"

冯臣说:"去年八月呀。"

杨戈说:"快说说怎么回事。去年春天我还见着他了,他身体那么壮。"

冯臣说:"这事程一杉比我清楚。一杉你说。"

话题从赵强开始

首先,程一杉简单地讲了一下赵强的情况。

程一杉说:"赵强的单位和我不是近嘛,说不上啥时候,我们哥儿俩就碰见了。没事的时候打个电话,凑在一块儿喝点儿酒。那天我又给他打电话,接电话的说:'您找赵主任啊,有事跟我说吧,他不在。'我又问什么时候回来,他说赵主任短时间内不回来了,在医院抢救呢。我当时就蒙了,问是怎么回事,又问在哪个医院。他啰啰唆唆地说:'我们主任早上上班还好好的,没想到吃完午饭就昏倒了,脸煞白,浑身出虚汗,饭盒都没刷,赶紧送到了厂医院。'我知道他们医院的位置,打个车就过去了。一到医院,先看见了他爱人,正靠在走廊的墙上哭,肯定吓坏了。我也吓得够呛,心想赵强是不是已经完蛋了?过去一问还没有,他爱人说还在抢救,都半个多小时了。我问医院怎么说的,他爱人说什么也没说。又过了将近半个小时,大夫才从抢救室里走出来,说,真悬真悬,总算挺过来了,赶快办个手续,住院吧。他爱人忙问怎么回事,大夫匆匆忙忙地说现在还不清楚,要等做过检查才能下结论,看症状是心脏的问题。又过了几分钟,我才看见了赵强,差点儿没把我吓死。那脸就像一张白纸,眼睛半睁半闭的,跟个死人差不多……有句话怎么说来着?病来如山倒,对吧?"

程一杉停下来。

杨戈倒吸了一口气,问:"检查的结果呢?是心脏的问题吗?"

程一杉说:"哪儿呀!心脏只是一个病因,其他还有糖尿病,还有高血脂,问题多了去了。"

杨戈更吃惊了,说:"怎么会这样?上学的时候他多壮啊。"

冯臣接过杨戈的话,说:"那脸红扑扑的,对吧?那天接到一杉的电话,我根本就不相信。我想怎么会呢?第二天我们去看他,这才相信了。小子安安静静地躺在床上,正打点滴呢。这些年,除了睡觉,我可从来没见他那么安静过。当时他闭着眼睛,正一口一口地捯气儿。不知道别人什么感觉,我可是难受得不得了。不骗你们。他那会儿大概睡着了,不知道我们来。我们也不想打扰他。正想走,他倒把眼睛睁开了。你们猜猜怎着?他眼睛盯着我们,就像不认识似的,盯着盯着还哭了。"

冯臣也停下来,他轻轻拍了下桌子,又说:"算了算了,这件事儿别再说了。这个倒霉蛋……真是太可怜了。那以后我又见过他两次。可是,从心里说,我真是打怵见他,尤其打怵他那双眼睛,就像……就像求饶似的。"

冯臣不说了。大家纷纷端起桌上的茶杯,或者取出烟来点上,总之,没人再说什么。

这样过了片刻,程一杉看看大家说:"是不是都害怕了?听我说,怕也没用。生老病死人人有份儿,谁也别想躲过去。一切只是时间早晚的问题。我们能做的,就是自己当心点儿……前几天,大概是二月底吧,我跟姜非吃饭的时候还说起这件事。他有句话非常精彩。他说再过几年,我们见了面再不会说别的,肯定只说养生之道了。"

这话听上去有点扫兴,不过你得承认这话有它的道理,而且不乏深刻。大家很快理解了这一点,明显地松了一口气。

片刻之后,杨戈问:"对了,今天姜非来不来?"

冯臣马上说:"来呀!不过可能要晚一点儿,他说今晚还有一个饭局,好像很重要,不好推掉。他说他会想法儿早点过来。"

杨戈说:"这小子!他现在怎么样?前些日子我听说,这两年他跟谢菁不太好,有这事吗?"

岳力说:"恐怕有这事……"

接着谈起了姜非

只要谈起姜非,肯定会谈起他和谢菁当年的那场爱情。这是我早就料到的。姜非和谢菁都是我们的同学,毕业没几年他们就结婚了,现在孩子都上了初中。比较特殊的是,那会儿同学之间谈恋爱的尽管很多,然而最终走到一起,既在一口锅里搅饭勺,又在一张床上打滚儿的,却只有他们一对儿。也许正是由于这个,大家对他们的事情一直都很关注。

大家你一言我一语,马上就把时间拉回到了十多年前。说起来事情还很复杂。首先一点,谢菁原来有一个男朋友。据说那人是她的中学同学,父亲是省政府什么厅的副厅长。当时我们好多同学都见过她"男朋友"。那时候是在大一,男朋友来跟谢菁约会。客观一点说,男朋友人还是不错的,看上去有点蔫,但是很结实。那时候,他们之间还很黏糊,男朋友一周起码要来学校两三次,每次还要买些好吃的带给谢菁,奶粉和麦乳精什么的。

不过后来就很少见到他了。大家猜测这时候姜非可能已经介入进来。有人还看见某一次谢菁跟男朋友吵了一架,吵得特凶,就在学校大门外面,谢菁又哭又叫,流了满脸的泪。不过猜测只是猜测,到底是不是这么回事谁也说不准。实际上,姜非和谢菁的事一直处于保密状态,就像有人说的,神不知鬼不觉。

说到这儿,杨戈说:"姜非这家伙,嘴太严了!"

冯臣笑着说:"也真是难为他了,这么大的事儿他也憋得住。"

接着岳力举起了一只手,大声说:"跟你们说,他们的事还是我最先看出来的。"

杨戈说:"你怎么看出来的?讲讲!"

在毕业前倒数第二学期,系里组织我们搞了一次为期半个月的社会调查活动,范围规定在全省各地的城镇乡村,各行各业均可,地点自选,三至四人一组,每组成员自行组合。那次我去了哈尔滨郊区的王岗镇。岳力和姜非他们走得远,去了黑龙江畔的呼玛县,该县有个木排乡。他们那组一共三个人,俩男生一女生,女生便是谢菁。木排乡就在黑龙江边上,抬头就可以看见江对岸的俄罗斯。三个人住在木排乡的中心小学,小学离黑龙江更近,夜深人静的时候,躺在炕上都听得见水响。

岳力感叹道:"……黑龙江太美了!从那以后我再没见过那么干净的江,看上去黑森森的。空气也好得不得了,从屋里一出来,嗨!那股新鲜劲儿,你都觉得呛得慌。特别是早晨和晚上,那才真叫爽人肺腑啊!"

岳力说,刚到那儿时,他根本不知道姜非和谢菁有什么事,进进出出都是三个人一块儿,一块儿找当地的领导谈事,一块儿到老乡家里采访,闲下来一块儿坐在江边闲扯,海阔天空。有时候会因为什么问题争论起来,比方某个文艺理论问题,以及对历史上某位大人物的评价问题,显得很傻。不过争论只在姜非和岳力之间进行,谢菁偶尔也会参加进来,但是很少,多半都在一边旁听,不时会笑一笑,一旦她参加,也是站在岳力一边,和姜非作战。

后来发生了几件事,岳力才发现了一些苗头。姜非以前吸烟吸得很凶,一天一包都不够,每次下课第一件事就是先点一支烟吸上。这一点同学们都知道。可是那些天他吸烟突然减少了,而且在谢菁面前从来不吸,谢菁不在才吸。岳力开始不知道怎么回事,以为他没带烟,于是自己吸的时候就给他一支,但是每次他都拒绝,同时微笑着去看谢菁,谢菁也微笑着看他。

　　直到有一天,谢菁要到姜非的旅行包里拿什么东西,当时姜非不在,岳力在,她就让岳力给她拿。岳力将包打开,首先看见了几包烟。这时谢菁就站在跟前,她也看见了。岳力没想到,谢菁当时就急了,怒冲冲抓起烟来就往地上摔。巧的是姜非这时候正好回来了,他站在门口,脸上的表情特别有趣。谢菁看了姜非一眼,好歹停下来,带着哭腔说了一句:"姜非你不是戒烟了吗?"说完从姜非身边跑出了屋子。

　　"我不是说正在戒嘛……"过了半天,姜非才分辩了一句。

　　大概是觉得不好意思,事后他们都跟岳力解释这件事。他们没有一起来。另外,两个人的表现也不大一样,姜非的表现很随意,轻描淡写地一说,谢菁倒是费了好多口舌,绕来绕去绕了半天。其中有一句话岳力至今还记着。谢菁说:"我劝你也把烟戒了。我在一本刊物上看见,吸烟对身体太不好了,对心脏对肺都不好,对胃也不好,将来对那事都有影响……"

　　岳力讲完这话,几个同学当即轰地大笑起来,笑得前仰后合的。我们当然知道她说的"那事"指的是啥事。这话的确有趣,不是吗?尤其在当时的情况下。

　　大家笑了一阵儿,终于停下来,又问岳力还有没有别的事。岳力笑着说,有些事他已经记不清了,无非是他们背着他出去约个会什么的,再就是生活上互相关心,却还要装出一副若无其事的样子,特别是在岳力面前。岳力说:"我呢,装得就像个傻瓜,什么也没看出来。"

非常遗憾的是,姜非毕业后被分配到外地去了。那个地方叫佳市,是我们省第三大城市。谢菁要比他分得好,她留在了哈尔滨。当时的情况可不像现在,什么应聘呀,自主择业呀,双向选择呀,听都没有听说过。那时候实行组织分配,让你去哪儿就得去哪儿,不然损失可就大了,你会失去国家干部的资格,甚至会丢掉工作,你的档案会悬在空中,这样一来,这几年大学就等于白念了。从这个角度说,这个结果对他们是十分不利的,甚至是个打击。一个关键的问题是,他们要怎样处理两个人的关系,这是他们必须面对的问题。这个问题十分现实,谁也无法逃避,弄不好,它会给你带来说不尽的麻烦。

姜非觉得特恼火,也特窝囊,这是肯定的。毕业会餐那天,他跟每个人都碰了杯,碰杯的时候却笑着说:"欢迎到我们佳市去。"他和谢菁也碰了杯,并且说了同样的话,同样是笑着说的。有看见的人说,谢菁当即就哭了。那会儿他和谢菁的事情已经基本公开了,起码班里的同学都知道了。大家不知道的是他们对这件事情做了如何的了断,简洁一点儿说:是继续好呢,还是散?他们肯定商量过这件事,而且不止一次,那段时间他们频频约会,曾经被好几个同学碰见过,商量的结果却不得而知。当然,这是可以理解的,他们本来就没有义务也没有必要向我们通报他们的事。

换个角度说,那时候人心惶惶,自己的事都忙不过来,哪有闲心去关心别人!

那以后没几天,姜非就拿着行李去了佳市,而把一个天大的悬念留在了身后。现在回想起来,那种感觉还真有几分潇洒。

姜非到当地的人事局报了到,人事局进行二次分配,把他派到了佳市文化局的戏剧创作评论室。那段时间我们特别热衷相互写信。不过,我对那些信的真实程度始终心存疑惑。那些信我现在还保存着,回头翻检一下,就会发现一点,那就是每封信里都充满了怀念、激情、愤怒、失望等情绪。反正都是情绪,情绪淹没了一切,真正讲点实事的基本没有。我手里也有姜非的信,他的信也是这个毛病。特别是关于他和谢菁的事,更是一个字都没说。

大约毕业一年后,冯臣到佳市出差,在那儿见到了姜非。从佳市一回来,冯臣便讲了姜非的一些情况,说他当时状态还好,单位刚刚交给他一个任务,让他创作一出反映现代生活的京戏,准备参加明年省里的现代戏调演。他那会儿正在一门心思地学习写戏,看上去还很入迷,已经能把十三道大辙背得烂熟了。给我印象最深的是,讲他给谢菁写了一封信,信是用唱词写的,用的是"言前"辙,记得头几句是这样的:

> 谢菁啊——
> 想起你来我泪涟涟,
> 一幕幕往事在眼前,
> 胸中犹如(哪)潮水涌(啊),
> 千言万语,
> 万语千言,

我说也说不完(啊)……

听到这件事,大家当时都有些感动,包括我。不过,大家同时也对此表示怀疑,认为这是冯臣杜撰的,关键一点是:他怎么会看见这封信?或者换一种说法,姜非怎么会给他看这封信?可是冯臣言之凿凿的,大家也就宁信其有了。在很长一段时间,这件事都被同学们说来说去,成了一桩美谈。

毕业后第三年,姜非和谢菁结了婚。这件事我记得清楚,婚礼是在佳市举行的,同学中好多人都赶了过去。当时姜非没分房子,新房是花钱租的,房里没什么东西,除了一张床,还有一张饭桌、两把椅子,再就是几件锅碗瓢盆。婚宴是在饭店办的。在整个婚礼的过程中,谢菁是最惹人注目的一个人。她那天表现非常好,热情沉着大方,特别是祝酒时讲的那番话,如今想起来还让人激动。

她说,我和姜非反复商量——不瞒你们说,商量了三年——最后达成了现在的协议。这不是一件容易的事。不过,细节我就不说了。如果两个人真心相爱,那么任何问题都不是问题。我就是这么想的。而且,真正的爱情将没有任何附加条件。我觉得,我和姜非的爱情就是真正的爱情。不在一起的时候,我是那么想他,他也那么想我。这就是证明。我知道我们以后还有很多困难,很多很多困难,但是,我觉得这算不得什么,只要我们相爱,我们就会克服这些困难,克服所有的困难……

(以上不是谢菁的原话,但大意如此。)

那以后又过了三年(这是他们的第二个三年),姜非终于调到了哈尔滨。为了达到这个目的,他们做了很多努力,想了很多办法,找了很多人。他们那几年过得极辛苦,这是不用说的。问题在于,他们还不得不做一些不想做不愿意做的事。举个例子说吧。佳市有个酒厂,当时生产一种酒,据说有壮阳的功效,很有名气。那几年姜非说不上买了多少这种酒。送人呀!有一次姜非说,这人送两瓶,那人送两瓶,他都快成酒贩子了,他挣的那点儿工资,除了吃饭,差不多都买了酒。

说起姜非调工作的事,岳力说:"这事我知道一点儿。太难了!那几年把他们两口子造的……不过这事儿最终还是谢菁起了作用。我那会儿不是处了一个女朋友吗?就是第一个……她姐姐就跟谢菁一个单位。听她说,谢菁那时已经怀孕了,挺着个大肚子,工作也不好好干,天天四处跑,见谁跟谁说调工作的事,都快魔怔了——这是她的原话。后来还是一个同事帮了谢菁的忙。这个同事倒没什么,但是人家的老公有本事啊,一句话就把事情办妥了,还问姜非喜欢什么单位……口气够大是不是……"

岳力说到这儿,杨戈马上说:"谢菁很够意思嘛!我现在最想知道的是,如果他们真出了问题,问题出在谁的身上?姜非呢还是谢菁?"

岳力笑着说:"这可不好说。一会儿姜非来了,你可以直接问他。"

冯臣马上阻止,说:"别问别问……除非他主动说,不然太尴尬了。我看不论问题出在谁身上,这都是人家自己的事。另外,我向你们透露一个信息,现在姜非已经不在家里住,住到办公室去了。这种事不是那么简单的,你们明白我的意思吧?"

几个人相互看了看,谁也没说什么。

正在这时候,一位脸色白皙的服务员小姐把一个人领进了房间,他一边往里走一边脱着外衣,同时嘴里说:"对不起对不起,有点事给耽误了……"

闻校长大驾光临

新来的人叫闻华。他把外衣交到服务员小姐的手上,便过来和杨戈寒暄。程一杉在一边说:"看咱们闻校长,真是一点架子都没有……"

闻华听见了,回过头来说:"一杉你挖苦我……待会儿咱们得好好喝几杯。"

程一杉哈哈一笑说:"不敢不敢……"

闻华说:"这么快就熊了?瞧你这点儿本事……"

闻华坐下来,这才把在场的人巡视了一遍,目光就像正在转弯的汽车前灯,从我们的脸上迅速地扫过去,说实话,让人感觉很不舒服,也许像人们常说的,应该把这种目光叫作职业目光,可以想象他在给教职工开会时,就是这样看人的。

闻华是一所干部学校(简称"干校")的校长,该校是省政府某厅的下属单位。此前他在厅里一个处当副处长,照他的说法,这次把他派下来,主要是为了解决级别的问题,另外他自己也觉得在机关没什么意思了,记得他当时说:"当上处长又怎么样?手下也就三五个人嘛!"他明确告诉我们,这全是因为他和厅长的关系好,否则这事是不会落到他头上的。他还说:"别的不

115

说,起码得配辆车给我吧,通勤车就不用坐了。"说完咻地一笑。

当即有同学问:"配了吗？什么车?"

闻华说:"不是什么好车……上海奥迪。"

同学调侃说:"不是买的二手车吧?"

闻华反击道:"二手车也比没有强啊。等你老丈人生病住院的时候你告诉我,我一定派车送他。"

真一半假一半,同学之间的这种斗嘴是常有的事,谁也不会计较。但是,有些同学对闻华有看法,这也是事实。当然,这里不排除嫉妒的因素。不过,闻华本人在一些事情上的做法也是有问题的。应该说,大家相识这么多年,早就把很多事情都看在眼里又记在心里了。不光如此,大家还会在某些场合把看到的听到的说出来,就像今天这样。

关于闻华,我听到最多的,是大家经常谈起他当年写诗的事。

说起闻华写诗,那可不得了。其中既包括我们的感觉,也包括他的名声。当年他确实是很有名的,就连那些来上课的老师讲课前都要特别问一声:"闻可夫同学来了吗?"闻可夫就是闻华,是闻华当时的笔名。那时候学校有一份由同学自办的小报,上面差不多期期都有闻可夫这个名字。开始大家还不知道闻可夫就是闻华,不过没几天便知道了,也许都有些好奇吧,有个同学(大概是杨戈)就问他:"你怎么叫了这么个笔名啊?"闻华当时颇扭捏了一阵子,然后才慢慢地昂起头,一脸郑重地说:"在所有的诗人里,我最崇拜马雅可夫斯基。现在你们明白了吧?"

在场的同学都被震住了,半晌再没人说话。尽管后来也有人说闻华这也太幼稚了(我想主要是针对闻可夫这个笔名而言),可是心里还是很佩服他的。这个我清楚。

那时候闻华一心要当个诗人,而且为此付出了艰辛的努力,这都是我们亲眼看见的。他充满激情又才华横溢,完全沉浸在诗歌的世界里。当时常常出现这种情况,他本来闭着眼睛躺在床上,别人都以为他睡着了,然后他大概来了灵感,忽地一下就下了床,随即抓过纸和笔,趴在桌上就写起来。在我的感觉里,他写诗简直像自来水一样,只要打开水龙头,诗就哗哗地来了。

那时候闻华确实写了好多诗,有一些还在外边的报纸和刊物上发表了。记得他曾经写过一首名叫《向着第一天的太阳,奔跑》的诗。那是有一年元旦,大概是大三那年,大家坐在电视机前面看新年晚会,一边等着听新年的钟声。电视里的男男女女又唱又跳,乱哄哄的。后来钟声终于敲响了,钟声颤悠悠的,非常好听。

那首诗就是闻华那天晚上写出来的,他说他写了一个通宵。那首诗我们都看见了,在省内一张报纸的副刊上,几乎一个整版。害怕记忆有误,在写这篇文章时,我特意到图书馆的"过期报刊阅览室"查阅了当年的报纸。报纸自然有些发黄了,却干干净净的。我当即复印了一份。现在抄几行下来,请看:

　　第一天的
　　太阳
　　正在升起
　　我们高举双手
　　向她
　　飞奔

客观地说,这首诗写得还是不错的,尽管我个人并不喜欢。

如果可以这么说的话,那么,这首诗既是闻华的巅峰之作,也是闻华的封笔之作,就是说,自此以后,他再没写出其他的诗来(或许写了我们没有看见,不过这种可能性极小)。后来的事实也证明了这一点:他确实不再写诗了。

有关闻华写诗的情况,基本就是这样。

毕业之初,闻华就被分配到这所现在他当校长的学校,最早在学校的校报当编辑,该报没有刊号,是一份内部发行的报纸,为此他曾经觉得很没面子,后来经过努力调到了厅里,从普通科员干起,一直干到副处长,现在又被派下来当校长,这期间他结婚生子,还住上了109.33平方米的大房子……

这就是他毕业以后的经历。

由此可见,他毕业后的经历还是很顺的。

谁是下一个到场的人

说归说,闹归闹,挖苦归挖苦,实际上,每个人的心里都特有数,知道适可而止,知道什么话该说什么话不该说——当然我也是如此。

大家说笑了一阵儿,暂时安静下来。

这时冯臣数了数在场的人数,说:"我提个建议……我们现在是六个人,再来两个咱们就开喝……好不好?"

然后岳力说:"我同意。跟你们说吧,我中午饭还没吃呢,早饿了。"

闻华开玩笑说:"岳力你这么没出息呀,不至于吧?"

杨戈认真说:"你怎么不早说?先给你上碗面吧?"

程一杉拉了一下杨戈说:"杨戈你听他的?"

随即冯臣说:"……那好,现在就让他们上菜……"

程一杉阻止说:"急什么?人来了再上也不迟。"

这时岳力说:"我也有个建议……"为了引起重视,说话之前,他还竖起了一个手指。

大家看着他。

岳力晃动着手指,说:"这样,咱们现在猜一猜,下一个到场的人是谁。"

大家先怔了一下,程一杉第一个响应,他还拍了一下手,说:"岳力真有你的!我举双手赞成!"

闻华说:"净瞎扯,还有那么多人,怎么猜得到?"

程一杉说:"先别想能不能猜到,反正闲着也是闲着嘛!"

岳力说:"我就是这个意思,玩嘛!"

冯臣说:"我们明白你的意思了,你就说怎么猜吧!"

岳力说:"咱们这样……一会儿让服务员拿来几张纸,每人写上你认为先到的人,反正那几个人我们都知道,写完交给我。不过咱们也别白玩儿,凡是猜对的都奖励一杯酒……不,凡是猜错的都要罚一杯酒……别忘了,把自己的名字也写上。"

服务员小姐很快拿来了纸,岳力把纸裁成了六片,分给我们。包括闻华在内,谁都不再说话了,都俯在桌子上,很快就写完了,纷纷交给岳力。

岳力看着每一张纸,看一张念一下那上面的名字,随即放到桌子上,同时说:"你们都看见了,我就放在这儿,上头都有你们的署名,到时候谁也别想要赖……"一边说一边拿起最后一张,反复看了半天也没看明白,只好问它的作者程一杉:"一杉你这是玩儿的哪门子把戏?怎么就画了一个圈儿?想弃权还是怎么着?"

岳力说着将那张纸举起来给我们看。纸上果然只有一个圈,而且不甚圆,有一头是瘪着的。

程一杉未曾说话,先笑起来,道:"这你还不明白?……你仔细看,它像什么?"

岳力首先反应过来,不过好像还拿不准,试探着道:"你是说……面瓜?"

程一杉一边笑一边说:"这还用说?就是嘛!"

经程一杉一说,大家立刻有了一种恍然大悟之感,当然也觉得有趣,便一起跟着程一杉笑起来。

等大家笑完了,岳力问程一杉:"你怎么会想到面瓜?他现在可不像从前了,打个电话就会一溜烟儿奔过来……"

程一杉说:"没办法,大家都在一点点成熟嘛!面瓜也不例外。"

接着杨戈说:"面瓜现在怎么样?我都好几年没看见他了。"

冯臣说:"小子还行,刚评上副教授。"

杨戈说:"都评上副教授了!什么时候评的?"

冯臣说:"去年……九月份吧。"

这时闻华咻咻地笑起来说:"……前几天我还看见他了,小子还是那么可爱,见面就问我一个月开多少钱,然后告诉我他比我开得多……"

大家再一次笑起来。

闻华又说:"接着他又告诉我,他这段时间正在研究孔子的七十二门徒,说他们虽然是一人之徒,差异可是太大了……我们就站在马路边上,他足足说了半个小时……要是我不打断他说我有事,再有半小时也不够他说的……临了临了,他才说,多长时间没见这帮同学了,不知道大家都在忙啥……"

听见这话,大家又笑了一气。

冯臣笑着说:"面瓜的选择是对的,你们想想,除了这个,他还能干什么?"

杨戈说:"那家伙还是那么能喝酒吗?"

岳力说:"能喝能喝,还是一喝就醉。"

冯臣说:"这家伙是个傻实在,你让他喝他就喝,你说喝多少他就喝多少,一点儿不经劝,实际他酒量根本不行……去年冬天我们还喝过一次,没等动窝儿他就喷了,哇一口,连汤带水儿,全喷在了人家的桌子上……"

闻华也要说什么,不料他的手机响了,他看了看上面的号码,口气生硬地说:"是我,我在外边吃饭呢,有事明天到单位再说。"

随即扣上了手机盖,动作十分迅速,根本不容分说。

稍后他解释道:"我们单位的,评职称的事……"

面瓜的名字当然不叫面瓜,这是我们给他取的绰号。

在当年,给同学取绰号是一件特别流行的事,也是我们所热衷的。绰号人人都有,包括女同学,而且五花八门。除了前面提到的岳力的"天气预报"、程一杉的"妇女之友"(这是我们最近才给他取的,算个例外),此外还有叫"小彼德"的,有叫"二老爷"的,有叫"板儿板儿"的,有叫"树杈儿"的(后两例是女同学)……

绰号的来历不尽相同。比方有个同学叫"纸裤子",他之所以得到这个绰号,就是因为有天晚上他躺在床上给我们讲了一个名叫"纸裤子"的故事。故事自然精彩(不知您是否听过)。第二天一起床,大家就开始叫他纸裤子,而他没有半点儿不悦,马上就笑嘻嘻地接受下来,表情十分愉快。

有些绰号则具有概括的功能。换句话说,某些绰号常常是对一个人的高度概括。有的是对相貌的概括,有的是对行为(包括习惯)的概括,有的是对性格乃至品行的概括。和"纸裤子"这类绰号相比,这些绰号似乎更有趣,更好玩,更有品位,甚至具有某种哲学或文化的含义。举例来说,有段时间小彼德特别喜欢模仿电影里的外国人,模仿他们说话,也模仿他们的举止,最典型的动作就是耸肩,说说话儿就耸一下肩,说说话儿又耸一下肩,而他的体型又比较小巧……小彼德于是便成了"小彼德"。

同学们都觉得这个绰号取得好,叫起来很亲切。

而树杈儿是个特别瘦的人,另外她身材也高。

面瓜的绰号也是这么来的。

对他来说,这个绰号还真的很形象。面瓜是个大脸盘,且面皮很白,又稍稍有一点胖,最显著的特征是两腮肥厚,就好像在原来的腮帮子上又贴了一层什么东西。这样一来,他的脸就缺少了一点棱角,看上去软塌塌的。很显然,起绰号的人首先抓住了他的面部特征。但这并不是主要的。他之所以得到这个绰号,关键还在于他的性格。

面瓜应该是一个有趣的人。上学期间——包括毕业以后——他的好多事情都给我们留下了深刻的印象。

这家伙不爱说话,爱笑,有时候笑得很轻,嘴里哧地一下,情不自禁的样子,有时候又笑得很响,哈哈哈哈,笑得两腮直抖。

爱直勾勾地看人。

爱点头。点头就是赞同的意思,我想大家都是这样理解的。

记得刚入学不久,有人曾提出过这样的疑问,他们背地里说:"这家伙够奇怪的,什么事都不往心里去,也没个自己的观点。"

总的说来,面瓜是一个谦和的人,大学四年,他没跟我们任何人发生过争执,不论你跟他说什么话,哪怕是故意跟他找碴儿,他也从不上当。

大学毕业后,他没像我们那样心急火燎地考虑毕业分配的事,而是报考了研究生,并且真的考上了。

我不知道我有没有把面瓜的情况讲清楚,在我的印象里他大致就是这个样子。但是事情绝不会这么简单,因为任何印象都只是印象,都难免失之片面。好在我们不久就意识到了,面瓜确实没那么简单,其实这家伙主意"正"得很,而且他敢想敢做,就像此前有人(记得是程一杉)说的:"面瓜这家伙,看起来蔫了吧唧的,你们瞧瞧,啥人儿都不惧呢。"

记得当时听到这话的人,当即便长短不齐地笑起来,笑得都很会意,却又含义复杂,其中不无嘲讽,也含着赞叹,又带着那么一点儿同情和惋惜,或许还有嫉妒。

有人一边笑着一边上气不接下气地说:"面瓜这小子,真想不到……"

只说了一半,就笑得说不下去了。

那时候面瓜爱上了一个女同学,让我们如此兴奋并且至今津津乐道的就是这事。

按说这种事再平常不过了。回想当年,我们谁没有过热血沸腾的时刻,仅仅为了一个钟情的女孩?我们为她魂不守舍。我们先是自我炫耀,主要是为了吸引她的目光,进而发起进攻,要么对她表示关怀,要么将她大加赞美。待这一切奏效之后,我们便找个机会约她出来,一起在校园里散步,然后找到一棵大树,突然靠在上面,拥抱接吻……

面瓜爱上的女同学是我们系的系花,这种情况就与我们不同了。系花既为系花,必有过人之处。系花面若桃花,鼻如悬胆,口似樱桃,大眼睛,双眼皮儿,还经常一忽闪一忽闪的,就是说,系花容貌姣好(作为系花,这是必须的)。另外系花身材高挑,腰细腿长,走起路来弹性极好——有人说,就像一只蹦蹦跳跳的小母鹿。不过系花也有不足之处,她唯一的不足就是眼眉,一撇一捺,恰好就是个八字。

系花的父亲是个画家,据说很有名气。因此系花显得很有艺术气质,无论行为举止,还是着装打扮,都与别人很不一样,有那么一点别出心裁,又让人觉得恰到好处。说话做事也是如此,基本做到了该笑就笑,该哭就哭,该抒情时抒情,该骂人时骂人,给人的感觉特别直率,还有点大大咧咧。尤其值得一提的是她说话的声音,听起来既清脆又柔和,极富感染力。记得刚开学那会儿,她代表我们系在开学仪式上发言,她的声音从扩音器里一出来,就把我们全给镇住了,大家屏声敛气,就像大热天儿突然下了一场雷阵雨,让人觉得那么舒服,同时无比感动,心里一动一动的,虽然只有短短不到一分钟的时间,但已经有人流出了泪水。

谁也不知道面瓜什么时候喜欢上系花的,也许刚上学那会儿就开始了(从面瓜的秉性来看,这种情况是极有可能的)。这件事他没对我们说起过。他就是这么个人,什么事都喜欢一个人悄悄地干,不对任何人说,喜欢独来独往。

但是,这种事是瞒不住的。别的不说,见了面眼神儿都不一样,特别是进入关键时期,根本就无法掩饰。后来果然有眼尖的人发现了其中的异常,主要是面瓜的异常,他们在背后议论这件事,说面瓜现在怎么回事,系花在哪儿他就在哪儿,系花在教室他也在教室,系花在图书馆他也在图书馆,像系花的影子似的。他们还说,不信你们注意瞧着,看见系花以后,面瓜的眼睛保证是直的。

说起来,这些我以前还真是不曾注意,经同学一说,我才留心观察了一下,果然如此。不过,我也有个发现。我发现面瓜尽管时时都在系花的身边,可是他们并不亲热,不光不亲热,还时刻保持着一定的距离。这么说吧,不论在教室还是在图书馆,他们从来就不曾坐在一起过。值得注意的是,虽然他们不在一起,可是面瓜的位置,总是可以方便地瞧见系花,一抬头就可以瞧见,一转脸也可以瞧见。

这样一来,事情就显得有些复杂了。因为你搞不懂这是怎么回事,搞不懂面瓜和系花是一种什么样的关系,搞不懂系花在这场"游戏"中处于什么位置,搞不懂系花对这件事持何种态度,甚至搞不懂系花是否知道这件事,她知不知道有一个傻小子正在对她"使劲儿"?

后来有消息证实,系花是知道这件事的。消息是从女同学那边传过来的。传过来的消息比我们知道的还要多,还要细。消息说,人家系花那么精明,一开始就察觉到面瓜对她的"企图"。还说面瓜人挺勇敢,已经给系花写过好几封情书了。说系花觉得面瓜还是比较可爱的,就是看起来傻呵呵的,像个傻小子……

事情到这儿就比较清楚了,原来面瓜整个儿是在单恋。

这件事最终不了了之,谁也不知道他们是在什么时间,用什么方式结束了这场"游戏"。不过我记得,就在那年夏天,快放暑假的时候,面瓜请了半个月的假,说是家里有事,提前回家去了。

说到底,面瓜就是面瓜呀。

这件事最终成了一个笑料,直到今天还在被我们谈论着,这么多年一直如此。反正只要提起面瓜,这件事就一定要被说到,而且一边谈论一边丰富细节,诸如面瓜当时如何在走廊里徘徊呀,如何一大早就跑到系花住的宿舍楼前边等着心上人出现呀,等等,让人真假难辨。

但是大家绝没有恶意,这一点我可以保证。也许大家只是觉得这件事很好玩——我就是这么想的。回头想想,其实也真的没什么。有什么呢?那时候我们都年轻,所以都不知道深浅……我说得对吗?

系花一毕业就结了婚。我们后来得知,早在上学的时候,她就和她后来的丈夫认识了。他是电视台某个部的副主任(行政副处级),方方面面的条件都很好,偶尔还写几首诗,发表在报纸的副刊上,有的被拍成了电视片(很多年前我看过一次,某些画面至今还有印象,遗憾的是诗句记不起来了)。丈夫的年龄要比系花大,当年就四十多了,据说以前曾经结过一次婚,离了。

爱情这东西实在是难说得很,在听到这个消息时,很多人都不解,心想年轻貌美的系花何以会嫁给一个比自己大那么多又是离过婚的人?虽说面瓜看上去有点儿"面"吧,可人家毕竟是个小伙子呀,况且面瓜身材高大(据说有一米八三),还是很帅气的。

事实证明,系花是很有眼光的。他们结婚没多久,丈夫就由副处提到了正处,接着又提到了副厅,不过不在电视台了,而是调到了一个新单位。说起来巧得很,他那个单位跟我的单位同在一条街上,挨得还很近,中间只隔着一家小工厂。所以我会经常看见他,特别是早晨和晚上,见他坐着一辆奔驰车(黑色的),一下钻进了大门洞,或者一下从门洞里钻出来。偶尔也会看见系花,那就说不定什么时间了,如果是她先看见我,还会主动打声招呼,或者摇下车窗说几句话——毕竟是熟人嘛。

不过后来发生了一件大事,系花的丈夫由于贪污,还有受贿,还有生活作风问题,结果被抓进监狱,判了死缓(这件事当时十分轰动,搞得尽人皆知)……从那时起,就再也没有见到她。

那件事发生不久,有一次大家聚会(就像今天这样),其间说起了这件事,记得有人曾经说过,系花的确挺漂亮的,身材、脸蛋儿,都没的说,就是眼眉有点儿欠缺,用俗话来讲,"薄相"啊!

第七个是……

大约过了半个小时,第七个人才赶过来。

小时候我曾经看过一部阿尔巴尼亚电影,名字叫《第八个是铜像》。那是一部黑白电影。里头有几个人轮流抬着一座铜像在崎岖的山路上不停地走,一边走一边回忆他们当年跟德国人打仗的事,其中有一个人牺牲了,他就是那座铜像。铜像英俊坚毅,在阳光下闪闪发光……

不用说,现在的这个人并不是"铜像",而是省略号。

看见省略号,岳力显得特别失望,他当下就说了一句:"是你呀。"

听见岳力的话,省略号有点儿不高兴,他愣了一下,说:"是我怎么了? 不欢迎呀?"

省略号是个自尊心很强的人,脾气有点儿酸,说起话来嘴特"黑",一点不留情面——大家都知道他这些毛病,也害怕他这些毛病。

岳力急忙笑了,道:"对不起对不起,我不是那意思。"

省略号说:"那你啥意思?"

岳力说:"别急,你听我说……"

随即岳力把打赌的事情说了,省略号这才高兴起来,说:"原来如此……你们都猜谁了? 说给我听听。"

程一杉一边说好,一边拿起那几张纸,把上面的姓名逐个念了。

省略号沉吟了一下,半真半假地说:"怪了怪了。总共就这么几个人,你们都没想到我!这太让我伤心了。现在我才明白,你们就是觉得我没你们混得好呗!"

听见这话,大家马上都愣住了。

过了片刻,程一杉说:"省略号你想多了,这不过是扯淡的事。"

省略号说:"你以为我缺心眼儿呀,连这个都不知道。"

说罢,哈哈一笑。

气氛随之放松下来。

接着杨戈说:"知道你还瞎扯?吓唬我们哪?"

省略号说:"我这人就这样,你们又不是不了解。"

停了一瞬,冯臣说:"我给你提个建议好不好,省略号?"

省略号说:"甭跟我客气,有话你就说。"

冯臣沉吟了一下,认真地说:"我觉得,你该改改你的脾气了……你不是总说你混得不好吗?这不是没有原因的。唯一的原因,就是你脾气太操蛋了……"

省略号没吱声。

闻华接着说:"冯臣说得对。就你那脾气,有多少人会得罪多少人,这样什么好事能轮到你头上?因为咱们是同学,我才跟你说这话。我们每个人的命运,其实都掌握在领导的手上。动不动就给领导脸色看,你以为你是谁呀!"

程一杉看了闻华一眼说:"狗尿苔不济,可它偏偏就长在金銮殿上了……闻华你是这个意思吧?"

岳力哧地一笑说:"别忘了,那也是经过努力才长上去的……"

程一杉说:"要我说,混得好或不好,都是相对的。从某个角度看,你的确弄得自己很被动。而且我知道你是怎么想的,也知道你怎么做的。但是有一个道理你必须明白,这个世界从来就是聪明人的世界,不是傻瓜的世界。所以我必须劝你,还是学聪明点儿,别总那么自我……我看还来得及……"

冯臣打断了程一杉的话,做了一个暂停的手势,笑着说:"好了好了,到此为止……这不成了批判会了吗?人家可要急眼了……"说着把菜谱拿给省略号,"别跟他们一般见识!老规矩,你来点个菜……"

省略号接过菜谱说:"没关系没关系,你们说你们的,我权当没听见就是了……"

冯臣故作惊讶地说:"嚄!省略号啥时候变得这么大度了?"

岳力笑说:"这话说得……省略号向来就这么大度……你没发现?"

省略号翻动着菜谱,眼睛在上面慢慢地瞄着,同时说:"还是岳力最了解我呀……"说话间眼睛在菜谱上停下来,点了一个菜。

服务员默默地把菜谱收走了。

片刻,省略号突然笑了一声(显得很突兀),说:"其实,你们说不说都无所谓了……我已经办了退休,就上个星期,把手续办完了……"

一听这话,大家当即不约而同地"呀"了一声——这可是一个惊人的消息。

冯臣最先缓过神儿来,诧异地问:"怎么回事?你这么点儿年纪……是你自己……还是单位?"

省略号说:"我自己呀……"接着又补充了一句,"也不全是我自己……我们单位搞了一个新政策,工龄满二十年的,就可以提出要求……精简机构嘛。"

岳力说:"你是不是太冒失了?退了休你干什么呀?"

省略号说:"干什么还没想好,实在不行,就帮我小舅子做生意去……他搞了一家物流公司,我可以帮他搞搞策划。"

冯臣说:"不知道我说得对不对。我看你小子太傻了……提出要求的人都退了吗?"

省略号说:"你以为就你聪明?跟你说,我就是不想再受那份儿罪了……"

停了一下,省略号接着说:"你们知道我那个单位,那完全是个扯淡的单位。听起来像那么回事,厅局级呀。实际一点实权没有,既不是业务主管部门,又没什么好审批的,基本是个摆设。即便当上处长,也不过多混几顿饭吃。要车没车,钱也没多挣几毛。就是这样,他们也不要命似的往上挤。挤上去的哈哈大笑,挤不上去的背后骂娘。有个家伙,是个大高个儿,特别魁梧,说话瓮声瓮气的,他原来是个副处长,为了当处长,总去找领导谈话。一次谈着谈着,竟然扑通一声给领导跪下了。还有一个瘦子,腰有毛病,虾一样弓着,走路一扭一扭的。这位要比那位高明得多。当时有个处长要退休,他三天两头儿就请他喝酒,不光喝酒,还洗浴,洗完浴还按摩。这些当然不会白做,处长退休的时候,就向领导推荐了他。当然这只是一个因素,他还做了一些别的事,包括给领导送礼什么的,我就不细说了。"

岳力笑说:"少见多怪。这种事,哪儿没有呀?"

省略号接着说:"我知道,有些事我是做得挺傻的。可知道归知道,就是改不过来。到最后,只好将错就错了。这也不失为一种人生态度啊,对不对?要说,我做的傻事可真是太多了。刚参加工作的时候,浑身都是学生气。开始那段时间,把什么都看得特别简单,认为只要把活儿干好了,别的都无所谓。过一段时间,逐渐感觉到了单位里边一些乱七八糟的事,又觉得处处都不顺眼,还不懂得防备别人,不管什么事什么人,只要看着不舒服,张口就说,动不动就把人家呛得一愣一愣的。痛快倒是挺痛快,后果可就不堪设想了……现在想想,整个儿就是个不谙世事啊。"

程一杉说:"这可不是你一个人,那时候,我们哪一个人不都是这副德性啊!"

省略号说:"不,不一样……问题是我是那种弯子转得比较慢的人,到现在还没完全转过来。就像有人说的,性格决定命运,想改也改不了……比如我吧……"

省略号轻轻地叹了一口气,不说了。

跟以往不同,省略号今天显得很平静,说话的声音也很平静,有种娓娓道来的感觉。自从相识到现在,他给人的印象一直是尖酸刻薄的(实际情况也是如此),让人觉得特别自负,什么话都敢说,什么人都不放在眼里。

姜非的事情再次被提起

省略号端起茶杯,喝了一口水,看着大家说:"我说,怎么光说我的事?说点儿别的好不好?"

大家纷纷端起了茶杯,都吱吱溜溜地喝起水来,一时谁也不说话了。

过了片刻,闻华四顾道:"姜非怎么搞的,现在还不来?这都啥时候了!"

岳力说:"那边的饭局还没结束吧……"

闻华说:"什么饭局这么重要?竟然置同学的感情于不顾。等他过来我一定损他几句。"

冯臣说:"我看还是免了。他现在处境不妙,说不上多闹心呢。弄不好再惹急眼了,那就不好了。"

闻华说:"你是说他和谢菁的事?就为了这个?"

冯臣说:"谢菁只是一个方面,还有剧院呢,也够他弄的了。"

闻华说:"就那个评剧院?我看干脆黄摊儿算了!几十号上百号的人,一年到头也演不了几场戏,全靠政府拨款,办下去还有啥意思?只能越办越糟……"

冯臣说:"这你就错了。剧院黄了,姜非咋办啊?你以为他这个院长那么容易就当上的?"

程一杉说:"要说这家伙也够怪的,这些年对评剧还真上了瘾,一个接一个地写剧本,不知道写了多少个,写出来又不能演……我真不明白,他这是图什么?"

岳力说:"还能图什么?图自己高兴嘛……哎,闻华,这种体会你应该有啊,你当年不还写过诗嘛。"

闻华怔了一下,随即红着脸说:"你最好别提这个茬儿……那都是哪辈子的事了?"

半天没说话的杨戈说:"这种体会我有,真的,我有。你们还记得吧?那时候,我一心一意要当个作家,天天就想写小说,差不多都魔怔了,而且不怕苦,也不怕累……可惜呀,这都是过去的事了……"

杨戈的态度十分认真,居然把大家都逗笑了。

人们笑了一气,话题再次回到了姜非的身上。

这次是省略号提起来的。他说:"刚才你们说姜非和谢菁?他们怎么了?我怎么一点儿也不知道?"

闻华接过话头说:"你这么孤陋寡闻啊?老姜和老谢,眼看就要离婚了。"

省略号吃惊道:"不可能吧?前两天,就上个星期,我还看见他们在一起,俩人有说有笑的。"

冯臣马上说:"是吗?快说说怎么回事。"

省略号说:"好像就是上个星期二,省文化厅有个朋友过生日。因为以前一起出去开过会,算是谈得来,给我发了个请柬。就在那儿,我碰见了姜非和谢菁。我们还坐在了一块儿,说了挺多话。我觉得他们特别高兴。特别是谢菁,一个劲儿地劝我和姜非喝酒,还不停地问咱们同学的情况。后来他们还一块儿给寿星佬儿敬酒。那时候姜非已经喝多了,我记得特别清楚,谢菁一直搂着姜非的胳膊……所以我说,像你们说的,那可能吗?"

停了一瞬,冯臣说:"听起来是不可能。也许只有一种解释,他们是在演戏……有件事我一直没说,本来不想说……还在去年冬天,要过年的时候,有天晚上,姜非给我打了一个电话,让我上他单位去。我问他有事吗?他说没事,过来陪我喝点儿酒。一到他的办公室,就发现办公桌上摆满了吃的东西,香肠啦、花生米啦、鱼罐头啦,当然还有酒,两瓶龙江二锅头。我说,就在这儿喝呀?他说这儿不吵,说话方便。喝了一会儿,我问他,你怎么不回家?写剧本呀?他先喝了一口酒,然后说,我从家里搬出来了。我吓了一跳,问他怎么回事,是不是跟谢菁吵架了。他摇摇头说,吵架?不,没那么简单……"

冯臣停下来。

大家都看着他。

冯臣接着说:"后来他才告诉我,他和谢菁分居了,早就从家里搬出来了,就住在办公室,都好几个月了。我问他为什么,你们不是一直挺好的嘛,怎么闹到这份儿上?他当时说了一句特深刻的话,意思是什么事情都不是绝对的,而且都有两面性。然后对我讲了一些他和谢菁的事。说他跟谢菁原来确实挺好的,可以说是如胶似漆。可是后来就一点儿一点儿不好了。开始是动不动就吵架,吵起来啥话都说。然后是互不理睬,连看对方一眼都觉得心烦。他还举了洗衣服的例子,说以前两个人的衣服一起洗,而且是谢菁洗,后来谢菁就不给他洗了,他只好自己洗。我问他为什么会这样,他说没啥特别的原因。后来他补充了一句话,说谢菁这人太自私了……"

冯臣停顿了一下,杨戈禁不住道:"什么,谢菁自私,怎么

135

会？姜非这家伙,是不是有点儿烧包了?"

冯臣说:"也不能这么说……这是人家两口子的事,外人是说不清楚的……"

这时程一杉说:"真奇怪,谢菁也是这么说姜非的……"

冯臣说:"说什么?姜非自私?"

程一杉说:"没错儿,就这么说的。"

闻华在一边道:"仔细说说怎么回事。"

程一杉迟疑起来,道:"我看还是不说为好,一旦传到谢菁那儿,以后就没法儿见面了。况且这话不是谢菁亲口对我说的,是她说给了一个女同学,那个女同学对我说的……"

程一杉还没说完,岳力就问道:"哪个女同学跟你这么铁?你可从来没说过……"

大家正说得热闹,姜非突然愁眉苦脸地推开房门走了进来。最后一个说话的人立刻住了口。

冯臣反应快些,赶紧说道:"哎呀姜非……你不是参加一个饭局吗?怎么,这么快就结束了?"

姜非怒气冲冲说:"结什么束,还没开始呢……这帮狗娘养的,提前好几天就定下来了,定得死死的,刚才,就刚才,突然来了电话,说有其他活动,不过来啦……"

冯臣说:"是吗?什么人哪?这么过分!"

姜非说:"我们剧院搞了一出戏,过几天要来审查,就是他们。"

冯臣说:"怪不得。"

姜非说:"这出戏我们折腾了快两年了,没有他们的认可,这两年的工夫就白耽误了。"

姜非一边说话一边走过去和杨戈握了下手,并且咧嘴一笑说:"听说兄弟发财了……"

杨戈说:"姜院长逗我啊……我小打小闹,吃饱了不饿就不错了。"

姜非说:"狗屁院长,也就是穷乐呵吧……"

说话间,姜非在杨戈身边坐下来。

杨戈说:"院长就是院长,不用谦虚……不过你还是应该当心点儿,身边围着那么多漂亮妞儿,可别……"

听杨戈这么说,姜非马上警觉起来,半是玩笑半是认真地说:"哎杨戈,这帮浑小子都跟你说什么了……告诉你,千万别听他们胡说八道……"

没等杨戈说话,岳力先开了一句玩笑道:"瞧,姜院长心虚了。"

姜非立刻说:"岳力你小子……我心虚什么?"

闻华接过岳力的话道:"对啊姜院长,你就说说你什么意思吧!你是不是觉得我们都闲得心慌,就爱讲你的逸事……"

姜非给说得十分狼狈,他一边哈哈哈地笑着一边连声说:"好好,我错了我错了……我错了还不行吗?"

"为了朱策,把这杯酒干了!"

在大家说话的过程中,陆续又来了几个人。其中有白居难和苏西坡,还有胡马舍。

137

面瓜也来了。

几个人刚进来那会儿,省略号正在说话。所以他们都没声张,先找个位子悄悄地坐了。等到人们住了口,几个人才纷纷跟杨戈打了招呼。

这时冯臣看了看大家,道:"我看……能来的都来了,不能来的肯定不会来了……我们是不是可以开始了?"

大家纷纷点头,齐说:"对,开始吧!开始……"

冯臣当即大声招呼服务小姐,请她马上上菜。

服务小姐答应了一声,离开了房间。片刻第一道菜就上来了,很快又有人拿来了一瓶白酒。这人干净利落地打开瓶盖,依次把我们的酒杯倒满了。缕缕酒香随即升起,直扑我们的鼻子。

菜被一盘一盘地端上来。照以往的习惯,上够四个菜就可以开始了。

在等待上菜的过程中,大家都叽叽喳喳,说着一些没有主题的话。

这时候,面瓜突然说道:"听我说,昨晚儿我梦见朱策了……"

一听这话,大家立刻浑身一震,震得如同晴天打了一个响雷,也如同突然刮来了一阵凉风。大家不约而同,当即安静下来,静得居然没有一丝声音。

朱策也是我们的同学,可惜他已经死了。

他是我们同学中第一个离开人世的人。现在算来,已经整整七年了。

过了一瞬,有人问:"你梦见他什么了?"

面瓜沉吟了一下,说:"听我讲……当时我好像在一条河边,河面很宽,看上去白亮亮的,就像镜子一样,上面飘着一层轻雾,十分平静。我一个人坐在河岸上钓鱼——你们知道,我平常是不钓鱼的——钓了不知多长时间,连一条鱼也没钓上来。我两眼看着水面,心里想着一些乱七八糟的事。这样看着看着,水面突然翻起了浪花,就像泉涌那样。我吓了一跳,盯着那儿细看。接着就看见了朱策,他一下子冲出水面,脑袋水淋淋的,上边沾着几根水草。头发贴在脸上,脸煞白煞白的。他噼里啪啦地拍打着水面,一边捯气儿一边对我喊:'面瓜你快救我、快救我啊!'喊完就沉下去了。接着又冒出来,又喊,还是那句话。这时候,我马上就醒了……"

面瓜说完了,大家好久都没说话。

许久,岳力说:"我也梦见过朱策。不过不是昨天,大概一个多月前了。那天我到河东县采访——就是朱策家那个县。报社出了一辆车。下午我们到了县里,和头头儿们简单地谈了一会儿,他们就安排我们吃晚饭,当然也喝了酒。我在外头很少喝酒,只喝了一点儿。其间我们谈到了朱策,说他是我同学。头头儿们不知道朱策,马上说,这人在哪儿?赶快去车把他接来。我说他已经死了。头头儿马上不吱声了,显得特遗憾。吃完饭他们又安排洗浴,我没去。我一个人在街上转了一会儿。我想朱策肯定到过这里的,而且不止一次。街上有很多小饭馆儿,朱策说不定就在某一家饭馆儿吃过面条。就在这天晚上,我梦见了他……"

岳力停了一下,又说:"那晚我住在河东宾馆,是河东县最好的宾馆。我梦见我在一片树林里。那是一片秋天的树林,林间铺满了落叶,走在上面唰啦唰啦直响。我不知道我在那儿干什么,也许是散步吧。后来我突然看见一个人,在我前边走,走得很快。开始我没看出他是谁,但是背影有点眼熟,瘦瘦的,衣服显得很宽大。这时他回了一下头,我一眼就认出来了,他是朱策。我当时别提多高兴了,马上朝他追去,边追边喊:'朱策,你在这儿干吗?你站住!'可是朱策不但没站住,反倒走得更快了。我继续往前追。眼看就要追上的时候,床头柜上的电话突然响了。我吓得一激灵,醒过来,这才知道我在做梦。我心里有种说不出来的感觉。我说不上有多伤心,真的。这期间,电话一直在响。我刚拿起听筒,就听见里边一个女人说:'先生,你需要特殊服务吗?'我真是气急了,对着电话就骂:'臭婊子!你个臭婊子!你他妈给我滚!快给我滚!'女人哼唧了一声,咔嗒把电话撂了。我再也睡不着了,满脑袋都是朱策,朱策,朱策……"

哦,朱策。

大家沉默了一会儿。

杨戈说:"我没梦见过朱策,一次也没梦见。这是不是挺奇怪的?差不多是四年前,那年我办了停薪留职。有一天,我收拾办公桌里的东西,想把该扔的扔掉。就在快收拾完的时候,我发现抽屉底下有一个信封。信封压在几本过去的刊物下边,都是我喜欢的文学刊物。由于时间太长,已经压得扁扁的。我心里呼啦一下,马上想起来这不是朱策的信吗?不知道怎么回事,我觉得心惊肉跳的,我心里说,朱策啊朱策,你怎么藏在这儿?你都死了这么多年了,还给我来个偷袭?过了一会儿,我哆哆嗦嗦地把信拿起来。信封和信纸都已经发黄了,信封上有个地方还沾了一块儿指甲那么大的油渍,我想第一次看信的时候我可能正在吃午饭。那封信是毕业第二年他写给我的,当初我肯定没把它当回事,不然我不会这么多年一直也没想起来。信上确实没啥实质性的内容,不过是报报平安而已,再就是一些想念和鼓励的话。可是,那次重看,感觉可就不一样了。一看见他那些干净清秀的字儿,我脑子里立刻就想起了他那副黑瘦黑瘦的模样儿,我眼睛当时就湿了。信上说他挺好的,说那时学校刚刚决定让他带毕业班的语文课,还兼任一个班的班主任,他说杨戈我支持你当作家的想法,说他希望我鼓足勇气,多多练笔,关注生活,关注人心,要当就当一个好作家,千万别当那种酸皮拉臭又没有脑子的扯淡文人,说他希望早日看到我的作品变成铅字,说到时候他一定把我的作品推荐给他的学生。话还是当年那些话,一个字都没变。可是感觉已经不同了,完全不同了……那天我是那么难过,比刚听到他的死讯那天还要难过……"

杨戈刚停下,程一杉就说:"直到今天我还在后悔,后悔没赶上朱策的葬礼……"

冯臣证实说:"我们给你打过电话,你夫人说你出差了。"

程一杉说:"朱策出事那天我正在云南大理,那次单位派我到昆明参加一个期刊发行年会,会议组织我们到大理两日游。那时候我还没有手机,一点儿消息都不知道。白天在大理转了半天儿,晚上就在那儿住下了。就在那天晚上,大概快天亮的时候,我冷不丁梦见了他。当时朱策站在我的床头,眼睛直愣愣地看着我。感觉就在咱们宿舍,他一手扶着上铺的床沿,一手耷拉在身边,声音轻轻地对我说:'一杉……老程……我要走了。'我说:'你走吧,假期别把自己搞得太累,开学早点儿回来。'我印象中那是放暑假,因为知道他每次回去都要干农活儿,所以才这么说。不料朱策停了一下,说:'我不回来了。'我有点儿吃惊,问他:'为什么?是不是家里出啥事了?'他没回答,转身走了,我叫了他几声,他也没答应。对了,当时他就穿着上学时一直穿的那件蓝上衣,胳膊肘儿还补着补丁。第二天早晨,我又想起了这个梦。不过说实话,我并没把它当回事。我还觉得挺好玩儿,心想我怎么会无缘无故地梦见他呢?莫不是他闲着没事儿念叨我了?我当时想,回去以后,我要找找别的同学,弄辆车,一块儿抽空儿去看看他,顺便再吃一吃农家饭……谁知道,一到家就听到了他的死讯……唉!"

程一杉重重地叹息了一声,随即又说了一句:"当时我真不敢相信。"

然后冯臣说:"是我第一个知道朱策的死讯。那几天我忙坏了,已经连着好几个晚上没在家吃晚饭,那天好不容易没事了,总算在家吃了一顿饭。就在那天晚上,八点多钟,我接到了朱策爱人的电话。我刚拿起电话,就听他爱人说:'你是冯臣吗?'我不熟悉朱策爱人的声音,犹犹豫豫地说是,他爱人立刻就哭起来。我想这是谁呀,这么哭哭啼啼的?他爱人哭着说:'我是朱策爱人……朱策出事了……'我浑身一激灵,说:'出什么事了?你慢慢说……'她一边哭一边把事情讲了一遍,我一听就傻了。我跟一杉一样,根本不敢相信那是真的。后来我对她说:'你别急,现在我就通知别的同学,我们今儿晚就赶过去。'我跟单位要了一辆面包车,又通知了当时在家的所有同学,连夜就去了河东。不过……我想说的是……路上我并没多么难过……也许还没来得及吧……我脑子里始终翻来覆去地想着朱策以前的那些事,想第一次在火车站和他见面,当时系里叫我们几个先来的同学跟着学校的接站车去接站,他扛着一个行李卷儿——那是真正的行李卷儿,他把棉被和褥子卷成了一个圆筒——怯生怯生地向接站车走过来,明明都看见挂在车上的校旗了,还不放心地问我:'老师,你们是北方大学的吗?'又想上大学那几年他有多困难,每次开饭他都是最后一个去,就为了买最便宜的菜,还不想让我们看见,他那不是怕我们笑话,只是不想让我们把好菜分给他。他自尊心那么强。你们记得他那几年都吃什么吗?早饭:馒头、粥、咸菜;晚饭:馒头、粥、咸菜,只有中午才吃一个炒菜,那是他不得不吃,因为中午不卖咸菜。我说得对吧?还有,那时候出门坐车才五分钱,可是,五分钱他也不舍得花,他宁可走。不知道你们见过没有,一个月总有那么一两次,他会噌噌噌地走回学校,或者从学校往外走,每次都穿着那件洗得发白的蓝上衣,因为走得快,蓝上衣一耸一耸的……"

好几个同学都说:"见过见过,当然见过……"

冯臣又说:"那时候,差不多每个人都有一些汇款,或多或少,一个月十块二十块的,再加上十六块五毛的助学金,吃饱还是没问题的,节省点儿还能买几本书。好在那时候物价低,一本书才几毛钱。对吧?唯独朱策是没有汇款的。他就靠十六块五过日子。十六块五除以三十,一天才五毛五。五毛五分钱过一天,想想他是怎么过的吧!我坐在车上想,如果真的出了事——直到那时,我心里还存在一种错觉,觉得朱策根本没出事——那可真是太冤了。半饥半饱念完了大学,自己当上了国家干部,帮家里还清了外债,又娶了老婆生了孩子,生活总算有了光明……"

冯臣不说了,我想他是说不下去了。

一会儿省略号说:"那次我也去了……"

闻华说:"对,我也去了。"

省略号说:"……说起来,我跟冯臣的感觉一样,路上也是总觉得朱策并没出事,这一切不过是一场误会,说不定汽车一到他家门口儿,他就会鸡飞狗跳似的跑出来,一边搓手一边招呼我们赶快进屋,一边还要说:'你们怎么跑到我这穷乡僻壤来了?怎么事先连个招呼都不打……'好像还没到十一点,我们就到了他工作的那个镇子。他家就在学校的后身儿。乡下人睡觉早,镇子这时黑乎乎的,只有朱策家还亮着灯。一走进他家的房门,我们所有的幻想立刻被彻底地粉碎了。朱策就躺在他家外屋的一块门板上,我想那是当地的习俗。他穿着一身干净的寿衣,脸上盖着一张黄表纸,脑袋旁边点着一盏豆油灯。在昏黄的灯光里,朱策显得那么瘦小,比我们平日看见的样子还要小。不知道别人有什么感觉,我的感觉就是震惊,非常震惊……想想看,印象中一直活生生的一个人,突然就这么沉默了,永远不会说话了,心不跳了,血不流了,眼睛不再眨动了,身体不再温暖了,什么都是冷冰冰的了,而这一切的一切,都让你觉得那么陌生……"

省略号抽了一下鼻子,接着说:"开始,我们几个都没哭。我们好像还没反应过来。我们呆呆地站在那里,站在朱策的身边,久久地、一言不发地看着他。在我们看着朱策的时候,朱策的爱人就站在我们身边,她也默默地看着朱策。那是我第一次看见她……和朱策一样,她也是瘦瘦小小的。我想她是被吓着了,脸上一副惊恐的样子。后来我们进了里屋。屋里还有其他一些人,包括朱策的父母,还有朱策学校的同事,还有几个他们的亲戚。朱策的父母我也是第一次见到,一看就是老实巴交的农民,身上穿着最最普通的衣服,脸上全是干巴巴的皱纹,眼神儿显得又慌乱又无助。当时,他们也是什么话都没说。但是,他们觉得我们特别亲,这我一下子就感觉到了。大概过了几秒钟,朱策的爱人突然哭起来。她站在朱策父母的身边,哭声并不响亮,实际就是抽泣。她一哭,朱策的母亲也哭了。还有几个其他在场的人,他们也哭了,还有我们几个,当时都哭了。我那时的感觉,怎么说呢,真像有人拿着刀子一下一下地往我心上扎一样……我当时想,老天爷真是不长眼啊,怎么偏偏会让这种事落在他们的头上?"

省略号闭了口。

大家又一次沉默下来。

这次沉默的时间更长一些。

隔了一会儿,闻华说:"当时我也哭了……在那种时候,没有人会不伤心的……除非他是铁石心肠……"

闻华看了看我们,接着又说:"刚才冯臣说得对,朱策确实太不容易了。有一件事给我的印象特别深,你们肯定也记得。上学那些年,他基本没买过笔记本,他的笔记本都是用买来的大白纸自己订的。当时物价那么低,一个笔记本才几个钱啊!最让人佩服的是,他尽管困难,却始终那么有自尊。有件事我们以前就说过,大学四年,他没开口向我们任何一个人借过哪怕一分钱……说句老实话,在我心目中,他一直是咱们同学中最好的人,是心里最干净的人。保证比我干净。有些事别人可能不知道,我自己心里最清楚。上学那几年,他肯定是同学当中读书最多的人,加上营养不良,弄得小脸焦黄。这就足以说明问题了。在我的感觉里,除了学习,他好像什么都不想。而且那么多年,他从来不多言不多语……这么说吧,在我看来,他是那种真正品学兼优的人……不过,有件事我一直没弄明白:当初毕业分配,他为什么非回家不可?我听说——不知是真是假——当时市教委,已经点名要了他。如果这是真的,如果他没回去,我是说,那么也许,这件事就不会发生了……"

稍停片刻,岳力说:"这件事我知道。有一次朱策过来给学校买教学用具。那时候他正准备结婚,他爱人跟他一起来的,打算顺便买一点结婚用的东西。我现在还能想起来,他爱人穿着一件深红色暗格儿的上衣。他说下午就要赶回去,所以没通知你们。中午吃饭的时候,我无意间问起了这件事,还逗他是不是因为有了嫂子,弄得他们很不好意思。当时朱策连声说,不是不是,那时候我还不认识她呢……后来他说,其实再简单不过,城市里的花费太大了,他家的负担又那么重,既然大家都挣一样的钱,在哪里不是一样活着?这是朱策的原话……"

这时姜非说:"朱策的葬礼我也去了,我的心情特别复杂,尤其是第二天看到那个被救的孩子的时候。你们可能没注意,当时我盯着那个捣蛋的家伙足足看了十分钟,把那孩子吓得直躲。我气血上涌,总想过去抽他几个耳光……"

程一杉问:"那你真抽了吗?"

姜非愤愤地说:"没有。所以我现在还后悔。"

姜非停顿了一瞬,补充道:"在我们的生活中,以后再没有朱策了。所以这些年来,我一直在为他惋惜……"

同学们长久地沉默下来。

无疑,姜非所说的,正是我们大家共同的感受。

时间一分一秒地过去。

最后我说:"朱策永远是我们的好兄弟……为了他,我们把这杯酒干了吧!"

大家响应我的话,都端起了眼前的酒杯,一口喝干了杯中的酒。

那天,我们每个人都喝了很多的酒,而且喝到很晚,夜深方散。

天空下的岛

天空下面有一个岛
在海之南
不为人知
我知……

——题记

一

这年夏秋之交,一场台风刚刚过去,卢韬即来到了磐石岛。

此岛甚小,大概只有千余平方米(后来证实,全岛面积约为970平方米),椭圆形,南北向。远看,全岛由三座山峰组成,南北两山稍低,最高峰在中间,且山顶有一块巨大的花岗石,高宽皆数丈,不圆不方,有一半悬空着,看似随时会掉落下来,却至今还没有掉——磐石岛的岛名,想必就是这样得来的。

岛上处处长满了茂密的灌木和茅草。因刚刚刮过台风,草木都被吹得东倒西歪,一片狼藉。山坡上下,还长着一些苦楝树和马尾松,它们同样遭到了台风的重创,有的连树干都被拦腰折断了,横七竖八地倒在那里。岛上还有若干粗壮的榕树和开着红花儿的凤凰树(树冠皆非常之大),许多树枝也被吹断了,断枝掉落在地上。

岛上的房屋多为二至三层的小楼,砖石结构,房顶皆铺设水泥预制板,很坚固,台风造成的损害并不很大。岛上多山地,平坦的地方少,居民们的房屋大多建在滨海的山坡上,看去有些凌乱,但到了夜晚,待灯光亮起来后,却有了一种鳞次栉比的感觉,甚是好看。

海岛四周布满了岩石,大小不一,被海浪不断地撞击着,涛声不断。只在岛东有一段不足百米的沙滩,若黄若白。

岛上只有不到两百人的常住人口,相当于陆地上的一个小村庄吧。有一个卫生所。有一个邮政所(兼卖手机卡及给手机充值)。有一个派出所。有一个环卫所。有一个幼儿园。以前还有一所小学,但因为生源越来越少,后来合并到附近的大岛上去了。另外,山顶还有"联通"和"移动"的发射塔。

台风虽然过去了,天空依然密布着乌云。乌云翻滚着,有如奔马,从岛上迅疾地掠过去,似乎擦到了磐石岛的山顶,擦到了那块花岗石。

卢韬是从附近的一个大岛过来的(因磐石岛尚未通航),距磐石岛不到20海里。他用一百块钱租了一艘渔民的小型机动船——船底啪啪作响,撞击着不断涌来的波浪,并且溅起了大片的水花——在磐石岛的简易码头上了岸,之后拖着行李箱,踩着散落在路面上的被台风吹断的横七竖八的树枝,只消几分钟,就来到了他预订好的旅店。

旅店的名字还带着一点儿古风,叫海岛客栈,是一幢二层高的小楼,由民居改建而成。其中,一层是住客接待室加餐厅,二层是客房,只有五六个房间。旅店位于磐石岛偏东一点儿的地方,在磐石山的山脚下,向下50余米即是海岸。

旅店很有些年头了,卢韬已记不起在这里住过多少次。他能记得的是:第一次来磐石岛,他就是在这里住的(说起来,当年他才二十八岁,而如今,他已经是个近五十岁的人了)。自那以后,每次来到岛上,若需住宿,他都会选择住在这里,因为住习惯了,当年的房费也比较便宜,才80元钱一晚。

卢韬来到海岛客栈的门前,刚要进门时,突然被人喊住了:"喂——是不是卢韬?"

卢韬闻声转过身,马上看见了斜对面的食杂店,门窗皆开着,门后站着一个老伯,佝偻着腰,须发全白了,瘪着缺了牙齿的嘴,此时满脸的笑,脸上带着一点儿不敢确认的犹疑神情。

卢韬走过去,同时想起了老伯的名字,一边向前走,嘴里一边说:"啊,德明阿伯!是我是我……"

老伯笑呵呵地说:"你一过来我就盯着你了,总觉得有些眼熟。开始还不敢叫你哩,怕认错了人……那可就冒失啦!"

卢韬走到了食杂店的跟前,向里面打量了一下。这间食杂店也是很早就有了的。店内面积并不大,只有十几平方米,主要卖一些日用品,香烟、酒类、面包、瓶装水、鱿鱼丝、烤鱼片、火腿肠,另卖一些海岛特有的小物件,贝壳、海螺壳等等。店主人就是这位德明阿伯。

食杂店是一幢独立的红砖小房子,斜对着海岛客栈的大门。那些年,卢韬曾经无数次在这里买过香烟、啤酒、火腿肠或烤鱼片,渐渐就跟德明阿伯熟悉了,某一天,又搭上了话儿。而那时德明阿伯还没这么老,起码嘴里的牙齿还是齐全的。

另外,德明阿伯的老伴儿当年还在,老两口一起打理着这个店。直到有一年,老伴儿突然不见了(去世了),自此便剩下了德明阿伯一个人。卢韬后来了解到,他们以前还有一个儿子,年轻的时候当了兵,转业后在珠海当上了警察,不料在一次抓捕几个盗抢摩托车的罪犯时,被一个同事误杀了。听人说,当初能够允许他们在这里开这个店,还是托了他儿子的阴福。

少顷,卢韬对德明阿伯说:"阿伯……您身体还好吧?"

德明阿伯说:"还行。可我这老胳膊老腿,不是这里痛,就是那里痛,好像全身的零件都坏掉了,肯定是一天不如一天,说不上哪一天就……"

卢韬说:"您别这么说,我看您气色还蛮好的……"

德明阿伯说:"人人都有那一天……这我心里想得开……"

卢韬一时不知道怎样说,便沉吟了一下说:"阿伯,您给我拿包烟吧……"卢韬记得清楚,他第一次到食杂店来,就是买了一包烟。

德明阿伯过去给卢韬拿了一包烟,拿烟的期间,曾经迟疑了一下,大概忘记了什么牌子,不过很快就想起来了,最终拿来了一包"天香叶",很有信心地对卢韬说:"没错儿吧?"

见卢韬点头,德明阿伯似有点儿自得,说:"看我记性还不错吧?"

卢韬说:"您记性蛮好……"

德明阿伯接着说:"现在人人都说抽烟不好,损害身体,你还在抽?"

卢韬说:"没办法!戒过好几次了,都没戒成,有一次戒了三个月,还是没扛住……现在只能控制一下数量了,每天少抽几支……"

德明阿伯说:"那你是不是工作挺忙的?……都好几年了吧,没见你回磐石岛了,从你外父外母过世后,好像就没见你回来过……"

153

卢韬说："确实忙一点儿，杂事比较多……这次台风，是不是很厉害？"卢韬不想多说工作上的事，想转移话题。

德明阿伯说："厉害还是很厉害，可也就那样了，年年好几趟，一过去就没事了，该吃吃该喝喝……对了，上个月，我还见到了你大舅哥阿祥，可他好像有很多心事，什么也不想说的样子……"

卢韬说："这样啊……等下我拿了房卡，住下来，就去看他。"

德明阿伯说："为啥不上他家去住呢？就免得跑来跑去了。"

卢韬说："这样习惯了。再说，住在家里也不方便……"

德明阿伯说："你这次回来，他知道了吧？"

卢韬说："知道了，我过来之前就打了电话……"

停了片刻，德明阿伯突然想起什么，说："哦，你这次就一个人回来的吗？你老婆阿灵，没一起回来？"

卢韬心里咯噔一下，因为说到了妻子尹海灵。但他一时不知道怎样回答才好，因此沉吟了一下。恰在这时，有个顾客来买东西，德明阿伯急忙过去招呼客人。他当即松了一口气，趁机跟德明阿伯道别说："阿伯您先忙，我们有空儿再聊……"说罢，即拖着行李，匆忙离开食杂店，向海岛客栈走过去，很快在前台登记了一个房间。

待走进三楼的房间，卢韬心里立刻疼痛了一下，痛得额头都出了汗。此刻房间非常安静，静到没有一丝儿声音，静得让人窒息……

二

后来发生的事情,都是从卢韬二十八岁那一年开始的。

卢韬是北方人,在华北平原上的一个小镇里出生长大,二十三岁之前没见过大海,不过,离家不远有条大河,那条河很有名气。从小到大,他都瘦骨嶙峋,面皮黑不拉唧,双眼细长,嘴唇肥厚,鼻头短粗,总之相貌平常。然而个头儿比较高,这也成了他整个人的最大亮点。他平时不大爱说话,但凡事都有自己的主张,性情似有一点儿固执。父亲是一名初中物理教师,喜欢搞些发明创造,母亲则是家庭妇女。受父亲影响,他少时爱读书,上学后成绩优异,初中毕业后考上了全县的重点中学,然后考上了本省的重点大学,接着考取了首都一所著名大学的研究生,最后来到G市,成了一名攻读人类文化学的博士生。

人们对他的印象,一直都是个好学生,学习很努力、很刻苦,成绩也很优秀,不过不大合群,喜欢独来独往,显得孤单或者孤僻,另外也缺少一点儿情趣,好似情商也不太高。

时间到了卢韬二十八岁这一年,发生了一件重要的事:他结识了后来的妻子尹海灵。

卢韬就读的学校位于G市的天河区,校门口有一条著名的繁华大街,叫黄埔大道。校园内则有湖泊,有假山,有树林,有小溪,另有饭馆和咖啡屋,还有随时随地都在发生的浪漫爱情。

卢韬与尹海灵,是在参加卢韬一个师兄的生日聚会时认识的。时间是在三月的一天晚上,有微微的风(在 G 市,三月正是木棉花盛开的时节,抬眼望去,满树都是肥厚的红通通的花朵)。师兄名叫郑国伟,当年暑期就要毕业了。郑国伟是一个大家公认的能力比较强的人,已在学术圈小有名气,发表了几篇学术文章,还多次参加并且主持一些研讨会及学术报告会。当然,也有人认为他过于热衷非学术活动,学术根底并不扎实。

那天,来为郑国伟庆生的人很多,连他们的老板(即导师)都来了,三十多个人。聚会的地点在学校附近的前湖楼酒家。也许是天意吧,卢韬和尹海灵恰巧坐在同一张桌子上,两个人斜对面。跟尹海灵坐在一起的,还有两个女青年。卢韬了解到,这三个女青年都是隔壁师范大学的本科生,且是同一间宿舍的舍友。在三个女青年当中,有一个是郑国伟的小老乡。他还了解到,除了那个小老乡,尹海灵和另一位女同学,并不在被邀请之列。尹海灵后来说,她完全是被同学拉过来凑热闹的。

聚会闹哄哄的。说起来,卢韬开始并没有特别注意到尹海灵。人人都在不停地说话、寒暄。某一时间又熄了灯,接着便是吹蜡烛,唱生日歌,一边唱歌一边拍手。大约在聚会进行到快一半的时候吧,他才突然注意到了她。而在那之前,她似乎就没有走动过,好像也没说过什么话。多数的时间,她就那样安静地坐着,脸上的神情似有点儿严肃,也有点儿无聊,偶尔看一下其他的人,看人的时候,眼睛忽闪着,眼眸非常明亮。

卢韬认为,正是她的眼睛,让他动了心。

从那一刻起,卢韬心里就不再安生了,总是鼓鼓捣捣的,好似心跳也加快了,不时就要朝尹海灵那边看一眼,看她安静的脸,越看越好看,感觉非常干净,还散发着一种柔和的光,犹如一块精致无瑕的玉。不过,每一眼都看得很快(怕引起人家的反感),就那么轻轻一扫。这样看来看去的,尹海灵自然也有了感觉,于是在某一个瞬间,也朝卢韬看了一眼,眼睛依然忽闪着,眼神儿里带着些许好奇,也带着些许不解和抗拒,却让他的心头一阵悸动。

在聚会即将结束的时候,卢韬终于鼓足了勇气,快步来到了尹海灵跟前,跟她搭上了话,并且要到了她的传呼机号(当时很多人还没有手机,卢韬也没有)。

"你当时……怎么会……为什么……突然就过来找我的?"这是在后来,两个人已经相熟了,尹海灵问卢韬。

"我怕来不及,眼看就要散席了,我心里越来越慌,担心一分开,以后就再也见不到你了……"卢韬说。

"我根本就没想到,一点儿心理准备都没有……"尹海灵说。

"对我来说倒不突然,我都观察你好久了,你可能没注意到……其实我一直在那儿下决心……"卢韬笑着说。

"我感觉到了,有个人在一眼一眼地看我……"尹海灵笑了一下说。

"朝你那边走的时候,我还怕你不搭理我,怕你觉得我无礼……"卢韬说。

"我好像都没反应过来……我完全就是惊慌失措……"尹海灵说。

"那你有没有后悔……给我留了传呼机号?"卢韬问。

"没有……眼下还没有……"尹海灵说。

……

跟卢韬认识的那一年,尹海灵二十三岁,正在师范大学政教系读大三。她说她不喜欢这个专业。她说她因为高考成绩不理想,才上了这个专业。她说她更喜欢的是文学。大学这几年,她已经读了好多的文学书,比方《简·爱》《红字》《复活》《红楼梦》《鼠疫》《百年孤独》《复活》《日瓦戈医生》《呐喊》《情人》《永别了,武器》《倾城之恋》等,并渐渐有了自己喜欢的作家,如夏洛蒂·勃朗特、玛格丽特·杜拉斯、张爱玲,后来偶然读到一篇名叫《一弹解千愁》的小说,她又喜欢上了尤瑟纳尔(她喜欢的作家,都是女作家)。

她出生在一个海岛,那个岛就是磐石岛。爸爸是渔民,妈妈做家务。她还有一个哥哥。因她自小聪慧,又生得好看,爸妈都很疼爱她。七岁那年,先在岛上读了小学(幸好那会儿磐石岛的学校还没有撤销)。小学毕业后,又到邻近的大岛读了初中。初中一毕业,又考上了高中。不过,为了要不要读高中,她却跟爸妈闹起了矛盾。依爸妈的意思,高中就不要读了。一个是附近的海岛都没有高中,要读就要到珠海市去读,还得住校,路途远,花费大。还说她一个女孩子,读多少书也没有用……没等爸妈把话说完,她就噼里啪啦地掉起了眼泪,委屈得不行。爸妈最后心软了,这才答应了她。

以上这些,都是尹海灵讲给卢韬的。在尹海灵讲这些的时候,两人已经开始约会了。

他们第一次约会,是一个星期天。那天早上,卢韬先给尹海灵的传呼机留了言,问她今天有没有事,说他想去购书中心,想请她一块儿去,同时说了碰头的时间和地点。信息发出去了,她会不会来呢?他却没有一丁点儿把握。但他没有其他办法,只有等待。当然,等待让人很焦心。在等待的过程中,会产生很多很多的想法。还好尹海灵并没让他等太久,就给他的传呼机留了言,只有两个字:好的。

看到这两个字,他当即在心里"啊"了一声。

卢韬早早就来到了约定的地点,大约提前了一个小时(他担心堵车)。为了让尹海灵一下子就能看见他,他还有意选了一个显眼的位置,站在那里四处打量。打量那些车站和路口,打量那些一脸严肃的男人和花枝招展的女人。不知过了多久,似乎偶一转脸,忽然就看见了她,一身的清新,一脸的阳光,走过来。直到现在,他依然清晰地记得,在他们的目光相遇的一刹那,她再一次睁大了她明亮的眼睛,且不停地忽闪着。

那天,他们先在购书中心逛了一下。之后又找了一家饮品店,卢韬喝了一杯咖啡,尹海灵喝了一杯珍珠奶茶,然后就分开了。在整个过程中,两个人一直都是比较平静的,话也说得不多,因为还不熟悉吧。说话的语气也是平静的,或者是平淡的,没有任何的矫饰和夸张。不过,相互间的默契还是有的,有时候互相对视一眼,彼此就知道是什么意思了。

从那天起,他们便开始断断续续地见面了。

说断断续续,是因为他们见面并不频繁,基本上是一周一次,有时候两周一次。尹海灵会找一些借口,学习忙啊,班里或系里有活动啊,有高中同学来找自己玩啊。实际上,尹海灵在犹豫,还没有完全拿定主意,还在观察和思考,还在了解和感受。人们说有一种慢热型的人,她大概就是的。卢韬看到了这一点。但他从未勉强过她,也没有丝毫的不快。他对她的热情丝毫未减。对每次见面,他都充满了期待,心里慌慌的,直到见了面,在两个人的目光瞬间相遇之后,他才会踏实下来。

见面的地点,多数都在天河公园。如果天气太热,也会去一下旁边的麦当劳。

通过一次次见面,卢韬看出来,其实尹海灵是个很慎重的人,具有很强的自我保护意识,不会轻易地就做决定。人也特别聪明,同时又特别敏感,特别认真,还有一点点固执,或者倔强。当然,也有单纯的一面,感觉涉世未深,偶尔会冲动一下……

不见面的时候,他们会偶尔通一下电话。电话基本都是卢韬打给尹海灵的,每隔两到三天,他会往她的宿舍打一个电话。打电话一般都在晚上,他忽然想起了什么事,有时候根本没有事,只是忽然有点儿想念,就会给她拨个电话。不过,即便通电话,也不会说很多话。他会说一下自己这一天,或者这两三天,都做了些什么,似在汇报工作。她呢,则会嗯嗯地应答几声。有时候,电话不是她第一个接的,接电话的人就会咋咋呼呼地喊:"海灵,你的'陌生人'又来电话啦!"

随着时间的推移,情况开始发生了变化。

在他们交往三个多月之后,卢韬(还有其他几个同学)跟随导师去了外地。他们来到韶关市的一个地方,进行田野调查。在出来的第八天晚上,卢韬突然接到了尹海灵的传呼:"请速来电话!"那会儿,他们吃过晚饭没多久,他正在宾馆的房间整理材料。看到传呼,他心里立刻惊讶了一下,很快跑到宾馆的前台,拨通了尹海灵宿舍的电话。不料,他这边刚说了一个"喂"字,那边就传来了尹海灵吸鼻子的声音。卢韬当即慌了,说:"你是不是在哭?发生了什么事?快告诉我……"

尹海灵停了片刻,说:"她们几个都出去了,现在就我一个人在宿舍。好安静……"

卢韬又问了一遍:"那……没发生什么事吧?"

尹海灵轻声说:"没有……"

卢韬松了一口气说:"没有就好……"

尹海灵随即问:"你们什么时候回 G 市?"

卢韬说:"还要一个星期……"

尹海灵脱口说:"一个星期呀!"

卢韬一时不知道怎样说,嗯了一声。

尹海灵停了停,声音忽然低下来说:"你是不是很忙?"

卢韬说:"我确实……挺忙的……"

……

一个星期后,卢韬回到了 G 市。那列火车是慢车,大站小站都要停,一停就是几分钟甚至十几分钟,到达 G 市已经是晚上八点多钟。一出站,卢韬就找了个电话亭,给尹海灵的传呼机留了言:"我已回,刚下火车,一小时后到你宿舍楼下。"随即带着全部行李,打了个的士,径直来到了尹海灵宿舍的楼下。因马路通畅,还提前了二十分钟。叫卢韬没想到的是,他刚从的士上下来,正在后备厢那儿取行李,就看见尹海灵快步向他走过来。

借着从宿舍楼里映射出来的灯光,两个人都看着对方。那一刻,卢韬非常激动,心跳得非常快。他看得出来,尹海灵也是激动的。他发现,她的眼睛又在快速地忽闪着,脸色却有点儿苍白。然后,他突然就向她走过去,什么话都没说,一下子抱住了她。

这是他们第一次拥抱。他抱着她,感受着她柔软的身体,感受着她的呼吸,还感受到她在轻轻地战栗着。后来,他感觉到她哭了。他还听见她轻轻地啜泣着对他说:"我想你……这几天,我好想你……我觉得,我好像,离不开你了……"

后来,很久之后的后来,卢韬曾经问过尹海灵,她为什么会爱上他。尹海灵笑着说:"你人好呗!另外,我觉得你踏实,还觉得你有学识,也觉得你有正事……"

他确信,她说的是真心话。

这么多年过去了,卢韬一直认为,他跟尹海灵的爱情,是世界上最美好的爱情。他甚至觉得,那是他今生今世最富激情的一段时光,同时也是他一生中感觉最敏锐、心思最细腻、情感最疯狂、精神最恍惚的一段时光。在他的记忆里,那时候,他就像一个情窦初开的少年,仿佛回到了十七八岁,对她充满了迷恋。他迷恋她的面容,迷恋她的身材,迷恋她的声音,迷恋她的微笑,迷恋她的拥抱,迷恋她的嘴唇,总之,迷恋她的一切。而那一切的一切,都是他梦寐以求的,是世间最最珍贵的。

三

卢韬犹豫了一阵儿,还是在海岛客栈楼下的饭堂吃了午饭,然后才离开这里,拉着他那只颇大的行李箱,向大舅哥阿祥家里走去。出门之前,他还把行李箱整理了一下,取出了一些个人用品。

卢韬一走出海岛客栈的大门,就看见了食杂店的德明阿伯。德明阿伯也看见了卢韬,便跟他打招呼说:"是去阿祥家吗?"

卢韬说:"是啊,去阿祥家……"

阿祥家,也就是尹海灵的娘家,位于磐石村的边缘。要去阿祥家,需穿过大半个渔村,且要走一段坡度不小的转山路。

此时,天仍然阴着,风倒是小了点,所以乌云跑得没有那样快了。因为刚刮过台风吧,记忆中弥漫在岛上的鱼腥味也不那么浓重了,显得若有若无。在一些人家的门口,摆放着用长木头做成的架子,上面挂着一条条咸鱼,颜色灰白,但个头儿都比较大,似乎还没有晾晒好(为了躲避前几天的台风,可能刚从屋里面拿出来),偶有几只蝇子,在咸鱼的四周飞来舞去,令人百思不解:这些顽强的生物,刮台风的时候,它们躲在哪里,才逃过了这一劫?

路上,卢韬经过了岛上的派出所,又经过了相邻的卫生所。与多数民居一样,派出所也是一幢二层的小楼房,建在一个斜坡上,外墙贴着瓷砖,面前辟出了一小片院落,有围墙,院里停着三辆(或四辆)单人警用摩托。楼房正面的墙上,在楼顶稍下一点儿的位置,挂着四个黄铜大字:"人民公安"。

走过派出所和卫生所,就看见大舅哥阿祥家的房子了。

阿祥家的房子,位置要比派出所和卫生所高许多,几乎高过了派出所和卫生所的房顶,通向那里的路也要窄一些,坡度也更大。

正在卢韬爬坡的时候,阿祥已从坡上走下来,用不是很标准的普通话说:"我在门口,就看见你了……"

卢韬听见声音,抬起脸来说:"啊,哥……"

阿祥很快来到了卢韬的跟前,要帮卢韬拉箱子,卢韬推却了一下,说:"没事没事,我自己来吧……"不过还是将箱柄交到了阿祥的手上。

阿祥又说:"你阿嫂也在家里……"阿祥说话,语速一直是比较慢的。

阿祥跟卢韬年纪相仿,面相却比卢韬苍老许多,身体凡是裸露的地方,都被晒得黝黑(黑得发紫),特别是后脖颈,已被晒得脱了皮。从容貌上看,阿祥跟尹海灵多有相像之处,脸型、眉眼、神情,一眼就能看出是兄妹,而且性格也差不多,只不过,阿祥显得更木讷一些。说起来,自从当年第一次见到阿祥,这位大舅哥就给卢韬留下了很好的印象。通过尹海灵片言只语的介绍,卢韬知道他很勤劳、很本分、很辛苦,家里的日子却过得不温不火。跟阿嫂生了一子一女(其中一个,当年属于超生,还罚了款)。如今,两个孩子都长大了,不过都没在岛上住,都在外面打工:儿子在深圳,已经成家了,娶了一个潮汕女子;女儿在东莞,做超市的收银员。

卢韬跟着阿祥,很快就来到了家门口,见阿嫂已在那儿候着——跟阿祥相比,阿嫂要胖一些,性格也比较开朗——两人说了一两句寒暄的话,随即一起进了屋,在一楼客厅的几只木椅上坐下来。阿嫂给卢韬和阿祥倒上了沏好的茶水,卢韬象征性地喝了一小口,之后,就打开了行李箱。

箱子里有一只骨灰盒。

卢韬感觉到,在看见骨灰盒的那一瞬间,阿祥和阿嫂都屏住了呼吸。

卢韬轻轻地叹了一口气,随后小心地取出骨灰盒,放在了茶几上。

因为阴天,屋里又没有开灯,骨灰盒显得很黯淡。

这时,几个人都定定地看着骨灰盒。

看着看着,阿嫂突然低促地号叫了一声:"阿灵妹妹啊——"

阿祥和阿嫂,当初都去G市参加了尹海灵的葬礼,但是,见到骨灰盒,他们内心的悲伤还是再一次被勾起了。

紧接着,阿祥一下子伸出了双手,按在骨灰盒上,轻轻地抚摸着,声音低低地说:"阿灵,哥再也见不到你了……哥心里真难过啊……"说完就哭起来,渐渐还哭出了声音,哭声断断续续、呜呜咽咽。

卢韬也跟着哭起来。这段时间以来,一直压抑在他心中的无时无刻不在噬咬着他的巨大的悲伤,在亲人们面前,重新被激荡起来。但他并没有哭出声音,只是任凭眼泪一滴接一滴地流下来……

这一刻,时间仿佛停滞了。

不知过了多久,大家才慢慢平静下来。阿祥和阿嫂都不再说话,默默地坐着,神情都有些木然。

一会儿,卢韬终于打起了精神,说:"临来岛的前两天,我就给哥打电话说了……我这次来岛,是要把海灵的骨灰撒到磐石岛的海里……这是海灵的遗愿……海灵去世前,留了一封遗书,特意写上了这个要求……她说她知道自己得了肝癌,将不久于人世。说她希望在她死后,把骨灰撒到海里,撒在磐石岛周围的海里,让她回到磐石岛,回到家乡,回到她生命开始的地方……她还说,她要回到从前,回到无知,回到无忧无虑,回到真实和真诚,回到她的本心。她还说,这不仅是她的希望,而且是她的要求……"

尹海灵的遗书,卢韬不知道读了多少遍,已经可以背下来了。

阿祥和阿嫂一直在仔细地听。

过了片刻,阿祥说:"我听明白了……"

卢韬说:"我把海灵的遗书也带来了……"

卢韬一边说话,一边从打开的行李箱里取出一个塑料的材料袋,拉开拉锁,从里面取出了尹海灵的遗书,递到阿祥手上。阿祥似乎有点儿吃惊,小心翼翼地接过去,非常认真地、一字一句地读起来。

遗书用钢笔写在一页 A4 打印纸上,写了有半页纸,写得一笔一画,字体非常娟秀,而且没有任何涂改之处,显然是誊抄过的。遗书的末尾,写着尹海灵的姓名和日期,还按了一个指纹印。

阿祥看完了遗书,说了一句:"没错,这是……阿灵写的……"说罢,眼圈又红了,又流下了眼泪,同时,不停地叹着气。

又过了许久,卢韬说:"海灵离开一个多月了,到底要不要把她的骨灰撒在海里……我一直在翻来覆去地考虑这件事。说实话,我不舍得跟她分开……只要骨灰在,放在那里,想看就可以看一眼,总有一个寄托……骨灰不在了,想看都看不到了,寄托也就没有了。可是,这又是海灵提出的要求,是她的遗愿……我也明白她的心思,知道她为什么会这么想。阿灵是个认真的人,从来都是,人又那么敏感……我觉得,就是因为她太认真、太敏感,她才得了这个病。我们做了这么多年的夫妻,我了解她内心的痛苦……我总觉得,是我没有照顾好她……"

卢韬说不下去了,停了一下。

随后阿祥说:"对这件事……心向是啥意见呢?"

心向的全名叫卢心向,是卢韬和尹海灵的女儿,高中一毕业,就被他们送到国外去读书了,现在正在那边读本科。

卢韬说:"心向知道她妈妈的遗嘱……这段时间,我也跟心向在电话里商量过,她也认为要尊重她妈妈的遗愿……"

阿祥说:"要是这样,我看……那就按阿灵的意思办吧……人死为大……"

大家一时没什么话说了,就都沉默了下来。

过了一会儿,阿嫂说:"心向她……出国有两年了吧?"

卢韬说:"就快两年了……这次上岛前,我还跟心向通了电话,她本来也想请假回来的,跟我一起上岛,可是学校不给她假……想想也是,她妈妈去世前后,她已经请了半个多月的假……"

阿嫂又说:"心向是个好孩子,又聪明,又爱学习,又有正事,真像她妈妈阿灵……"

卢韬说:"是海灵坚持要把心向送出去的……现在看,她是对的……这一年多,心向确实长大了不少,学到了很多东西,眼界也开阔了……"

这时候,阿祥在一边说:"这件事情,做起来倒不难,我是说撒骨灰……我们自家就有船……那你看看,你想啥时候?另外有没有其他要做的?"

卢韬说:"我想就明天吧,不知道行不行……我没有其他要做的……这方面的事情,我也不是十分懂……"

阿祥点头说:"那就明天上午吧……"

后来,他们又说了一些别的话,说到了卢韬已故的岳父岳母,说到了尹海灵小时候,也说到了尹海灵患病和治疗期间的一些事,其间时断时续,时而静默,时而伤感,时而叹息……

之后,卢韬又在阿祥家里吃了晚饭,晚饭后才回到海岛客栈。

四

相恋两年后,卢韬和尹海灵结了婚……

那之前,他们都已毕业,并且分配了工作(当年,所有的大学毕业生,包括专科生、本科生、硕士生和博士生,都实行国家统一分配的制度)。卢韬因为专业成绩突出,留在他就读的学校做了讲师。尹海灵则被分配到G市的一所初级中学,当了一名政治课(后来改称思想品德课,简称"思品课")教师。

对卢韬和尹海灵来说,这无疑是天大的幸运。卢韬曾经想过,如果尹海灵没有留在G市,而像她的很多同学那样被分配去了外地,或者被分回了家乡,他会不会跟她一起到外地去,或者选择结婚后过两地分居的苦日子。说实话,他还真的不敢想那么多。大概也正是因为这一点,尹海灵一直都很在意这份工作,不敢轻举妄动。最后,这甚至变成了她心里的一个结(这个后边还要提到)。

当然,婚礼比较简单。首先,两个人在G市登了记。接着选了一个星期天,请各自的同学和好朋友吃了一餐饭,喝了一点儿酒。然后,卢韬便带着尹海灵回了一趟老家(那个华北平原上的小镇),去"拜见"了父母。父母都表示很喜欢尹海灵,这使卢韬深感欣慰。

从卢韬老家回来后,两人又马不停蹄地回了一趟磐石岛,在岳父岳母家里住了六七天,并在岳父的坚持下,请来了很多乡亲,摆了一次酒宴,吃的全部是海鲜,喝了几十斤米酒,有几位乡亲喝醉了,还唱起了渔歌。

在岛上那些天,他们曾经下海游泳,曾经到岛东的那片不足百米的小沙滩散步,还曾到山上去"探险",站在半山腰眺望天空下的大海,惊叹大海的辽阔、大海的深远……

不过,其间还有个小插曲:那些天,因为吃了太多的鱼虾、蟹贝,卢韬终于吃坏了肚子,又吐又泻,只好去卫生所打了一天的吊针……

刚结婚那会儿,他们还没有自己的房子,后经卢韬多次向校方申请,最后学校同意他们暂住在卢韬的宿舍里。宿舍很简陋,他们也没添置什么东西,只是换了一个新的窗帘(海蓝色的,有帆船的图案),再就是粉刷了一下墙壁。所有的家具,床、柜子、桌椅,都是原来的。最大的问题是没有厨房,不能做饭。两人只能到饭堂去吃(偶尔也会把饭菜打回来,在房间里吃)。好就好在,他们对这些并不在意。在他们看来,所有的问题都不是问题,只要两个人每天待在一起,就万事大吉。

渐渐地,尹海灵一些原来没有表现出来的性格特点也充分地表现出来。

一是节俭。这在他们谈恋爱的时候,她就有一些表现,不过不是那么明显,结婚以后,则完全显露出来。买东西,总是尽量买最便宜的,到饭堂去吃饭,基本都打最便宜的菜。

二是能干。家里的事情几乎全部由她包揽下来,就连淋浴的花洒坏了、厕所不通畅、水龙头漏水,她都要亲自动手解决。有时候,卢韬会劝阻她,说:"嗨,你就别弄了,找总务处的师傅帮忙搞搞就成了,人家可是专业人士哦……"尹海灵不同意,说:"自己能弄干吗找别人?再说那要收费的,一次至少十块钱。"恰好有一次,卢韬和尹海灵到校园外面散步,走到一个卖日用百货的档口,就是"全场任选,两元一件"的那种,见有扳手、钳子、螺丝刀,尹海灵便马上兴冲冲地每样各买了一件。其他事情,诸如搞卫生、洗衣服之类,就不用说了,全部由尹海灵承担起来。

三是爱整洁。自打尹海灵住进来,卢韬宿舍原来"脏乱差"的面貌就一去不复返了,每日窗明几净不说,所有的物品都须摆放得整整齐齐,东西用过之后,一定要放回原来的位置。每天早晚,必定各拖一次地板,并且一周就要擦一次窗玻璃,等等。她说,这样她才觉得心里舒服,否则就会觉得心乱。卢韬因为邋遢惯了,刚开始对尹海灵的做法很不适应,觉得没必要这样子,甚至暗暗猜测她是不是有洁癖。不过,后来他还是慢慢地适应了(当然,不适应也得适应)。

除此还有认真(做事情认真,看待事情也认真。不仅认真,还很固执。只要她看准了的事情,一定会坚持,用她自己的方式来坚持,不会跟你吵闹,不会怒气冲冲)。另外还有一点,就是紧张,尹海灵精神上经常处于一种绷紧的状态,似乎总在担心什么,担心事情没做好或者做不好,担心出差错,担心被人误解或者误会,担心给人带来麻烦……紧张的时候,会脸色发白,会出虚汗。

卢韬渐渐发现,这都是尹海灵骨子里的东西,藏在她灵魂的深处。他无法断定这是优点还是缺点,只是感到非常质朴和本真。而这一切,都让他更加理解她、珍惜她、疼爱她。

结婚两个月后,有一天,尹海灵微笑着告诉卢韬自己怀孕了。从她的脸上,卢韬看到了自豪、喜悦和一点点儿羞怯。听到这个消息,卢韬特别高兴,不仅高兴,一时还特别感动。感动主要来自尹海灵当时面对他的神情,从中,他看到了她对他的爱和信任。他竟然流出了眼泪,接着,又伸出双手,捧住了她的美丽的脸。

从尹海灵怀孕开始,两个人的注意力又全部转移到了未来的宝宝身上。为此卢韬还去买了好多书,并向很多人请教,学习如何照顾孕妇,加倍地呵护尹海灵,还专门买了一个插电的紫砂锅,煲有营养的汤。双方的父母在得知这个消息后,也都高兴得不得了,并在高兴之余,出了好多的主意,还提出了各种注意事项。

尹海灵的妊娠反应比较大,有一阵子呕得厉害,也没有胃口吃东西。在一次去医院做检查的时候,医生对她说:"你现在就好比肚子里面长了一个寄生体,你们之间必须有一个适应的过程。"她觉得医生的说法很新奇,想想还蛮形象的,回来就跟卢韬说了。卢韬也觉得这说法有意思,还问医生男的女的。尹海灵说是一位女医生,四十多岁。卢韬笑着说:"那她自己一定有很切身的感受……"

转年夏天,尹海灵生下了一个女孩子。

他们给女儿取了名字,大名叫心向,小名叫丑丑(而且一直叫了很多年,后来在女儿不断的抗议下,才不叫了)。

女儿是尹海灵一手带大的。像许多男人一样,卢韬只是打打下手。不过,他倒是很喜欢做一个旁观者,在一旁观看尹海灵在女儿身边忙碌。

女儿让卢韬和尹海灵的生活变得十分充实,给他们带来了说不完的惊喜,可以说是应接不暇。某一天,女儿突然放了一个屁;某一天,女儿会笑了(还咯咯地笑出了声儿);某一天,女儿软软的脖子可以挺直了;某一天,女儿自己翻了一个身;某一天,女儿用一只小手紧紧握住了卢韬的一根手指头;某一天,女儿可以坐在那里指指点点看图画了;某一天,女儿可以表达自己的不满了;某一天,女儿可以自己走路了;某一天,女儿突然说了一句话:"我一点儿都不开心……"

新生命带来了新气象,也给生活带来了一些新变化。其中一个变化,是在孩子出生后不久,他们被要求搬离了卢韬的宿舍。

记得那天,家里突然来了几个宿管人员,跟他们——主要是跟卢韬——讲,因为孩子总是哭闹,影响了其他人休息,有人已向他们投诉了。卢韬当时非常气愤,差点儿跟宿管吵起来,后来还去找了系领导,反映这件事。系领导表示没办法,说这是后勤部门的事。最后经过协商,学校决定每月给他们一点儿补贴,他们在附近的城中村租了一套两室一厅的民居。

这件事也带来了一个好处,就是居住面积扩大了许多,扩大了不止一倍。因为房子宽敞了,尹海灵还把阿爸阿妈接过来,帮她一起带孩子。卢韬的爸爸妈妈也来过(不过,由于不适应 G 市这边的气候,只住了不到两个月,就回老家了)。

产假结束后,尹海灵又到学校去上班了。不过,尽管她人在学校,心却仍然留在家里,留在女儿身上,一有空闲,马上就会往家里打个电话,问帮她带孩子的阿妈:"丑丑干吗呢?"而且,随着时间的推移,她的乳房会越来越重,也越来越胀,胀得她难受。一到下班时间,她就会立刻拎起包,冲出校门,赶往公交车站,下了车就向家里一路狂奔。

后来,女儿上了幼儿园。再后来,又上了小学、初中。

在女儿刚上初一的那一年,卢韬和尹海灵经过反复商量,最后下定决心,在女儿就读学校的附近——G市的东山区,买一套两居室的商品房。为买这套房子,他们拿出了几乎所有的积蓄,还从卢韬父母那里"借"了一笔钱,尹海灵的父母也资助了一部分,才付清了首付款。买房的目的,主要是让女儿就近读一个好点儿的学校,所以是值得的,也是应该的——他们一致这样认为。

记得有一次,卢韬跟尹海灵聊天(当时尹海灵已经患病了),尹海灵对卢韬说,在她这一生中,让她感觉最幸福的一段时光,就是在女儿小时候,虽然很忙碌,也很辛苦,却是无比充实的。最重要的一点是,女儿可以让她忘记或者忽略所有的烦心事。她还说,她感觉自己最适合做一个居家女人,做一个简单的人……

五

那天,卢韬离开阿祥家的时候,已经比较晚了。岛上的居民区被几盏路灯笼罩着,光线半明半暗,街道上的行人也已很少了。一会儿,他回到了海岛客栈,情绪十分低落。这种情绪无以言表。因为那既不是悲伤,也不是痛苦,也不是难过,同时又都兼而有之。一进房间,他就在简易的沙发上坐下来,出着神,头脑里似有千千万万个想法在生生灭灭,却又不知道自己在想什么。

恰在这时,他的手机突然响了,一连响了好几声,他才反应过来。他匆匆看了一眼手机屏幕,见是他们研究所的小袁打来的。小袁是所长办公室的主任,一个未婚女青年。小袁是个很精明的人,表面上对谁都很亲切,心里却有数得很,尤其知道孰重孰轻。

刚按下接听键,就听见小袁说:"卢所您好,我是所办的小袁……刚刚郑所长给我打电话,让我问下您,您的事情处理得怎么样了……"

卢韬说:"哦,我今天刚到岛上,事情还没有……"

小袁说:"卢所长,是这样的……所里有一件事,很急……是关于一个项目的资金问题……郑所长的意思,是让您明天回来处理一下……"

卢韬心里忽然有些不快,克制着说:"我现在回不去啊!最快也要明天晚上才能回去。之前我已经跟所长请了假,他知道的……"

小袁似有点儿为难,说:"这……那好……我就再请示一下郑所长吧……"

顺便交代一下:如今,卢韬已不在原来的单位工作了,早在几年前,他就调到了一个新单位。他现在的单位叫"人类文化学研究所"。所长乃是郑国伟,他当年的师兄。

这其中也有一点点儿故事,不过并不复杂。那年的秋天,某日,郑国伟突然找到了卢韬(此前,他们已经很久没见过面了),寒暄过后,对卢韬说,他前几年调到了人类文化学研究所,被任命为所长兼书记,现在所里极其缺人,他希望卢韬能过去。郑国伟说,现在所里的这些老人儿,都没什么能力,基本就是混饭吃的,主要是跟他不同心,让他觉得不踏实。

据郑国伟介绍,他这个研究所,属于国家的公益二类事业单位,既有财政的拨款,又享有很大的自主权,如果有想法,是可以做一些事情的。

郑国伟还问了卢韬工资和职称等事情,得知去年才评上了副高职称,便说:"我希望你过来跟我干。先把正高的事情搞掂了……评职称,肯定我们这边容易得多,起码不会像学校那边竞争那么激烈吧……等时机成熟了,再当个副所长……"

卢韬没有马上答应郑国伟,说考虑考虑,也曾经跟几个关系要好的师兄弟商量这件事。其中有的告诫他说:"卢韬你最好慎重一点儿,阿郑他什么根基你知道的……当然,他这几年确实比较顺,也越来越像那么回事,因为他越来越进入角色了,另外也有人帮他。至于专业方面,那就别指望了,他自己大概也不想了……"

还有的说："听他曾经的同事讲,这家伙好像不大容易相处,说他越来越强势,唯我独尊……"

卢韬认真思考了几天。不过他没有听从师兄师弟们的意见,也许因为内心有一些杂念吧,最后还是同意了。如今几年过去,终于解决了正高职称,也当上了副所长。

不过,几年下来,两人之间也积累了一些问题,或者说矛盾,原因涉及方方面面,有的因为工作,有的因为其他,叫人心里很不舒服。不过,卢韬一直采取忍让的态度,不想让矛盾激化,觉得那样不好。

在接过小袁的电话后,卢韬才渐渐缓过神来,他看了看时间,之后给女儿卢心向发微信,写了四个字："在吗,心向?"

很快,卢心向就回道："我在的,爸爸……"

很快又发来一条："爸爸你在哪里?在磐石岛吗?"

卢韬回道："我正在磐石岛。我是今天上午上的岛。下午去了外婆家,见到了你舅舅和舅母,还在家里吃了晚饭。现在刚回到旅店没多久,就是那家海岛客栈,你以前也住过的……"

卢心向回道："哦,那你见到德明阿爷了吗?有没有代我问好?"

卢韬道："见到了。可他好像对你没什么印象,也没提起你……"

卢心向道："他是不是很老了?妈妈以前带我见过他好几次呢,他还送了烤鱼片给我吃……"

卢韬道："是很老了,牙齿掉了好几颗……"

卢心向道："我感觉他很喜欢妈妈,还夸妈妈小时候多么多么聪明……"

卢韬道："哦,他好像还不知道你妈妈不在了,可能没有人跟他讲……"

卢心向道："记得我小时候,每年的寒暑假,都要跟妈妈上一次岛。现在想起岛上的一切,还历历在目……"

随即,卢心向又道："那些人,那些房子,那几棵大榕树和凤凰树,还有那片小沙滩……"

卢韬道："是的,明白,毕竟那是外婆家啊……"

卢心向道："那我舅舅……他是什么意见呢？"

卢韬道："你等下我,我打字慢……"

卢韬随后道："噢,舅舅说,就按阿灵的遗愿办吧……"

卢心向道："那语音吧,好不好？"

卢韬道："还是打字比较方便……"

卢心向道："好的。是在明天吗？"

卢韬道："对,明天早上。就用舅舅家的船……"

卢心向道："然后呢？你想什么时候返回 G 市呢？"

卢韬道："那要明天再说。刚才所里还来了电话,说有急事。我看看吧,要是这边再没什么事,我很快就回去了……"

卢心向停顿了一会儿。

卢韬道："心向,怎么了？"

过了几秒钟,卢心向才回道："我忽然想,爸爸一离开,那里就只留下妈妈一个人了,她肯定会感到孤单的……妈妈好可怜啊……"就仿佛一个人在说话,说着说着,声音忽然变轻了,就像不小心吸进了一口冷气那样。

看卢心向这样写,卢韬心里立刻一动,然后才道："哦,是的是的……"

卢心向又道:"而且,都不知道我们以后还会不会再去那里。可能永远都不会再去了。那么远,又那么忙。是不是?"

卢心向的这些话,一下子刺痛了卢韬的心。他知道,女儿的话是对的,如果没有特别的事,他是不会经常到岛上来的,"那么远,又那么忙",不仅他不会,女儿也不会……

很快,卢心向又道:"爸,我想妈妈,我想妈妈,我昨晚还梦见了妈妈……"

卢韬立刻湿了眼睛,写道:"心向,你说得对,以后我们肯定不会经常到岛上来的,妈妈一定会很孤单……"

卢心向再次停顿了一会儿,之后道:"爸,我一直在想,妈妈怎么会死的?妈妈人那么好,性格那么温柔,那么善良,那么体贴人,又那么好看,她怎么会生那样的病……"

卢韬也停顿了一会儿,然后道:"按医生的说法,主要是因为她的心情长期都不舒畅,有什么事情影响了她,想不开,又放不下……"

卢心向道:"是的,爸,我也听见医生这样说了……"

卢韬接着道:"一个人这么多年,做自己不喜欢的事,心里该会多么压抑。所以我总觉得,我是对不起你妈妈的。我觉得,我忽略了她的内心感受。"

卢心向道:"爸,这个情况我知道一点儿,妈妈是因为工作上的事,不过具体情况我就不清楚了,你也没对我讲过……"

卢韬道:"是的,事情已经发生了,讲了又有什么意义呢?"

卢心向道:"可我还是想知道……"

卢韬一边思考一边写道:"怎么说呢?你妈妈原来就不喜

欢她大学读的那个专业,也不是很想做老师,这个我之前就知道的。但是她的学习成绩很好。也正是因为这一条,她毕业时才被她后来工作的学校选中了,才能留在 G 市,这在当时是非常难的事,非常非常难……"

卢心向道:"你的意思是,不想做都不行了?"

卢韬道:"也不是完全不想做,毕竟是留在了 G 市啊。况且,因为妈妈留在了 G 市,我们的爱情才有了着落。因此,我们当时都特别开心,也不怎么讲工作上的事。直到后来,妈妈才跟我讲,她现在越来越不喜欢做教师了,不是一般的不喜欢,是非常非常不喜欢。"

卢心向道:"你说的后来,是什么时候?"

卢韬道:"是在她休完产假之后的几个月吧。因为在此之前,她都没怎么好好地上班。记得她第一次跟我说起这个话题,是在一天下班后。当时,她态度十分严肃,情绪也十分低落,非常认真地对我说,她现在越来越不喜欢上课了!我一时摸不着头脑,问她为什么,她讲:每当她站在讲台上,面对学生的眼睛,就会浑身不自在,心里特别慌。还觉得自己很虚假,似乎是一个纸做的人,先用竹条做了一个人架子,外面糊了一层纸,里面是空的。而且,说话的声音也跟平时不一样了,忽高忽低,十分空洞,根本不是平时说话的声音。她说她受不了自己这个样子……"

卢心向道:"妈妈为什么会这样?她为什么会觉得自己很虚假?"

卢韬道:"我想,她可能觉得自己言不由衷吧……"

卢心向道:"哦,我好像明白了……"

卢韬道:"你妈妈是一个太诚实、太认真、脑子不太会转弯、心里又太爱干净的人,肯定受不了自己这样子……"

卢心向道:"你是说,妈妈心理上有洁癖?"

卢韬道:"差不多是这个意思吧。不过,我当时却没有这样想,没想这么多,也没想到事情会多么重要,还以为她可能在上课期间遇到了什么不顺心的事,才产生了这样的想法。所以还劝解了她,说:'这是因为你工作时间短,还没有完全习惯,慢慢就好了,什么事情都有一个适应的过程……'"

卢心向道:"当时我妈妈怎么说?"

卢韬道:"你妈妈没说什么话。之后很长时间都没有说。我一度认为她接受了我的意见,以为事情就这样过去了。这也正是你妈妈的性格,遇到事情首先会选择自我反省。我想那段时间,她一定是在特别努力地去适应……"

卢心向道:"没错,妈妈就是这样一个人……"

很快,卢心向又道:"所以,她就任劳任怨地做下来了?"

卢韬道:"不是那样的。那之后,她又多次提起这件事,特别是刚开始那几年,每隔一段时间就会跟我讲一下。每次讲起来,情绪都很消沉。每次都会说:'我现在确实是越来越不喜欢去上课了,我该怎么办呢?'这样,我也渐渐感到事情不那么简单了……"

发完这条微信,卢韬放下手机,去了一次厕所,回来看见卢心向道:"爸爸,我有一个疑问:既然妈妈那么不想做,为什么还要继续做呢?难道你们没想过换一个工作吗?实在不行,还可以辞职嘛……"

卢韬道:"你有疑问是对的,因为你不了解那时候的情况……"

接着,卢韬又道:"另外,你说的我们其实也尝试过。不过并不是说说那么简单的。最初,我们想过最好在校内换个岗位。这还是你妈妈想出来的主意。于是就给校长打了个报告(我还做了修改),说她因为个人原因,想到学校图书馆去工作。很快就被拒绝了。校长的回复很简单:希望你安心于本职工作……"

卢心向道:"这样啊……"

卢韬道:"除此之外,我和妈妈后来还商量能否调动一下工作,就是从学校调出来,到另一个单位去工作。这就更难了。那个年头不像现在,什么事情都管得死。尤其我们这些普通老百姓,想调动一下工作,可以说是难于上青天。除非你能找到可以帮忙的人,就是托关系,要么就是送重礼。为此我们商量了好几次,每次都是你妈妈舍不得花钱放弃了……"

写完这条,卢韬停了下,不等卢心向回复,马上就写了下一条,道:"当然我们那时候穷,每月就那么一点点儿工资,没有什么钱。不过主要还是怪我,没有下定决心、孤注一掷(明白我的意思吗)。通过这些事我也意识到:一个无能又穷酸的男人多可悲,倘若一个男人有能力(包括财力和权力),则任何问题都不是问题,如果没能力,再小的问题都会成为天大的问题……"

紧接着,卢韬又写了另一条,道:"至于辞职,那就更不敢想了。首先你妈妈就不同意。主要是那时候没有自主择业的政策,能有一个工作单位是多么不容易,而一旦辞了职,你就啥都没有了……"

卢韬连续发了三条微信,却不见卢心向回复,于是又发了一条道:"心向在干吗？怎么不说话了？"

卢心向道:"哦,我在想事情……"

随即,卢心向又道:"记得在我读高中的时候,妈妈不是换了一个工作吗？"

卢韬道:"是的,那年他们学校工作岗位调整,终于把她调到了学校图书馆,做了管理员……"

卢心向道:"我还记得,那天妈妈特别开心,特别放松,晚上还特意蒸了一条鱼……"

卢韬道:"我也记得啊。可那之后没多久,妈妈就生了病……"

六

次日,卢韬早早就离开海岛客栈(他出门时,德明阿伯的食杂店还没有开门),来到了阿祥家。这时候,阿祥和阿嫂也早就起来了,并且做好了早餐,等卢韬过来吃。卢韬一进门,阿嫂就说:"阿韬过来了？快来吃早饭吧,我煲了白粥……"

阿祥也说:"来吧,吃过早饭我们就出海去……"

吃饭的时候,阿嫂说:"我跟阿祥把该准备的都准备好了,还带了香……我们商量,出海之前,最好在海边拜一拜,拜拜天后娘娘,拜拜海龙神……阿韬你觉得呢？"

卢韬说:"我没意见,就听阿嫂的吧……"

待吃完了早饭,三人离开了阿祥家,向泊船的码头走去。卢韬胸前抱着尹海灵的骨灰盒,阿祥和阿嫂带着其他东西。

泊船的码头位于磐石岛的一个凹口处,全岛的大小船只都泊在这里(岛上每一户人家都有一艘自己的船),一只一只排过去,大一点儿的船都离岸比较远,小一点儿的船则离岸比较近。凡是小一点儿的船,都用一根缆绳系着,看上去,就像一匹匹拴在槽头上的马。

因为时间比较早,这会儿,码头上还没有其他人。

天依然阴着,海浪冲击着石块砌就的防波堤,哗哗地响着,声音很大。

三个人来到阿祥家泊船的地方,停下来,阿祥说:"就是这里……"

阿嫂四处看了看,然后,又引着大家来到附近的一片长着些许杂草的荒地,打开了提在手上的袋子,从里面取出了三炷香及一沓黄表纸,又示意卢韬把尹海灵的骨灰盒放下来,随即面对大海,轻轻跪下来,从口袋里拿出了一只打火机,点燃了三炷香,插入了刚刚扒作一堆的沙土中。

阿祥见状,也马上跪下来。

卢韬也跪下了。

阿嫂转过脸去,先看了看阿祥,接着又看了看卢韬,用询问的语气说:"我们要拜几拜……还要说几句话……就我来说吧?"

阿祥先点了头。见阿祥点头,卢韬也点了头。

接下来,阿嫂便双手合十,微闭着双眼,先自面向大海,拜了三拜。卢韬和阿祥也照阿嫂的样子,双手合十,拜了三拜。

待拜完了,阿嫂依然双手合十,却将手放在了胸前,嘴里念念叨叨地道:"阿灵妹妹啊,等下我们就要把你的骨灰撒到海里了……这是你的心愿哩……从今往后,就让天后娘娘、海龙神多多保佑你吧,保佑你的魂安安稳稳的……不要挂念我们了……"

之后,阿嫂伸手取过那沓黄表纸,从一角点燃了,不时地翻动一下,直到黄表纸慢慢地烧成了灰烬。

现在,他们上了船。

阿祥家的船,是一艘小型的机动船,马力也不大,平日只能近海活动,主要用来照看他家那几个养鱼的网箱(据阿祥讲,岛上已把附近的海面承包给了各家各户,类似农村的承包田),另外就是到附近各岛走动一下,远海是不能去的。

船上的机器突突突地响起来,随即船缓缓地驶出了码头。阿祥坐在左前面的驾驶位上,手握方向舵。卢韬和阿嫂分别坐在两侧的船舷处,那两边各有一条当作凳子的长木板。而船舱的中间是空的,平时,是用来放鱼或者渔具以及各种杂物的地方。

在船刚刚开动的时候,阿祥对卢韬说了一句:"阿韬先别急着撒……码头里的水有脏东西……等下到了外面吧……"

卢韬听见了,说:"好的,哥……"

一会儿,船就驶离了码头,海浪也随即变得大了,可以听见波浪拍打船底的响声。这时,在对面阿嫂的注视下,卢韬默默地打开了骨灰盒,从里面取出了装骨灰的小袋子,并打开了袋子口,然后侧过身去,脸朝船外,让里面的骨灰一点儿一点儿地撒向了海面。

这样近距离地看海水,感觉海水特别幽深。

骨灰落到海面上,并没有立刻沉下去,而是漂浮着,要过一小会儿,才会慢慢地下沉。

船绕着海岛缓缓地向前行驶。阿祥、阿嫂、卢韬,谁都没有说话。尽管船行得不快,却仍然可以感觉到海风不停地从耳畔吹过,一会儿强些,一会儿弱些。

随着船的行进,装骨灰的袋子也越来越空,并且越来越轻,最后变得空空如也。卢韬忽然意识到了这一点,便立刻失声抽泣起来,就像一个孩子,发觉自己丢了什么宝贵的东西,知道再也找不回来了,所以无比失望、无比悔恨、无比难过……

七

阿祥驾船回到了码头。

下船的时候,卢韬又抱起了那只骨灰盒,空的骨灰盒。从船上下来,他就跟阿祥和阿嫂告辞了,说:"哥,嫂,我回旅店去了……"

阿嫂说:"这就回旅店了?吃了中饭再回去吧?"

卢韬说:"还这么早……不用了……"

阿祥说:"你今天就回 G 市了吗?"

卢韬说:"今天就回……所里面还有事情……"

阿祥说:"那你要走的时候给我打电话吧,我驾船送你去大岛那边……"

卢韬说:"好的,到时候看看情况再说,要是有方便的船过去,你就不用专门跑一趟了……"

卢韬离开码头,回到海岛客栈。

卢韬的身影刚一出现,德明阿伯便看见了他,并马上向他连连招手。待卢韬走到店前,德明阿伯即说道:"唉,卢韬……我是昨晚才听人讲了你老婆阿灵的事……之前就没有人跟我讲起过,阿祥也没讲过,他好像对谁都没讲过……唉,我听了心里好难过,觉得阿灵好可惜、好可惜啊……"说完,还连连叹息着。

卢韬不知说什么好,只好说:"是啊,是啊……"

德明阿伯说:"那你千万不要太过伤心啊,伤心也没有用……"

卢韬说:"谢谢德明阿伯,我会的……"

德明阿伯又说:"听他们说,你这次过来就是要把阿灵的骨灰撒到海里……"

卢韬说:"是啊,这是海灵的遗愿……"

说完这几句话,两个人又静默了片刻。

就在卢韬打算告辞时,德明阿伯说:"那你很快就要离开磐石岛,回城里去了吧?"

卢韬说:"等一下就走……"

德明阿伯说:"哦,这么急啊……你这次一走,也不知道以后会不会再来了……我说得对吧?"

德明阿伯的话触碰到了卢韬心里的痛处。他的确不敢断定,他还会不会再到岛上来。人生的经验告诉他,很有可能不会。因为大家都太忙了,忙着生活和工作,每天忙得团团转,会忙得忘记很多很多的事情……

卢韬离开了德明阿伯的食杂店,走进海岛客栈,来到自己的房间,怀着非常复杂的心情,开始整理自己的行李,把一应物品一件一件地放进行李箱里。刚刚整理到一半时,房间里的电话响了起来。接起来一听,是前台打来的。

对方说:"请问是卢先生吧?"

卢韬说:"我是……"

对方说:"我是前台的服务员……请稍等,德明阿伯要跟你讲话……"

卢韬说:"啊,好……"

很快,德明阿伯就在电话里说:"卢韬啊,我要你帮我一个忙,你看行不行啊?我也是刚想起来的……"

卢韬说:"什么事呢?您说……"

德明阿伯说:"等下我想去下卫生所,看看医生,开些药,想让你帮我看下店……"

卢韬说:"要多久呢?因为……"

德明阿伯说:"哦,用不了多久……我快去快回,一个钟头足够了……"

卢韬说:"那好吧……您稍等,我这就下楼……"

卢韬来到食杂店,德明阿伯跟他说:"真是不好意思啊……其他人都忙得很……我看就你还有空……"说完话就离开了。

卢韬坐在德明阿伯平时常坐的藤椅上,一边等着顾客上门,一边等着德明阿伯回来。偶尔会有人过来买东西,看见卢韬后,都有点儿惊讶。其实大家都认识他的,知道他是尹家的女婿,只是不那么熟悉而已,况且也都知道尹海灵去世的消息,似也不好说什么。没有人来的时候,他就安静地坐在那里。有那么一瞬间,这种安静还让他产生了某种特别的感受。

出乎卢韬意料的是,那天德明阿伯居然发生了一个小意外,他不小心扭到了脚,三个小时之后才一瘸一拐地回来了(所幸伤得并不是很严重,德明阿伯说,过个一两天就没事了)。这样就耽误了他前往大岛的时间,也耽误了他返回 G 市的时间。因此只好在磐石岛多住了一晚。尽管他心里边有点儿着急,不过事已至此,他也只好接受这个现实了。

德明阿伯非常抱歉,见到卢韬就说:"对不起对不起……耽误你回城了……真是没想到会出这种事……我也是太着急了,急着赶路……"

卢韬说:"没关系没关系……既然已经耽误了……"

卢韬离开食杂店,回到了海岛客栈。进到房间之后,很快就给郑国伟打了个电话,想跟他解释一下,因为一点儿意外,自己不能如期回去了,要推迟一天。

电话拨通了,郑国伟没有马上接,铃声响了十几下,才听郑国伟在那边叽叽呱呱说:"我说老卢啊,你到底什么时候可以回来嘛!所里的事情这么多,而且有的必须你处理。昨晚我让小袁给你打电话,你说今天可以回来,我已经安排有关部门了,你们今晚加个班吧……"

卢韬心里打了个冷战,硬着头皮说:"郑所长,我跟你讲一下情况吧……我是昨天刚刚赶到这边来的,要做的事情当时还没有做……按我原来的计划,今天本来可以赶回 G 市……可是后来出了一点儿状况,我今天无论如何也赶不回去了……所以,非常非常抱歉……"

郑国伟一下子提高了声音说:"什么?你说什么?所里的事情这么急,你居然跟我搞消极怠工这一套?"

卢韬心里有一点儿恼怒,不过声音还是和气的,说:"我怎么会消极怠工呢?的确是因为意外……"

郑国伟最后说了一句:"误了事你要承担责任哦……"随后就把电话挂断了。

卢韬却仍然举着手机,直到许久都没有听到声音,才意识到对方挂了电话,这才把手机收起来。

……

跟郑国伟通过电话以后,卢韬的情绪一下子变得十分低落,不过说不上恼怒,也说不上痛苦,只是心里有一点点儿凌乱。在某一瞬间,他脑子里突然闪现出了一些想法:我为什么要这样忍气吞声?我为什么会如此地屈从一个人?难道就因为这个人特别专横、特别强势、特别霸道?既不尊重人,也不善待人。而且所有的事情,都要他说了算。所有的事情,都要先请示了他才可以做。否则他就会指责你、骂你、惩罚你、羞辱你,让你失掉脸面和尊严……

他还想到:甚至连他讲话的声音,也在有意强调这种感觉。那种高八度的腔调,确实具有极强的震慑力,听了会让人心颤。还有人说,这叫不怒自威……喊!

他又想:而且已经这么多年,我一直在忍受。问题的关键是,他会不会改变?而他认为,他是不会改变的。因为那已经深入他的骨髓、他的灵魂,变成了他的一部分,变成了他自己。

想起这些,卢韬不由得长长地叹了一口气。

渐渐地,卢韬的内心才平复下来,不再那么凌乱。他也忽然间意识到,有些事情,真的需要认真仔细地思考一下了,比方说,想一想自己该何去何从,想一想怎样安排以后的生活。

他果真开始思考……

他思考的内容相当丰富。诸如,什么样的生活更适合自己?什么样的人生才是真正有意义、有价值的人生?人是要为自己活着还是为他人活着?人要不要追求有尊严的生活?人怎样活着才会让自己感觉不憋屈、不苟且、不提心吊胆、不装模作样、不自卑自贱、不虚伪、不压抑、不违心、不难受……

除此之外,他还回顾了自己这些年的工作,包括自己所做的一些事情,也想起了自己读书时代的雄心壮志。他忽然感到了深深的悲哀。他还想起了自己所写的那些文章,学术价值那么低,因为总是想着迎合,已没有多少独立思考的东西,并且浪费了那么多的精力和时间、那么多的电和纸及油墨,因为写完了要打印、要发表、要出版。老实说,这样的文章还不如不写……

自从当了副所长,一切就更加荒唐了,自己基本荒废了学术研究,也丧失了学术精神,变成了一个服从者,整天忙于谈项目、搞创收,给大小企业搞文化包装,跟各种各样的企业家、文化商人、大小官员、一些真的伪的专家,一起吃饭、喝酒,参加各种名目的座谈会、研讨会、论证会,如果是主办方,会后还要整理大家的发言,搞发言摘要,做得不好还会挨批、挨骂……

应该说,类似的问题他以前也曾经想过,不过都没有这一次想得这么认真、这么久、这么深入,常常是浅尝辄止。人大概都是这样的吧,不到关键的时候,或者在没有遇到问题的时候,是不会思考这些问题的。

他还想到了一个词:合作。人与人合作,企业与企业合作。那么,既然有合作,就有不合作。也就是说,自己是可以选择不合作的……

到了这天晚上,卢韬给郑国伟发了一条微信(开始他还想给他打电话,想了想,觉得还是微信说好一些),说:"郑所您好!经过认真考虑,我决定辞去所里的公职。明天回到 G 市以后,我会把辞职报告呈给您。"

微信发出去之后,卢韬似乎感觉心里一下子轻松了许多。不过,不知道什么原因,郑国伟却许久都没有回复他。

第二天,卢韬离开磐石岛,回到了 G 市……

八

大约三个月以后,卢韬再次来到了磐石岛。

他依然乘坐海上客轮,先到了大岛,之后又在大岛搭乘小型机动船,来到了磐石岛。但与上次不同的是,这次没有了台风,天气晴好。另外就是,这次他的行李要比上一次的多(多很多)。

下了船之后,他又径直来到了海岛客栈,先见了德明阿伯。事实上,在这次来岛之前,卢韬就已经跟德明阿伯通过很多次电话,经过反复协商,德明阿伯已经同意,要将自己的食杂店盘给卢韬,由他代为经营。并且商定,在德明阿伯百年之后,由卢韬料理所有的后事。

除此之外,他们还商量了其他一些事情,包括卢韬将来在岛上的住房问题如何解决,等等。这里暂不多说。

下午,卢韬又去了阿祥家,还在他家吃了晚饭。

来到磐石岛的第一天晚上,卢韬仍旧住在海岛客栈。

当晚,在夜深人静的时候,卢韬悄悄地走出了海岛客栈。

那天晚上,恰有一轮圆月挂在天空,周围一丝儿云彩都没有。在幽蓝色的天幕的映衬下,月亮的边缘十分清晰。月亮仿佛是透明的。仿佛整个月亮就在眼前,伸手就能触摸到。月亮的光辉洒下来,使天海万物一片澄明,一片空蒙。

月光下的海岛,似乎在沉睡。

卢韬先在海岛客栈的门口四处观望了一下,然后走上了一条通向岛东那片小沙滩的便道。不用说,他还记着这条路该怎样走。他也记着那片不足百米的小沙滩(他怎么会忘记呢?),而且记得沙滩有点儿特别的颜色,若黄若白,不黄不白。

一会儿,他来到了小沙滩。他静静地站在那里,看着沙滩,也看着不远处闪烁着月光的花瓣儿似的海浪。他看了许久,然后轻声说道:"海灵……女儿对我说,她担心你一个人在这里孤单……今后不会了,我已辞去了工作,就在岛上陪你……"

与爱情有关

小晨师大毕业,被分配到艺术学校。来报到那天,是这学期期末,教职工正在大礼堂开总结工作的大会。快中午的时候,会也结束了。小晨找到了政文科的位置。

　　鲍十舒舒服服地半躺在座位上,看着走过来的小晨。鲍十身边有个空位子。小晨很礼貌地问了一声:"请问这儿有人吗?"

　　鲍十说没有,小晨就坐下了。鲍十还见小晨掏出手帕在座位上象征性地抹了两下。坐下,小晨从兜里掏出一盒烟来,好像不是画苑牌就是红梅牌,先从里面捏出了一支,想了想,又捏出一支。小晨探着头问鲍十:"抽支烟吧?"

　　鲍十也没说话,伸手就把烟夹过去了。小晨又给他点上。几乎同时,两人都浓浓地喷出烟雾来了。就这么支烟,两人成朋友了。

　　"刚分来的吧?"鲍十后来说道。直到散会,鲍十就说了这么一句。散会了,这学期就结束了。小晨是后来(新学期开学以后)才知道的,鲍十喜欢在业余时间写小说。

　　小晨和鲍十在一个办公室,两个人的办公桌挨着。以后,两个人便经常在一起抽烟。小晨再没抽过画苑或者红梅,只抽特哈,1.4元一盒。鲍十常抽的是灵芝,1.07元一盒,有时也抽田七花,0.8元一盒。两人的烟都抽得挺凶,动不动就抽得告罄,两人便相视着笑笑。有时候还笑出声来,之后便争争抢抢去买。

　　除了抽烟,两人再没别的话说。上课了,下课了,政治学习、业务学习了,每人都有自己的工作,都挺忙(两人凑在一处喝酒是后来的事)。

在鲍十的感觉里,小晨工作态度是很认真的,不怎么说话,没课的时候,就在办公室看书,最常看的是一本日语书,挺厚。一两周下来,科里的其他老师就有了评价,都悄悄议论说,小晨这小青年儿不错,课也上得好,组织课堂的能力也强,还说他在大学时就是班干部(大概是班长),是预备党员。还有一些别的话,都是好听的话。

有一次,办公室里没有其他人。鲍十就把这些话(加上自己的感觉)对小晨讲了,末了说:"你已经有了一个良好的开端,以后,就这样干吧!年轻人嘛!对不对?"

鲍十讲得很诚恳。小晨听了,笑了,没说什么,感觉是谦虚,也感觉是意味深长;笑过了,拉开了抽屉,拿出日语书来。

小晨这才说谢谢鲍老师。

鲍十也学过日语,学了两年,感觉越学越累,就不学了,现在只记得几个单词。鲍十认为自己没志气,也有点儿遗憾。

鲍十说:"你大学学的日语吗?"

小晨说是。

鲍十说:"日语还挺有意思的,念起来蛮好听。就是后边,语法部分,不好记了,是不是?"

小晨又说是。

鲍十说:"是想考研究生吧?"

小晨说:"想试试。"

小晨说想试试的时候,抬起眼睛朝鲍十看了一下。鲍十也正看他,鲍十发现他眼睛挺亮。

"好,好。"鲍十说。

小晨认为鲍十是一个很单纯的人。

小晨并没去念研究生,不是没考上,是没考,压根就没考。有关研究生和学日语的话题,也就不再说,这是后话了。大约一个月以后,在一个星期六的上午大家都在办公室里政治学习。刚念完一篇社论,都觉得轻松了,便开始唠一些闲嗑儿,这时响起敲门声。有人给开了门,见一个女青年,穿一件风衣。女青年问:"请问小晨在吗?"

小晨当时正和鲍十对着抽烟,一听见,马上就站起来,朝门口走,走几步又回来,把半截烟在烟灰缸里掐灭,才出去了。随手又关了办公室的门。

过了有十分钟,小晨回来了,这时看小晨的样子,有点儿羞怯,有点儿兴奋,有点儿幸福。小晨坐在椅子上,把烟灰缸里那半截烟拈起来,重新点上了。

小晨说:"大学时候的同学。"

并没有人问他,是他自己主动说的,说过了,抬眼朝办公室里的大家瞅了瞅,最后眼光落在鲍十脸上。鲍十微微笑着,一副什么都明白的样子。

下午就没事了,其他老师都早早回家去了。鲍十回家吃了午饭,又吃了晚饭,又到学校来了。鲍十家房子小,经常晚上到学校来,写他的小说,经常写到挺晚,晚上就在办公室拼几把椅子睡觉。来之前,在外边小铺里买了一瓶白酒,一小包花生米(有时候还买两卷干豆腐卷儿),放在一头沉办公桌的柜子里,预备晚上喝几口。

晚上十点钟左右,鲍十听见喀啦喀啦的开门声音。门开了,进来的是小晨。小晨一边往兜里装钥匙,一边说:"知道是你。"

小晨家在外地(好像是呼兰县),现在住学校的单身宿舍。

小晨说:"是不是打扰你了?"

鲍十说:"没有没有。不打扰。我正好累了。我这儿有酒,陪我喝两杯怎么样?"

小晨说:"喝两杯?喝两杯就喝两杯。"

说着,拉过一把椅子,在鲍十身边坐下了。

鲍十和小晨喝酒,就是从这次开始的。一喝就一学期。一喝又一学期。一般都是晚上十点钟以后。有时候小晨在宿舍,鲍十就上去把他喊下来。有时候是小晨主动下来。若小晨主动下来,都掐着时间,还带上些菜。也没有什么特别的菜,花生米、干豆腐卷儿,有时候有咸鸭蛋,有几次有香肠。

小晨刚坐下,却又站起来,倒了满满一杯凉开水,先咕嘟咕嘟喝了。鲍十见他喝水,心里就明白怎么回事了。过来人了,对此是有体验的。只是一直没弄明白其中的道理:为什么出去约会的人,回来都会口渴呢?

小晨重新坐下了。鲍十拎起了酒瓶子,往两人的杯子里倒酒。

鲍十说:"她叫什么名字?"

"王丹丹。"小晨竟没犹豫,像早有准备似的,顺口就答出来了。

"好听,这名字好听。顺口,响亮,干净,雅气⋯⋯"鲍十说,说完一笑。

"是吗?"小晨夸张地说。

鲍十又说:"人长得不错,挺漂亮,气质不俗。⋯⋯分在哪儿了？"

"外贸公司。"

"哦,外贸口儿。经济很好是吧？……经济很好,不像咱们单位,清水衙门。也学日语吗？"鲍十说。

"她学俄语。自学的。"

听小晨的口气,像是挺自豪的。说过了,又像有点儿不好意思,脸一红。

那天,也说到鲍十写作的事。小晨说鲍十,说他这样很好,让人佩服,说人总要有点儿追求嘛！说得鲍十直乐,不知是高兴还是自我解嘲。

小晨也问了一些问题。诸如都发表过什么发表过多少、发表一篇给挺多稿费吧之类。鲍十就有点儿尴尬,连连说没发表什么,挣不了多少稿费。话说得含含糊糊的,让人弄不明白他发没发表过。

小晨察觉了,也有点儿尴尬,就不问了,说:"喝酒。"

小晨说他搞过艺术摄影。

"是吗？"鲍十马上故作惊奇。

小晨便说起艺术摄影。什么什么个程序,怎么怎么拍摄,怎么怎么构图,怎么怎么暗房处理。小晨还说了一些他拍摄的作品,还说他在系里专有一个暗房。说他还是师大学生业余艺术摄影学会的主席呢！

不知不觉,两人杯里的酒已喝得快见底儿了。

鲍十又拎起酒瓶子,往杯子里加酒。给小晨加多些,给自己加少些。小晨见了,竟不反对。看来他是有些酒量的。鲍十的酒量不行,经常是一二两的样子,最多也喝不过三两。

这一晚,两人把鲍十预备喝半个月的酒喝了——足足一瓶玉泉白。两人都红着脸,最后举起杯子,往一处猛一撞,撞得酒溅出来了。撞完了,举在那里……

鲍十觉得,应该说句什么话才好,比方"为什么什么……干杯!"。半天,总算想出一个来。

鲍十说:"为爱情……干杯!"

"干杯!"小晨也说。

喝过这次酒,鲍十和小晨就像真正的朋友了。鲍十基本上还算一个可以做朋友的人,这点小晨是看出来了。显然他人是窝囊一点儿,在单位是个提不起来的人,好像也没这方面企图,只一心一意要当个作家。与这样的人做朋友,一般是没啥大问题的。

喝过这一次,以后就喝得多了。喝喝酒,唠唠嗑儿,两人都挺愉快。唠得挺广泛。唠唠生活,唠唠文学(鲍十只在唠文学时才有些话说),唠唠社会……但唠得最多的,是爱情,至少是与爱情有关的。

对于年轻人,爱情永远是最好的话题。鲍十深知这一点。鲍十当年也是这样的嘛!比方那种总想炫耀的感觉,是忍都忍不住的。

有一次小晨说:"王丹丹也挺喜欢艺术摄影的。"

鲍十说:"是吗?"

小晨的口气竟十分客观似的,说:"她这方面还真有点儿天赋,有些想法挺不错的。"

照小晨的说法,丹丹是很单纯的女孩子,长得也漂亮(鲍十那次见到她,也有这种感觉),是全班最漂亮的,一入学,就有许多男生看上她。

小晨不敢。小晨出身比较差。他父亲是一名建筑工人,母亲在家做家务。他在家是老大,还有一个弟弟两个妹妹。小晨上大学临走的那天,父亲跟他说了一句话,父亲说:"你是咱家最出息的人了,看样子二(小晨的弟弟叫二)是不行了,你要好好念书。"于是小晨记着父亲的话,好好念书。

在同学和老师心目中,小晨是个挺老实的学生,是个实在人,可以信赖。班里系里有什么事,都喜欢交给他办,他办得也真都挺好,挺完满。到二年级,班里改选班长,大家便选了小晨。

就是这时候小晨开始喜欢艺术摄影的。班里有部照相机,理光牌的。相机归班长掌握,有什么活动了,开什么会了,谁过生日了,就咔嚓咔嚓捏几下子。基本由小晨来捏。有一天,小晨在图书馆翻刊物,正好翻到了一本摄影杂志,翻了一本又一本,翻过了,对艺术摄影也有兴趣了。

小晨是那种一旦想干什么就必须好好干的人。不久,学校搞了一次学生艺术摄影的展览,小晨交了两幅作品,有一幅获了个一等奖,有一幅获了个三等奖。

有一天,王丹丹找到小晨,说:"小晨,我要拜你为师。"

王丹丹的样子,是轻轻松松的。王丹丹给人的感觉,总这样轻松。比如那些男生,谁提出跟她散散步,她都去。谁要是给她买什么礼物,她也都收。

小晨知道王丹丹说的是艺术摄影的事,以为她是开玩笑,看她神情却认真又认真。小晨没说行,也没说不行。

小晨有点儿慌乱。

王丹丹又说:"给你两天时间,考虑考虑,然后把决定告诉我。"

两天过去,小晨仍没说行,也没说不行。小晨只为她的行为感到新奇,认为有意思,很别致。很久很久以后,直到现在,小晨一直这么认为。尽管什么也没说,事实上已经这样了。

大学生活丰富多彩。艺术摄影之外,王丹丹还是艺术体操队的成员。后来,小晨拍过几张王丹丹做体操表演的作品。小晨拍得很认真,遗憾的是都不怎么成功。

王丹丹对艺术摄影很上心,除了上课,就找小晨来探讨艺术摄影的问题。探讨过程中,王丹丹的聪明和智慧得到了充分的体现。

暗房工作是艺术摄影的重要环节。有一次,王丹丹要和小晨一起进暗房。小晨未置可否,王丹丹就进来了。暗房当然暗,很暗,人是蒙眬的了。两个人都有点儿紧张,谁也不说话,喘息声听得十分清晰。有时候手和手碰到一处了,马上都拿开了。俩人从暗房出来,都出了一身的汗,像洗了澡似的。

后来王丹丹进暗房的次数就多了。小晨每次都能产生一种奇妙的感觉。这是一种相当危险的感觉。小晨咬着牙不让这种感觉往前走。

小晨那时候就是抽烟的,这是他从当建筑工人的父亲那儿继承来的。烟当然没什么好烟。有一次王丹丹对小晨说:"你以后别抽烟了,对身体不好。"当时两个人刚从暗房出来,是夜里快十点的时候,小晨送王丹丹回宿舍。又一次,王丹丹对小晨说:"你以后衣服要勤洗,干干净净的多好。"尽管小晨烟还是抽,从那以后,在王丹丹的面前却从来不抽了。有时候送王丹丹回去,看到王丹丹上楼去了,马上就掏出烟来了。

小晨不喜欢鲜艳的衣服。有一次,无意间对王丹丹说了。王丹丹帮他洗衣服,王丹丹搓,小晨在一边漂洗,俩人随随便便唠嗑儿,唠到了女孩子穿衣服的事,小晨就说了那个见解。过了几天,王丹丹找小晨说:"你陪我上一趟邮局啊。"小晨问干什么去。王丹丹告诉他,说去邮几件衣服给她姨家的一个姐姐。就邮了。从邮局回来,小晨忽然明白是怎么回事了。当时小晨心里一撞一撞的好一阵子。小晨问王丹丹为啥不拿回家去。王丹丹说,这样省事啊,不然还得跟妈妈解释,怪麻烦的。

　　鲍十跟小晨每次喝酒喝到最后时,都把杯子往一处猛一撞,鲍十都说:"为爱情……干杯!"

　　小晨跟着就说:"干杯!"

　　说完都笑,有时候笑出声来了。

　　鲍十有一个感觉,这次爱情对小晨很重要。毫无疑问,小晨会把工作干得很出色。小晨没准儿真会考上研究生呢!

　　后来,鲍十也和王丹丹接触了几次。王丹丹来找小晨,有时候小晨不在,鲍十就接待她,给她倒水,陪她唠嗑儿,唠唠她的单位,唠唠小晨,唠唠足球,唠唠新加坡电视剧……想必是小晨跟她说过鲍十。在鲍十面前,她表现得比较自如,也比较亲切。她叫鲍十"作家",叫得鲍十挺不好意思。

　　在鲍十看来,王丹丹属于那种讨人喜欢的女青年,常常甜甜地一笑,又一笑,笑得人很滋润。人也挺机灵的,说话像随随便便的,感觉很直率的样子,却恰到好处,常常也有很好的见解。大概是一个有知识的现代女性吧。

　　有一次,唠起小晨,她说:"我就喜欢小晨这样的男人,扎实,有上进心。"

马上又说:"让作家见笑了。"

又一次,唠起一篇小说(她说她没事的时候喜欢看点儿小说),她说:"不好不好,太旧,观念太旧。以后是经济社会了,还写那些事,算是一种古典情感吧!……尤其你们作家,更要跟上时代,适者才能生存,对不对?"

又马上说:"让作家见笑了。"

弄得鲍十脸红了。

唠得多了,鲍十隐隐感觉到:这个女孩子不简单,将来甚至可能成为一个女强人什么的。她不仅仅机灵,还有另外一股劲儿。总之,不简单。相比之下,和小晨在一起唠嗑儿,感觉倒更好一点儿,更轻松,更从容些。

有一件事让鲍十很吃惊。

大学三年级暑假,小晨在外边找了个临时的工作,给一个小学生当家庭教师辅导数学和作文,就住在学校里没回呼兰的家。学校食堂停了火,小晨买了一个酒精炉子,自己做饭吃。这件事他没告诉王丹丹。

王丹丹家在本市。一天,她领了两个在外地上学的中学同学来学校转转,在校门口,和小晨碰上了。两人都有点儿吃惊,也挺欣喜。小晨红着脸,不太好意思,好像撒了谎似的。好在王丹丹并没问什么,只把小晨向两位同学做了介绍。小晨注意到,她介绍时强调了"是我们班长"这几个字,同时,又很富于暗示地瞅了两个同学几眼。两个同学都很爽快,并没说什么,一介绍完,几个人就笑着走了。小晨望着她们的背影,听一个好像说:

"丹丹怎么回事？你眼神儿不对呀！"小晨有点儿兴奋，也有点儿忐忑，似乎这才意识到，自己一直是很想念王丹丹的。他估计王丹丹一会儿可能回来，也有可能不回来，他有点儿拿不准。他刚给那个小学生讲了一次作文，嘴巴干透了，再加上挤公共汽车，又热又累，回到寝室就往床上一倒，想睡一会儿，却怎么也睡不着。

刚迷迷糊糊的，王丹丹就进来了，连门也没敲。

王丹丹兴冲冲地说："我让她们先走了。我把她们送上了102。我说我要等10路汽车。等她们一上车，我就回来了！"小晨已从床上起来，不等王丹丹说完，两个人就抱在一处，身子拧来拧去的，越抱越紧，直到喘不上气来。

等坐下来，王丹丹才想起来问："你怎么没回家？你不是说了暑假要回家的嘛！"

小晨这才吭哧吭哧说了家庭教师的事。

王丹丹说："你呀！"

王丹丹又说："你呀！"

王丹丹本来计划这个暑假去一次大连的，去看看海，就不去了。她每隔三两天，就到学校来了，一来，总给小晨带些吃的。有时候不带，小晨就用酒精炉子做点儿饭，两个人吃。

有一天，王丹丹又来了，是带饭来的。来的时候天还响晴响晴的，两个人吃了饭，却发现阴了天。大团大团的黑云朵往一处聚。虽是下午，却黑得像夜一样。只一道道闪电生了灭了，才使天地亮一下又亮一下。满世界响着雷声。楼房一颤又一颤，雨就下来了，唰唰唰的数不清的斜线射向地面。王丹丹哭唧唧地说："咋办哪？我咋回家啊？"

天渐渐晚了,雨却不肯停。

王丹丹哭唧唧地又说:"咋办哪?雨怎么不停啊?"

那一晚,王丹丹是住下来了。

寝室是八个人的寝室,有四张双层床。起初,王丹丹住的是另一张床的上床。天越来越晚。雨哗哗哗不住地下。宿舍楼里大概还是住了几个其他的人,却没有任何声音。

王丹丹在床上说:"小晨,我害怕!"

后来,王丹丹就从床上下来,和小晨躺在一张床上了。她让小晨拥着她。小晨感到王丹丹一直在簌簌地抖。

那件事是第二天发生的。第二天天晴了,王丹丹还和小晨躺在床上。

小晨说:"天晴了。"

王丹丹也说:"天晴了。"

小晨说:"你回家咋跟你爸妈说呀?"

王丹丹说:"我就说我上同学家了。"

小晨说:"我该去给学生上课了。"

王丹丹说:"今天别去了,明天一块儿补上。"

王丹丹咯咯咯笑了,说:"小晨,我爱你。"

王丹丹又说:"我爱你。真的!"

小晨侧过脸去,盯着王丹丹看,直看得王丹丹的脸越来越红。

后来,王丹丹开始哭的时候,小晨才后悔了。小晨也不安慰她,只使劲抽自己的脸。王丹丹是后来才制止小晨的。王丹丹一面哭,一面抱住小晨的胳膊,一面热烘烘地亲小晨的脸。

以后,当王丹丹再来时,却再没有哭过。

四年级开学以后,有一天,王丹丹找到小晨,竟微笑地告诉他说她怀孕了。

小晨不知怎么办才好。

王丹丹很冷静地说:"去做流产吧!"

小晨说:"行行。"

手术是在呼兰县做的。这时已经深秋,坐在小公共汽车里,两个人全然无心观赏田野的斑斓,只互相捏紧了手。

在医院走廊上,王丹丹望了小晨一会儿,嘴唇动了动,却没说什么,就走进手术室里去了。小晨感到她望得很深。

从手术室出来,小晨一把将王丹丹抱住了,抱起来,往医院外面走。小晨的眼睛里,吧嗒吧嗒地流着泪。

王丹丹一脸的疲倦,竟使劲儿笑了笑,软软地说:"男子汉大丈夫,哭什么?"

小晨还是哭。

王丹丹说:"这没啥。真的。这没啥。你要好好努力,好好干……"

小晨这才不哭了。小晨同时有一种吃惊的感觉。

小晨和王丹丹来到火车站,坐了四十分钟火车,回市里来了。直接回了王丹丹的家。当时是下午三点钟左右。小晨给王丹丹做了一锅鱼汤,吃完了,把锅刷得干干净净的,走了。王丹丹什么也没对爸妈说,只说不太舒服,回家来休息休息。王丹丹是独生女,爸妈对她只有疼爱的份儿。妈说:"哪儿不舒服啊?上医院看看去吧!"

王丹丹说:"不用你管!我才不上医院哪!讨厌!"

爸给妈使个眼色,妈就不再管了。只找了些药,治头痛的,治腹泻的,治发烧感冒的,放在王丹丹床头。这些药,王丹丹当然没吃。

爸妈都以为,她是工作累着了。当王丹丹的妈在厕所看见了有血的卫生纸时也只当女儿来月经了。

等爸妈上班一走,小晨就来了,给王丹丹做点儿鱼汤做点儿肉汤。小晨总把碗刷得干干净净的。有剩下的也不要了,全部扔掉了。

小晨对王丹丹说:"我给你请假了,说你不舒服,头晕。没什么大不了的,就是头晕……"

"头晕,哈哈哈……"王丹丹笑了笑说。

王丹丹在家住了有一个星期,才回学校去了。

鲍十再见到王丹丹时,感觉就不一样了。增加了钦敬的成分,也隐隐有一点儿怜悯。想一个女人(毕竟她是一个女人呵——)做出这样的举动,该是怎样一种心情……同时,对小晨现在的做法,他的种种努力(比如考研究生),也有了新的理解。

一晃,这学期就结束了。一场一场雪下来,是深冬了。在寒假前,学校照例是很忙乱的。小晨一直在学着日语。小晨的工作也干得好。这样,小晨虽才工作半年,但还是被破格评了模范。不知出于什么心情,在评优会上,鲍十说了小晨许多好话,慷慨激昂的。

放假前一天,鲍十和小晨又喝了一次酒。唠嗑儿的时候,鲍十问小晨寒假想干点儿什么,小晨说还没想好,不过得回家去待几天,剩下的时间嘛,大概要歇歇,陪陪王丹丹。鲍十说对,是该好好陪陪人家的。小晨又问鲍十想干点儿什么呢,鲍十想了想说,写个中篇小说吧,利用这整块儿的时间,差不多能写完。鲍十说:"写写我妈,写写我妈。"

小晨知道,鲍十是从乡下来的,至今父母还在乡下。小晨曾听鲍十讲过,他母亲是很辛劳的。

在寒假里,鲍十果然写完了这个中篇小说。厚厚一本子稿纸,已抄得清清白白。开学以后,还给小晨念了几段。

小晨听了,说:"好,好,挺感人的。"

一个月未见,鲍十发现,和上学期相比,小晨竟显出憔悴来,干着嘴唇。

鲍十是少有的兴奋,咧开嘴,不住地笑。下了班也不回去,又买了干豆腐卷儿,外加两根红肠,请小晨喝酒。喝到一半的时候,才想起来,就笑嘻嘻地(有点儿下流)问小晨,寒假都干什么了,很丰富很有意思吧?他的意思,其实主要是问小晨和王丹丹的事。

"也没干什么。还行,还行。"不料,小晨这么说。

鲍十有点儿失望,只好直截了当,说:"你和王丹丹这个这个,该结婚了吧?"

小晨说:"她挺忙的,挺忙。"

"挺忙吗?"

鲍十想了想,外贸部门,如今的时期,确实要忙一点儿的。也就不再问了。

一晃,开学快一个月了,鲍十竟一直未见王丹丹来。倒是小晨,有时候下了班就出去了。回来或早或晚,似乎有点儿神秘。小晨也很少来找鲍十喝酒。

直到一天晚上,鲍十又写小说,八点钟左右,小晨来到办公室,竟冷着脸,嘴唇一抖一抖的,一进来就在桌前坐了。鲍十问:"出去了?"

小晨只点点头,没说话。

鲍十不写了。两人就都坐着,却不说话,没什么话说似的。坐了一会儿,到底鲍十找到了话题,就问:"怎么没见王丹丹来呢?"

小晨说:"她忙,总没空儿。"

鲍十记得小晨前几天就这样说过的。

鲍十笑着说:"那你就去找她嘛!"

这才知道,小晨今天就是刚从王丹丹那儿回来的。他和王丹丹吵嘴了。而且是一直在吵,每次小晨去找她,见了面,都吵。

鲍十问:"是吗?为什么吵?"

小晨说:"也不为什么。鸡毛蒜皮,鸡毛蒜皮。"

鲍十听了,笑了,说:"正常,正常,哪有不吵的?我和我爱人就吵,越往后越吵。不是坏事。吵吧,吵吧!"

小晨摇了摇头。停了停,又摇了摇头。

那一段时间,小晨竟没再来和鲍十喝过一次酒。鲍十便只好像从前一样,自己喝,每次喝一两。

一天中午,小晨好像挺随便的样子,来找鲍十,说:"老鲍,喝点儿呀!"

鲍十有点儿奇怪,说:"喝点儿?现在?……怎么喝?算了算了,晚上吧。"

小晨说:"上饭店。我请客!"

"没必要,没必要。"鲍十说。

小晨已先自走了。

209

这是他们第一次到饭店喝酒。

小晨少有地慷慨,要了四个菜、一瓶二锅头,外加四瓶啤酒。

"喝不了,喝不了。"鲍十连连说。

鲍十认为这是无论如何也喝不了的。

不料竟都喝了,喝了一瓶白酒,也喝了四瓶啤酒。快喝完了,才听小晨说,他和王丹丹已经说好了,正式结束了,没事儿了。说是昨天晚上谈的。是王丹丹提出来的。

鲍十听了,很吃惊,想了想,还是很吃惊。

鲍十确实是很吃惊的。

鲍十说:"怎么会呢?赌气吧?……赌气赌气。"

小晨说:"不是赌气。挺冷静的。"

小晨认为他不该和王丹丹吵嘴。

小晨又要了两瓶啤酒,又喝了。喝了这么多,竟然没醉,看来他真是有些酒量的。

小晨只认为他不该和王丹丹吵嘴,再没说别的。

又过了一段时间,再没见王丹丹来,小晨也再没去找王丹丹。鲍十这才意识到,看样子他们真像小晨说的,是结束了。

鲍十总觉得不可思议,不可能,是一时冲动。

鲍十竟然背着小晨给王丹丹写了一封信。鲍十斟酌再三,写道:

听小晨说,你和他分手了。我听了很吃惊。你们已经相处四年时间,可以想见你们的情谊是很深很深的,应该珍惜才对。这样轻易地放弃,实在是太可惜了。

鲍十又写道:

　　小晨到艺校以来,我和他接触颇多,他给我印象极好。他这人踏实,肯干,又刻苦,我总觉得,他将来必有很好的前途。

却始终没得到王丹丹的回信。

过了几天,鲍十又和小晨喝了一次酒。是晚上,在办公室喝的。本来是想不提王丹丹的,终究还是说到了。忆及以前吵嘴的事,小晨说:"她说我是个穷光蛋。"

说完了,小晨苦笑了一下。

王丹丹又来找小晨,是快两个月以后的事。是那天快下班的时候。有鲍十一个人在办公室里。有人敲门。鲍十说:请进。

门只开了一点儿。

鲍十马上说:"是王丹丹啊!哎哟!请进,快请进!"王丹丹像很不好意思,说:"鲍老师……小晨呢?"

鲍十说:"小晨……在宿舍吧?你进来等会儿,我去喊他下来。"

"不用不用!我自己去吧!你忙吧!"王丹丹忙说,于是上楼去了。

那天鲍十在学校食堂吃了晚饭。按他的想法,事情显然有了转机。其实就应该是这样的嘛!他想小晨和王丹丹会出去的,会好好谈一谈,也许什么也不用谈,问题就解决了。他要等小晨回来,听个结果。

小晨回来得挺晚。鲍十又买了干豆腐卷,也倒好了酒。鲍十笑嘻嘻地看着小晨,意味深长地问:"丹丹找到你了?"

小晨点点头。

鲍十又问:"出去了?"

小晨又点点头。

鲍十就不问了,等小晨自己说。鲍十说:"来,喝酒。"喝了几口酒了,小晨仍无动静。鲍十这才发现,小晨不像有好消息的样子。

鲍十问:"吵嘴了?"

小晨说:"没吵。"

鲍十说:"那怎么回事?……你们干什么去了?"

小晨说:"去饭店了。就是以前常去的那家小晨说过的,曾经,他和王丹丹常到一家饭店去,要两个菜,喝点酒。王丹丹也喝,她最喜欢喝黄酒。王丹丹说她父亲喝酒,就专喝黄酒。去的次数多了,连服务小姐都熟识了,甚至有了固定的位置,吃什么菜,喝什么酒,也不用再点,服务小姐那儿有数。

小晨又说:"王丹丹哭了……"

鲍十说:"哭了?……你瞧。然后呢?"

小晨说:"上清滨了。"

清滨是一处公园。

鲍十说:"够浪漫!……唠唠嗑儿?"

小晨说:"唠唠嗑儿。"

鲍十说:"都唠什么?是不是后悔了?"

小晨摇摇头,说:"只安慰我几句。"

鲍十说:"怎么会这样?……然后呢?"

小晨顿了一下,最终还是说:"就像从前一样。她挺急切,也挺主动……"

鲍十知道他们干了什么。鲍十觉得这很不可思议。鲍十想不出小晨当时是什么心情,他觉得他必定不会快乐,不过鲍十毕竟是个过来人,毕竟也有过丰富复杂的情感经历,他点了点头,觉得还是能够理解的。

小晨说:"那一阵,我真不该跟她吵嘴!……"

小晨和王丹丹又常见面了。似乎又恢复了从前的状态。只是间隔较从前要长些。有时是王丹丹找小晨,有时是小晨找王丹丹。只需打个电话就成。

王丹丹一来,就去小晨的宿舍。小晨很客气,说,坐、坐。王丹丹也很客气,点点头,才坐了。

每次,小晨都想,这次一定要冷静。不知道王丹丹是不是也这样想。

一会儿,王丹丹说:"来看看你。怎么样?你挺好的吧?"小晨说:"挺好的。你呢?"

王丹丹说:"我也挺好的。"

就没啥话说了。就不说了。屋子里弥漫着两个人的气息。两个人互相看着。开始目光都平淡着,有点散漫。流过来流过去的,就不散漫了,专注起来。终是燃烧的似的。

常常,是在穿衣服的时候,王丹丹说:"饿了吧? 走吧,吃点饭去。我请客!"

小晨说:"还是我请你吧!"

王丹丹说:"还是我请你吧!"

小晨知道自己兜里没多少钱,不够请一次的,就不争了。小晨有点尴尬。

一切都很简单。

有一次,在去饭店的路上,王丹丹说:"别人给我介绍了一个人。见两次面了。人挺好的。在一家中外合资的公司工作。"王丹丹说得很随便。小晨竟也很随便地点点头,说:"是吗?"……走了几步,才觉得心里不是个滋味,有一种被欺骗的感觉。直到进了饭店,这感觉才消失。他叹了口气。

王丹丹说:"为什么叹气?"

小晨忙说:"没什么,没什么。"

这一年六月,鲍十被调到一家杂志社当编辑去了。到杂志社第一天,就给小晨挂了个电话,告诉他杂志社的电话号码,说:"你常打电话来啊!"

小晨竟有点激动,声音不那么清楚了,连连说:"一定的,一定的……"

鲍十说:"有空儿过来喝酒!"

小晨说:"对,对!喝酒,喝酒!"

鲍十新到单位,加之他又很喜欢这新单位的工作,工作自然很卖力。和在艺校的时候相比,他是忙得多了。总想抽出点时间来到艺校看看,看看小晨,还有其他人,却总是抽不出来。倒经常想起小晨来。他发现,自己和小晨是真的成为朋友了。也想起王丹丹。想起他们俩的事。鲍十能够理解小晨,也理解王丹丹。鲍十深知感情世界的复杂。鲍十想不明白王丹丹为什么这样做,总也没想明白。有一点鲍十已看得清楚,小晨和王丹丹显然已不再可能了。在这点上,小晨也许看得更清楚。那么他和王丹丹的事情(主要是后来的),就说明,他们又是难以割舍的……每一想起,鲍十甚至都有点感动,又有点伤感。

小晨第一次打来电话,鲍十跟他说,不让他再和王丹丹见面了。

鲍十说:"没什么意思了,也没什么好处。"

小晨说:"你说得对。我也是这么想的。"

鲍十对小晨的话并不十分相信,也不相信他能做得到。以后再打电话,小晨果然再没提到王丹丹。不提也好。他也不提鲍十。就唠些别的,最近干些什么呀之类。似乎王丹丹真的消失了。是不是这样呢?

有一次鲍十说:"小晨哪,好好学学日语吧!你不是说要考研究生吗?外语挺重要的呀!"

小晨听了,竟一怔,才说:"是呀,是呀!不过得工作满两年才允许考。还来得及,来得及。"

七月末,学校放假的前几天,小晨又给鲍十来电话,让鲍十挺吃惊。他告诉鲍十,下学期不准备在艺校干了,打算停薪留职,和几个哥们儿办一个业余幼儿学校。小晨已经制订了计划;又把计划的内容对鲍十说了一遍。鲍十能够感觉出来小晨那种兴奋。小晨还说,原来艺校舞美班有个学生于世斌,毕业了没去报到,一直就办幼儿学校,才三年,自己花钱买了一套三屋一厨。小晨又举了另外几个例子,听起来都不错。

末了,小晨说的话就更让鲍十吃惊了。小晨说:"将来的社会,必定出现贫富两个阶层。现在是个机会,拼一拼,也许会成为一个富人,要是不拼,就只好当个穷人了。反正我是这么看的。"

小晨说这话,态度相当诚恳,也相当认真。这一点,鲍十分明感觉到了。

鲍十说:"你说的,也许真是这样。不过我得提醒你一句,不要太乐观,最好先不要停薪留职,别盲动,沉住气,万一办不成呢?"

小晨说:"对,对!有道理,有道理!"

小晨说完,就把电话撂了下来。鲍十握着话筒怔了半天,还没完全反应过来似的。

小晨那一阵真是忙得够呛。先租了教室,写了份招生启事,修改了三遍(认为已经做到了既实在又有号召力和诱惑力,谁家的孩子一来上学就必定成才)。印了,四处散发下去(在电线杆上和其他显目的地方张贴了一部分,又亲自在街上,赶在人们上下班时间,赠送了一部分),买了部分必需的教具,也找好了教师。

忙虽忙,热情却高,也相当愉快,有一种亢奋的感觉。那一阵,他真的没和王丹丹再见面。王丹丹也没来找他,这一阵她也忙吧。有时候,小晨想起她来了,心竟然很疼,疼一下,又疼一下,才过去了。

小晨现在是一心一意想把幼儿学校办成。马上就到第一学期开课的日子了,报名者竟极少,少到还没有预计人数的百分之二十。小晨和几个合作者商量,认为即便这样也应该开课。按他们的想法,等开课了,肯定会陆续再来些人的。……人却始终没有再来。上了几次课之后,到底觉得没什么意思了,就宣布解散了。把收到的学费给退了一半(大概家长们觉得毕竟是听了几次课,也没有计较)。教室的租金还没交,就不交了,只给管事的人买了两盒"红塔山"。这样,尽管没有办成,损失倒还没有,也剩了一点点钱。几个合作者喝了一次酒,脸竟喝得很灰。

好在小晨听信了鲍十的话,没把这事跟艺校方面讲,艺校的人都不知道。

又过些日子,鲍十便听说了小晨又处对象的事。这大约是这年十一月前后,天气已显出冬天的样子,灰黄灰黄的。鲍十给小晨打电话,询问了一两次。

小晨前一阵,其实已接触了几个女青年,都是别人介绍的,都没成,都只见过一次面。都是小晨认为不满意,或者找了些借口婉拒的。有一个是船舶学院三年级的学生,明年毕业。有一个是一个工厂的技术员,是工业大学毕业的。有一个是一所中学的语文教员,和小晨同是师大毕业的,比小晨早一届。另外还有两三个。

小晨对鲍十说:"不行。都不行。太弱。"

小晨的口气,像有点不经意似的。

这是鲍十一直很关心的事。鲍十听了,有两次说:"是吗?不一定吧!领来,领我这儿来,我帮你鉴定鉴定。"

小晨说:"没那个必要。没那个必要。已经辞了。"

其中有一个,就是船舶学院那个,见完面之后,小晨送她回家,到家跟前了,是一个电车站,小晨要往回走,要坐电车,已经上车了,见她还停在那儿,在候车的栏杆上,一只手垫在下巴颏下,两眼忽闪忽闪的,望着他,感觉很娴雅,感觉两只眼睛很聪明。就她,小晨还动了动心。不过,小晨说:"还是弱,还是有点弱。"

鲍十说:"太挑剔了。你这样太挑剔了。"

鲍十确实认为小晨有点挑剔。鲍十想这准是因为王丹丹。想到这一点,鲍十心里为小晨痛惜了好久。

听说小晨又处上了,鲍十马上就给他打了电话。鲍十说:"这个怎么样？挺好吧？别说辞就辞,领来,领来我鉴定鉴定再说。"

这次小晨没拒绝,竟笑着说:"行啊!"

鲍十觉出他笑得有点奇怪。鲍十没多想,马上又说:"干脆,领我家来得了,让你嫂子也看一眼,怎么样？"

鲍十在家摆了酒,招待他们。事先,鲍十就跟爱人交代了,如何如何说。

这女青年名叫章燕,听小晨说,她家住在一个叫七台河的城市,是省里一所中专学校毕业的,学统计的,在单位当统计员。人长得很干净,有一点点瘦,衣服穿得很得体。不太爱说话,有点拘谨似的,说话很得体。

"人挺好的。"鲍十的爱人果然照鲍十交代过的说,还嫌不足,又说,"长得也好看,受端详。也会说话儿,也柔和。"

"不错,不错。"鲍十跟着说。

鲍十觉得自己有点卑鄙。没见到小晨辞去那几个什么样,单这一个,若和王丹丹比较,好像还欠缺点什么,大概是气质吧？

小晨听了,笑了。这一笑让鲍十想起他打电话那天的笑来。鲍十有点吃惊。

小晨说:"还有什么要忽悠的吗？"

弄得鲍十,还有章燕,脸一下红了。

鲍十和小晨好长时间没见面了。鲍十感觉到,小晨和以前很不相同了。

过了些日子,有两个月吧,鲍十打艺校经过,顺便拐进去了,想和小晨唠唠。是晚饭的时候。小晨却不在。见到了和小晨住一个宿舍的人,也是个年轻人,和鲍十也很要好,告诉鲍十说,小晨和对象看未来的大舅哥儿去了。

"大舅哥儿?"

"大舅哥儿。"

"从七台河来的?"

"从大连来的。"

"怎么,他对象家不是在七台河吗?……是出差回来经过这里吧?"

"也算出差吧。他大舅哥儿在大连有家公司。"

"公司?"

"怎么,你不知道?"

"不知道。……"

"大连是分公司,总公司在七台河。"

"姓章?"

"当然姓章。"

鲍十已经想起来了,七台河有个叫章振文的人,是个青年人,才三十三岁。……前几天一本杂志上还发过写他的报告文学。鲍十看了这本杂志。据说是个很能干的人,好像是省里的优秀企业家。

原来如此。

不知小晨什么时候能回来,鲍十就没等他,回家去了。

这是小晨第一次会见"大舅哥"。王丹丹没有哥。是和章燕一块去的,是在章振文住的宾馆里,是马迭尔宾馆。在这个城市里,马迭尔宾馆算是很高级的宾馆了。

小晨第一次到这里来。这天天气很冷,小晨有点抖。事先约好见面时间。小晨看了看表,提前五分钟。章燕径直把小晨带进了哥哥的房间。"哥呀!"章燕进屋就叫。

章振文说:"看看你,看看你!"

章燕这才回过来介绍小晨。

章振文和章燕挺相像,身材没有小晨想象的高大。那天,他穿了一件毛衣,浅灰色的,鸡心领的。衬衣的领子很白,没打领带。当时,房间里还有一个女人,也是个女青年,一直笑眯眯的,小晨和章燕进去的时候,曾经从沙发上站起来,然后又坐下了。小晨以为她是章燕的嫂子。

在和章振文握手的时候,小晨说:"你好!"

小晨在努力找回一种感觉。

章振文把小晨介绍给那个女人。小晨才知道她是公司的办公室主任。小晨又说了一声你好。

那种感觉却仍然没有找到。

第二天,小晨来到鲍十的单位。是一个人来的。小晨跟鲍十说:"你昨天找我去了?"鲍十说:"是啊,你不在,你见你大舅哥去了?"小晨疲倦地一笑。

小晨说:"对不起。不知道你会去。是临时安排的。章燕来找我,说她哥来了,想见见我……"

鲍十问小晨有什么感觉。

小晨说:"难说。"

小晨说,他和那个叫章振文的人没说几句话。他问了问小晨的情况,问了问小晨家里的情况。再就没说啥。小晨也没说啥。

给了章燕一些钱。先给三千,后来给了五千。

章振文问章燕:"上次给你的钱,又花没了吧?"

章燕说:"还有点儿。"

章振文说:"要知道节约。"

然后,章振文对办公室主任说:"再给她拿三千……拿五千吧。"

章振文又说了一句:"要知道节约。"

章振文、章燕、办公室主任三个人又唠了一会儿嗑,小晨和章燕就告辞出来了。

三人唠嗑儿的时候,小晨只在一边坐着。

小晨说那办公室主任挺漂亮,也挺活跃,一劲儿夸章燕的衣服穿得得体,对章燕说,你这身衣服太漂亮了,感觉很年轻,多有气质呀!要是我穿,肯定特难看……还不丑死!说着,还伸手在章燕脸上轻轻拍了两下。

小晨认为这个女人不一般。

小晨对章振文的感觉有点复杂。一方面认为他粗俗,盛气凌人;另一方面又认为他很精明能干。

小晨说:"才一个高中生。靠贷款起家,现在有几百万了。"

小晨又说:"今天上午,章燕给我打了个电话,说她哥说的,我还能做点事情。就是这么说的,我还能做点事情。这算是对我的一个评价吧!"

这以后,小晨又和章振文见过几次面。章振文想在这里设个分公司,有些具体事情需要安排。小晨陪着吃了几次饭。

小晨对鲍十说过几处酒店(推及酒家、美食城、饭庄之类)的名字,鲍十都忘记了。

再给鲍十打电话的时候,就表现出以前从未感觉到的东西。鲍十有个发现:有时候,在电话里谈话,要比面对面交谈更直接更真实一些,会留下更多的空间供你展开想象和判断。

小晨对鲍十是直言不讳的。

小晨说:"这是一个机会。设分公司是一个机会。"

小晨认为,章振文对他还是客气的。每次喝酒,都忘不了介绍介绍,都说:这是我妹妹的男朋友,大学生。小晨有时候还挺自豪。

过一段时间,有一天,鲍十家来客人了,是鲍十爱人的外地同学,是母子俩。鲍十没地方住,吃了晚饭,就到艺校来了。他想,正好可以见见小晨。

鲍十对小晨说:"家里来客人了,借个宿。"

小晨说:"正好正好。小李不在,你睡他的床。"

小晨当然极热情,马上出去买酒买菜。鲍十看着那些干豆腐卷、花生米和香肠,呵呵地笑了。他想起了从前他们一起喝酒的日子。小晨也呵呵笑了。可能是小晨也想起了从前他们一起喝酒的日子。

鲍十看着小晨,是盯住了看,看时,眼里含着微笑,竟看得小晨很不自在。

"喝酒。"小晨说。

"喝酒。"鲍十说。

两人都坐了。

小晨说:"这阵儿又写了?"

鲍十说:"写点儿,写点儿。"

小晨说:"有发表的?"

鲍十挠着脖子说:"这个这个,有两家刊物,来信了,说有可能发。差不多吧!……"

"……很好很好。"小晨说。

鲍十和小晨好像都有点不自然,甚至有了那么一点点陌生感。毕竟这么久没在一起喝过了,想想也没什么。这期间,鲍十问了一些有关章振文的事,以及设分公司的事。小晨告诉鲍十,说章振文回七台河了,说分公司的事已定下来,别的并不多说。

后来的许多话,都是喝完酒以后说的。

是喝完了酒,两人来到小晨的宿舍,躺在床上说的。说的都是章燕。

章燕很看重小晨。这常常使小晨感到尴尬,让他产生逃避的念头,离开她,躲一边去,躲远远的。章燕看重小晨,显然与爱情有关。一个女人看重一个男人,多半是因为爱情,或者可以产生爱情。章燕和小晨同岁,二十六了,已属大龄女青年。据说从未处过男朋友,别人也给她介绍过,但都没有处,说是没一个看上的。小晨相信她的话。可能正是这个原因,她的爱情更猛烈些。

这使小晨更加尴尬。有时候,两人在一起亲热,拥抱、接吻,小晨也会冲动一阵,但冲动很快就过去了。小晨总是觉得没有热情。小晨甚至觉得自己已不再年轻了。

小晨认为自己活得很苦。常常,在他一个人的时候,他会感到自己十分软弱,软弱,而且孤独。

有一天,小晨又参加了章振文的一次宴会,当时章燕也在桌上,章燕就坐在小晨的左边。当然是一家极豪华的酒店,灯光很辉煌,屋里回荡着很缠绵的歌声。是一个女人的歌声。小晨开始并没意识到歌声的存在,桌面上乱糟糟的。小晨是后来才注意到的。但是他直到最后也没听清一句歌词,他只听到歌的旋律,那就如一匹布,一匹丝质的布,很柔软,很结实,无限长无限长,把他缠起来,渐渐地紧了。

小晨总觉得要哭似的。

他那天终于喝醉了。他知道自己醉了,他只是不让醉意显露出来,他竟那么坚强。他很礼貌地和客人们一一道别,又把章振文送上了车。章振文是笑嘻嘻的,拍了拍他的肩膀,好像还说了一句话。小晨有点吃惊。不过他没听清是一句什么话。

章燕是看出来小晨醉了。剩下他们两人了,章燕望着小晨。

章燕说:"我送你回去吧!"

小晨也望着章燕,小晨说:"不,还是我送你吧!我送你!"章燕叫了一辆出租车。自从和章燕认识,出来进去的,总是打车,已经是一种习惯了。

章燕自己住一个房间。

到第二天三点,小晨醒了。发现章燕正睡在身边。章燕是穿着衣服的。小晨一醒,章燕也醒了。章燕说:"你再睡会儿吧。我到沙发上去。"

小晨没让她去。小晨心里疼了一下,就开始亲她。一边亲,一边替她脱着衣服。

小晨感觉到一种生涩。章燕是被动而又恐惧地迎接着他。

这又反过来给了他某种刺激感。小晨明确地意识到自己正在发泄着什么。是什么呢？

小晨的动作竟异乎寻常地猛烈。

章燕开始是闭着眼睛的，后来把眼睛睁开了，望着小晨。小晨知道章燕望他，他却不敢望章燕。

当小晨重新躺下来的时候，竟感觉脑袋里呼啦亮了一下，犹如被一道闪电击了。

王丹丹呵——

小晨只想抽一支烟。

小晨点了一支烟，狠狠地吸了一口。烟头一亮，鲍十看见小晨的一张烧红的脸。

小晨对鲍十说："我不痛苦。"

鲍十没吱声。

小晨又说："我们都是俗人。"鲍十仍然没吱声。

小晨又说："我们是沙子。"

鲍十也点了一支烟。

鲍十是后来听小晨说的，他和章燕，明年五一，大概要结婚了。

生活书:三合屯纪事

开宗明义

开宗明义:这是一部由若干个短篇组成的中篇小说,所讲的故事都发生在一个村庄。

中国各地,对村庄的叫法多有不同。有叫"村"的,有叫"庄"的,有叫"堡子"的,有叫"圩子"的,有叫"寨子"的。江浙一带多叫"浦",陕西的部分地区叫"塬",云贵地区有叫"坝"的,等等。而在东北,或者再具体一点儿,在黑龙江省,则多半叫"屯"。

我的家乡三合屯,是平原上的一个小屯子……

三合屯有五十几户人家,两百多口人。五十几户人家住在三条街上:一条叫前街,一条叫后街,一条叫腰街。每条街平均只有十几户人家。人家虽少,街却很长,稀稀拉拉的,少说也有几百米,因为每家都有一个很大的院子。院子当然越大越好。院里除了鸡架、鸭架、猪圈、狗窝,还有仓房和厕所。不过这些都占不了多大地方,最大的还是菜园。菜园里种着黄瓜、茄子、豆角、香菜、芹菜、西葫芦、大倭瓜。几乎家家都是这样。总之应时的蔬菜都是靠菜园来提供的。

在很长很长的一段时间,三合屯就是我生活中的一切。而且这绝不是我一个人的认识,三合屯的每一个孩子都会这么想——这里有一个不能忽略的因素:那时候我们年纪太小,都没见过什么世面。

而且,我总觉得自己稀里糊涂,根本不知道那些年是怎样过来的。有时候,感觉时间过得飞快,不知不觉间,天就凉了,天凉了不算,还下起了雪。有时候,时间又过得特慢,慢得就像太阳睡着了。慢得我一整天不知道做什么,只好在街上东游西荡。当年我总是赤裸着上身(皮肤被太阳晒得黝黑),只穿一条妈妈缝的大裤衩子,有时候连鞋都不穿,光着脚丫子,沿着大街走过来,同时眼睛四处乱瞅,见了鸡撵鸡,见了狗赶狗。

在已经过去的整个童年里,有一个问题始终困扰着我:我说不清自己该算是个好孩子还是个坏孩子。我认为,这是一件很难办的事情。有时候,我特别渴望受到夸奖,为此我会显得特有礼貌,不论见到谁,一律彬彬有礼。有时候又觉得这无所谓,心想你们爱夸不夸,夸了我也不会多长一块肉。不过即便真的有人夸我,我也该做什么还做什么,有时候做好事,有时候做坏事,一切只看当时的具体情况了。

举个例子说吧。假如这时候看见有一头小猪正在拱谁家的院墙,我肯定会毫不犹豫地冲过去,把猪赶走了不算,还要跑到主人家里,告诉对方发生了什么事。假如这时候碰见了一个小伙伴儿,对我说,走啊,咱们偷瓜去。我也会二话不说,屁颠儿屁颠儿地跟上去,而且很快就会进入情境,热烈地探讨从哪儿进去才能不被发现,一旦被发现了怎样逃脱。当然我们既有成功的时候,也有失败的时候,不过却从未被捉住过,尤其是在有我参加的情况下,这倒是个事实。

我当时就是这副样子,不仅不知道该做什么,甚至不知道在想什么。

值得一提的是,还在很小的时候,我就认识了三合屯所有的人。

　　这些人不论前街的后街的,也不论大人小孩子,或者老爷爷和老奶奶,反正没有我不认识的。而且,我不光认识他们的相貌,还认识他们的声音,认识他们的衣服,知道谁家和谁家是亲戚,知道谁家住在哪儿,他家有几间房子,知道谁是好打架的、谁有个好脾气,并由此推断出谁可以亲近、谁最好躲着点儿……这么跟你说吧,我熟悉三合屯就像熟悉自己的手掌一样,如果你想去谁家,我闭着眼睛也能把你领过去。

　　此外还有,谁以前做过坏事;谁是个活宝;谁特别有本事,值得人佩服……

　　那时生产队还没解散,生产队有许多房子,叫队房子。每天除了胡闹,我最愿意到队房子来。队房子有正房和厢房,正房的中间有一个门洞子,被人叫作大门洞。大门洞走车又走马,没事儿的人都喜欢在这儿扎堆儿。我就属于那种没事儿的人。我愿意到这儿来的原因主要有两个。一是这儿有门洞子风,凉快。我曾经听过这样的话:门洞的风,拉满的弓;二是在这儿可以听到很多稀奇事儿,有的是我从未听过的事儿,有的则是三合屯近日发生的事儿。

　　一有空闲,我就会跑到大门洞。来了先转动眼睛看看这儿都有谁,然后找个地方一坐,接着便听大家闲扯,谁说话我就把目光投向谁,绝对专心致志,而且从头到尾一言不发。一直听到响午,该回家吃午饭了,这才悄悄地站起来,撒腿朝家里跑去,跑得飞快,就像有人在后边追,一边跑一边回想刚才听到的事儿,觉得真是太有意思了。

　　下面,我就讲几个发生在三合屯的故事……

小薇的故事

　　小薇的故事可以顺着讲,也可以倒着讲(就是从结尾讲起),我想了一下,觉得还是顺着讲好一些——
　　既然这样决定了,首先我就要告诉你们,小薇姓胡,她家跟我家住在同一条街上。还有,小薇要比我小得多。我都八九岁了,她才被她妈妈生出来。
　　小薇出生的时候是个冬天。有一天夜里,我已经钻进热被窝儿了,小薇的爸爸突然跑到了我家的院子,一边砰砰砰地敲着我家的窗玻璃,一边喊我妈妈的名字,说他家的某某(就是小薇的妈妈)要生了,叫我妈去帮忙。我妈急忙穿上棉袄,拉开门就出去了。到了第二天早上,我妈才满脸疲惫地回来,我听见我妈对我爸说,某某生了一个小丫头儿。以后的几天,我妈每天都要到小薇家里去,有一天还炖了一只鸡,装在一只搪瓷盆里,给她家端去了。后来有一天,我妈回来说,他们给孩子取名儿了,挺好听的,叫"小梅"。当时我特别想去看看这个"小梅"什么样儿,看看她长得好不好看,可我妈总是不让我去,每次我一提这个要求,我妈就说:"看啥看?快上别场儿玩去……"
　　好像过了没几天,最多也就一个多星期吧,也是在一天晚上,确切地说是傍晚,因为我们刚吃完晚饭。小薇的爸爸又来到了我家(跟上次不同的是,这次他进了屋),一进屋,他就慌不迭地说,某某病了,发高烧,浑身直哆嗦,都快哆嗦成一个蛋了。当时我爸也在家。妈和爸二话没说,就跟着小薇的爸爸去了小薇家。爸妈过去不久,就有人从生产队那边赶来了一挂马车,把小薇的妈妈抬到车上,拉着去了公社卫生院。听说这还是我爸的主意,他对小薇的爸爸说,人都这样了,赶紧上卫生院,晚一步恐怕就难说了啊!马车离开三合屯时,我来到了当街上,眼见它一溜烟地跑上了通往公社的大道。车上除了小薇的妈妈,还有小薇的爸爸和舅舅(她舅舅家也住在三合屯),还有另外几个帮忙的人,其中包括我妈。到了第二天,马车从公社回来了,小薇的妈妈也回来了,不同的是,离开的时候她是活着的,回来的时候人已经死了。

小薇的妈妈死了以后,她爸爸给她取了一个新名字——说是原来的名字不吉利——这个名字就是"小薇"。

我的有关小薇最早的记忆就是这么多,除此再也没有了。这可能因为我当时特别"忙",几乎天天不着家,根本没时间去关心其他的事儿。好像偶尔也听到妈跟爸唉声叹气地说到她,有时候还会拿一些东西送给她,不过我都没往心里去。在我的意识里,那段时间,小薇好像被我删除了。我一点儿也不记得其间我有没有见过她,甚至忘记了世界上还有这个人。这样过了好几年,可能三年,也可能四年,有一天下午,我在屯子里闲逛,逛到小薇家跟前时,突然看见院门口蹲着一个小姑娘,一个挺小的姑娘,穿着一件挺大的衣裳(不过我忘了什么颜色),衣裳的下摆都拖在地上了,手里抓着一块干粮,偶尔举起来咬一口。这让我动了好奇心——关键在于,我不认识她。我慢慢地走过去,站在她跟前。她早就看见了我,朝我抬起脸,眼睛里有一点点的疑惑,不用说,她也不认识我。

片刻,我问她:"你是谁?"

她回答我说:"我是小薇……"

声音细细的,说完向我笑了一下。

尽管有关她的那么多事情我都没有印象了,这次见面的情景我还记着。她当时说话的声音,还有她的模样儿,尤其是她的笑,我现在还能想起来,并且,每次想起心里都有种刺痛感,比如此刻。

小薇瘦巴巴的,就像一只小鸡崽儿,脸色白白的,能看见上面一条条淡青色的血管,好像她的脸皮是透明的。

见我没走,她又反过来问我:"你咋不走?你是谁?"

我说:"我是生子……我今天没啥事,正四处溜达呢……"

她说:"我也没啥事儿。我爸干活儿去了,他让我看家。我出来蹲一会儿,外边亮堂。我爸不让我四处走,他说回来给我烀土豆吃……土豆蘸酱,可好吃了,就是有点儿烫嘴。我昨儿个吃了一个煮鸡蛋,也烫嘴,我爸让我吹吹再吃,就像这样——噗、噗……过大年的时候,我还吃了饺子。我吃了五个,不对,是六个……我爸夸我真能吃……"

她显出一副陶醉的样子。

我不以为然地说:"饺子谁没吃过?我过年也吃了,比你吃得还多呢……"

她说:"那好不好吃?"

我老实说:"嗯,好吃,真好吃……"

她说:"你吃的是啥馅儿?我吃的是猪肉酸菜馅儿,吱儿……一咬直冒油……"

我没说话。我在回想饺子的滋味,可是有点儿想不起来了。

这时我听见从屯里的什么地方传来了吵嚷声,猜想又有热闹看了,便转身离开了这里,连招呼都没跟小薇打。

小薇一天一天长大了。

有时候,我会偶尔看见小薇。一般都是在街上,有时候看见她跟别的孩子一块儿玩,有时候见她一个人在街上跑。如果是一个人,她就会跟我打招呼,通常是朝我笑笑;如果正跟别的孩子玩,她就不会搭理我。当然,我对此并不在意,因为我有自己的玩伴儿,自己的圈子,而且我们都有一种"大男人"的派头,根本瞧不起那些比自己小的孩子,对女孩子们更是不屑一顾,其实是不好意思"顾"。

偶尔,她也到我家来,她爸爸有时候会来我家串门,她会一块儿来。听我妈讲,我家和她家还有点儿亲戚关系,不过那是很久以前的事了,我姥姥跟小薇的姥姥,或者其他什么人,曾经是表姐妹或其他什么姐妹,按我理解,关系挺远的,反正,我是一点儿不知道。有时候,是我妈把她带回来,我妈在街上碰见了她,或者家里有了好吃的,或者有什么东西要送她,就会把她领到家里。要是来吃好吃的,吃完了还要给她带一些,盛在盆里或碗里,有时怕她拿不了,我妈就让我帮她拿。

小薇那年五六岁吧,跟一般大的孩子比,显得瘦小一点儿,衣裳总是不合身儿,显得有点儿大。脸上倒是有了一点儿红晕。头发毛茸茸的,看去有点儿发黄。平常不怎么爱说话,多半是默默地站在那儿,身子倚在墙上,或者倚着炕沿,眼睛悄悄地看着你,似乎很乖巧很懂事,还有一点儿害羞。要是问她什么话,她一定很仔细地回答你,声音总是细细的,就像一根蛛丝。有时候她说话很快,要等到一句话说完,才会长长地喘一口气。每次她从我家离开,我妈几乎都会悄悄地说一句,唉,可怜见儿,多好的孩子,这么小就没妈了……

可是,据我观察,小薇对她的妈妈好像没有什么依恋。想想也是,她可能对她妈妈一点儿印象都没有,因为她从没见过她妈妈的面,连照片都没见过,因为她家根本就没有照片,不光没有她妈妈的照片,也没有她爸爸的照片,谁的照片都没有!

小薇的爸爸叫胡立波,可不知怎么,三合屯的人都习惯把"波"念成"泼",这样一来,他就成了胡立泼。我管胡立波叫胡叔。胡叔是生产队的社员,人长得很憨厚,在我印象里是个很能干活儿的人,年年能挣挺多的工分儿。个头儿跟我爸爸差不多。从前,就是小薇的妈妈没死那会儿,他看上去很年轻,这几年却不行了,好像老了好几岁,一天天无精打采的,话也越来越少,每次来到我家,就往凳子上一坐,不哼不哈,一脸的沮丧。有一段时间,听说别人在帮他找媳妇,我们那儿叫"续弦",可不知为什么,总是续不上,好像不是他嫌人家就是人家嫌他——这种事挺复杂的,谁也没法儿说清楚。有段时间,听说他跟孙宝财的媳妇"发生关系"了(当地把这种事叫作"搞破鞋"),说他动不动就往孙宝财家里跑,还给孙宝财的媳妇买过花布——这事我倒不曾亲眼见过,因此说不上是真是假。有一次,我曾经听到我爸我妈议论他,说他这样不是毁名声吗?我妈让我爸劝劝他。我爸有点儿为难,说这种事怎么劝?我妈说:"你识文断字的,劝人还不会?到时候我帮你敲边鼓。"我爸说:"我看他也挺难的。"我妈似乎有点儿生气,说:"你还帮他开脱?他这样就更不容易结婚了……"至于我爸到底有没有劝他,那我就不知道了,我当时肯定没在场。

不过,听说他对小薇还是挺好的,不管多忙,也要先给小薇做好饭,还常常上供销社给她买糖球儿,还帮她梳头发,有时候梳着梳着,还会悄悄地淌眼泪,肯定心酸得不行。

唉……

后来,小薇还上学了。这当然是一件好事儿,我很为她高兴。听我爸说,她学习还挺用功的,脑袋也够聪明。

这期间,我一直在读书,小学毕业,中学毕业,恢复高考后,又幸运地考上了省城的大学。在上大学那几年,有关小薇和她爸爸的事,我就所知不多了。见面更是非常少,似乎只有一两次。

那几年也发生了两件对小薇很重要的事。一件,是小薇考取了镇上的初中,听我爸说,名次还挺靠前。再一件,是小薇的爸爸终于找到一个寡妇,跟她续上了弦。然而糟糕的是,两个人一块儿过了不到三年,就又离婚了,据说原因是那个寡妇好吃懒做,还明里暗里苛待小薇,跟她一起过来还有两个"浑不愣"的男孩子,他们动不动就跟小薇打架,把小薇气得直哭。

这样到了1983年,那年我二十四岁,这时我已经大学毕业参加工作了,工作单位就在省城,而且谈了一个女朋友,正在考虑结婚的事。这年初秋,我有事儿回家。因为那年雨水大,客车临时改变路线,我必须在另外一个屯子下车,然后步行回到三合屯。我下车的屯子叫谢家岗,离三合屯大约五里路。从谢家岗到三合屯有一条近路,需从屯里横穿过去。屯子很安静,街上有些鸡鸭。在走到屯子中间时,我看见一户人家的院门口儿站着一个人,背对着我,看衣服是个女的(记得是一件碎花布的小褂儿),脑后扎了一个马尾辫,身形很单薄,两个肩膀也颇瘦削,就像一个中学生。当时我心里就有点儿划魂儿,感觉这个人似曾相识,然而我当时并没多想。

随着脚步的移动,我离她越来越近,她的样子也越来越清晰,窄小的臀部、垂在身体两侧的手肘、半露的脖颈以及张开的耳郭,都看得很清楚了,相识感也越来越强。这时候,她大概听到了脚步声,因此慢慢地转过了脸,又转过了身体——先转过脸,后转过身体……我立刻就认出了她是谁。这是小薇!我当即吃了一惊。小薇也认出了我,她腾地一下就红了脸。让我更吃惊的是,她的肚子居然挺得那么高,挺得衣服的前襟都翘起来了,几个纽扣绷得紧紧的,缝隙处还露出了一块儿一块儿白白的肚皮,白得扎眼。我当即就想到,哦,她这是怀孕了!一定是怀孕了!

这时候,小薇叫了我一声:"大哥……"她声音很细。这声音里有意外,有欣喜,有羞怯……

不知为啥,这情景让我想起了很久以前,我在她家院门口见到的那个小女孩,很小很小的女孩,脸色白白的,她还说"外边亮堂"……

我缓过神儿来,说:"你这是……你怎么在这儿?!"

小薇停了一下,说:"我结婚了……就住这个屯子……"

我心里突然抽搐了一下,说:"啥时候的事?你不是……还在上学吗?"

小薇说:"今年正月……我退学了……"

我迅速计算了一下,她当时可能只有十六岁,年纪这么小,就结婚了,还怀了孕……于是我说:"怎么会这样?是不是出啥事了?"

听我这样说,小薇一下就红了眼睛,声音也突然有点儿哽咽,说:"我爸……得了肾病,要住医院透析……家里没钱……"

我着急地说:"那就借啊!也不至于……"

小薇说:"借了,你们家也借了,全屯子都借了,有的不愿意借,不够……后来,他们家就听说了,就托人来保媒,说他是这屯子的队长,媳妇死了,有钱,可以多给彩礼……"

在我们说话的当儿,从院子里走出了一个中年男人,三十岁左右,矮墩墩的,但很结实,一边走一边打量着我,眼光有点儿阴沉。一看见他,小薇立刻不说话了。男人走到我们跟前,认真地看了我一眼,对小薇说:"这是谁呀?咋没见过?"

小薇说:"我们屯子的,在省里念大学呢。"

男人说:"听说过,听说过……那进屋坐会儿吧……"

我未置可否。我相信他听说过,那件事一度很轰动,因为恢复高考后,我是那一带第一个考上大学的人。

男人并不勉强,转而看了小薇一眼,却没说话,然后便转身离开我们,重新走回了院子。我看着他宽厚的后背,又看看身材单薄的小薇,脑子里突然冒出了两个字:蹂躏!

我在前边说过,小薇的故事可以顺着讲,也可以倒着讲。如果倒着讲,我打算就从1983年的初秋,亦即此刻,讲起……

现在来讲老林头

现在来讲老林头……

老林头有个外号,叫林大个子。当时三合屯有两个被称作"大个子"的人,另一个叫陈大个子。据我观察,老林头比陈大个子还要高一些,就是说,他是三合屯身高最高的人。

我承认,我跟老林头并不熟悉,印象中顶多在街上见过几次面。可能因为个子高吧,他走路总是摇摇晃晃的,而且总是慢悠悠的,不过,步子却迈得很大。如此说来,他走路并不一定真的慢,很可能只是给人慢的感觉。

还有,在我的印象里,他一直有点儿让人害怕,因为他总是板着个脸,好像从来就没看见他笑过,连微笑都没有。似乎,我也从未听见他说过话。我倒是听见过他咳嗽(那次他可能是感冒了)。当时我在街上走,迎面碰到了他,就在我们即将擦肩而过的一刹那,他突然剧烈地咳嗽起来,"咳、咳、咳……"声音大极了,简直就像打雷,吓得我立马就站住了——仅仅站了一瞬,然后撒腿就跑。

关于老林头,屯里有好多说法儿。

一个是说他怕老婆。他老婆叫老林太太。我听说老林太太是个小脚老太太,说她小时候缠过足。可我从没见过老林太太的脚,所以只能说"听说"。他们还说,老林太太的鞋里总是塞着很多棉花,不然就没法走路(她走路总是颤巍巍的,仿佛时刻都有摔倒的危险,这我倒是亲眼见过)。他们说,老林头每天晚上都要给老林太太洗脚。说他在生产队干了一天活儿,不管多累,临睡觉之前,总要烧一锅温水,给老林太太洗脚。说在洗脚之前,还要先帮她脱鞋脱袜。然后再把她的脚搬进水盆,用手轻轻地揉搓。说他那么大的个子,天天都要蹲在地上,那么撅腰瓦腚的,也不觉得难受。还说老林太太脾气不好,要是不小心把她弄疼了,她立刻就会挥起手里的烟袋杆,劈头盖脸地一顿打。他却连个屁都不敢放,还连声儿说:"我以后小心点儿,啊,我小心点儿……"讲这事的人常常是边讲边笑,没个正经样子,让人拿不准是真是假。不过,老林太太确实有一根大烟袋,一根长长的烟袋杆,一个黄铜的烟袋锅儿,在街上走路时就把烟袋放在臂弯里,就像妇女抱孩子那样,这也是我亲眼见过的——这样说来,也许那就是真的了。

他们还说,他家的所有事情都是老林太太说了算,哪怕是买两分钱的醋,包括中午吃啥饭,包括这一天要穿什么衣裳,反正,只要是老林太太决定了的,他是一概不敢反驳,只有遵照执行的份儿。

有关老林头怕老婆的事,三合屯无人不知无人不晓,且人人都把这事当成笑话,想起来就在那儿说一说,一边说一边嘻嘻哈哈地笑。

第二是说他不爱搭理人。说他不爱跟别人说话,平常喜欢一个人在那儿待着。说他有一个一拃长的小烟袋,别人说话时,他就在旁边吧嗒吧嗒地抽烟。如果你一定要跟他说话,他肯定用最简单的方式回应你,说声"是"或者"不是"。队长派活儿时也是派他干啥他就干啥,干啥他都不在乎。他还很少——几乎从不——到别人家串门,假如家里有事要跟人交涉,都是由老林太太出面。有到他家来串门的,他也一点儿不热情,最多朝你点点头,之后就忙自个儿的事去了。每天一收工他就马上回家,到家后就跟老林太太一起做饭,或者去侍弄菜园子。

第三说他会打枪。有关他会打枪的说法,一直比较模糊。有人说,他不仅会打枪,枪法还特别准。据他们说,他打枪连瞄准都不用,百步开外的东西,哪怕是一只麻雀,他也抬手就打。他们对他打枪的姿势也有描述,说他总是侧身而立,手握枪把,手指扣住扳机,发现目标后,即将枪管向上一抬,枪响过后,猎物肯定应声而落。而问题的关键在于,谁也不曾见过他打枪。反正我是没见过。我问过我爸,他也说没见过。我还问过那些说他会打枪的人,他们也说没见过。因此,这件事还不能确定。

不过,我倒是见过他背枪的样子。背的是那种最最普通的老猎枪,我们那儿叫"洋炮",现在可能已经没有了。这种枪非常简单,下边是一个木头做的枪把子,上边装了一根黑黝黝的铁管,粗细与一根蜡烛差不多,放枪之前先要往枪管里装火药,之后再装上铁沙子(其实是铅铸的霰弹)。他背枪的样子就像学生背书包,一根带子斜挎在胸前,把枪杆放在身后。枪是生产队发给他的,因为他给队上"看青"。

为什么要给看青的人发枪呢?

一入秋,各种庄稼都即将成熟。尤其是苞米,早已长成了棒子,拿到家里一煮(也可以用火烤),吃起来特别香甜。另外还有黄豆,这时也结了荚,半熟了,捋几把揣进口袋,回家用水烀烀,剥开了吃,又好吃又有营养(现在饭店有卖的,被叫作毛豆)。另外,各种野牲口也会在这时候"祸害"庄稼,獾子、狐狸什么的(我倒从没见过)。看青,就是看这些半熟的庄稼。既要防人偷,也要防野牲口祸害。——不过,我总觉得,那枪就是装装样子,是用来吓唬人的,因为我从来就没见他放过,也没听见过枪响。

要说我对老林头的印象,最深的可能就是看青这件事了。记得有好几次,我看见他背着枪在街上走;再就是有几天早晨,

241

在上学的途中,看见过他身穿雨衣,小腿上绑着防露水的黄帆布,浑身上下湿漉漉的,蔫头耷脑地从野外回来。那时候我就知道,看青是一件很辛苦的事,他们主要在夜间活动,必须胆儿大,还要有责任心,不能偷懒儿,所以一定要找可靠的人。

有关老林头,除了上面说到的,我就再不知道什么了。

哦对了,关于老林头,我还知道一件事——当然这也是我听说的——他家不是三合屯的老户,是从别处搬来的。

……

后来有一天,老林头自杀了。

这件事我倒记得很清楚。

那是1966年,那年我七岁。当时正是冬天,没几天就要过年了。那天天气特别冷。那会儿妈妈正在做早饭,因此屋里飘着一层淡淡的水汽。我睡在我家的北炕上,虽然已经醒了,但还赖在热烘烘的被窝里不想起来,在那儿瞪着眼睛想心事,无非是想今天去哪儿玩,玩什么,要找谁……一时拿不定主意。这时爸爸进来了,还带进来一身的寒气,他一边往下脱外衣一边对跟进屋来的妈妈说:"老林头上吊了……"

妈妈似乎没反应过来,说:"谁?你说啥?"

爸爸又说了一遍:"老林头昨儿晚上吊死了,今天早上发现的,在学校的小茅楼里……"

妈妈倒吸了一口凉气说:"啊?!"

跟妈妈一样,刚听到这个消息时,我也没反应过来。我首先在脑袋里想了一下老林头这个人,然后想到了"上吊"这个词的特殊含义。待把这一串东西联系到一块儿,我才明白了这件事的意思。我还想到了学校的小茅楼。在我们那儿,所谓茅楼就是厕所。应该说,那是我特别熟悉的地方,简直说不上多少次,我在那里撒过尿,当然也拉过屎。

"为啥呢?他这样……"一会儿妈妈问。

"不知道……"爸爸说。

爸妈的神情好像都挺凝重。

我赶紧起来穿衣裳。我心里七上八下,充满了好奇,同时又隐约有一点儿恐惧,反过来,恐惧又加强了好奇。这会儿,我已经知道自己今天该做什么了。

我急匆匆地扒了几口饭,抓起狗皮帽子胡乱往脑袋上一扣,抬腿就朝门外跑,临出门时妈妈好像说了一句话,我啊地答应了一声,但她说的什么我根本就没听清。

那天确实冷得很,一出屋门,就觉得脸上唰地一下,仿佛被烫着了。

我一出家门就朝小茅楼那儿跑,开始速度非常快——就像射箭一样,在快到小茅楼跟前时,却不知不觉地慢下来,由跑变成了走,心里也有点儿打鼓,感觉阴森森的,有那么一刹那,甚至不想去了,可不去又不甘心……这样迟迟疑疑的,我还是凑了过去。

小茅楼在屯子西南角的一个沙土包上,地势略高一点儿。还没到小茅楼跟前,我就看见那儿聚了一些人。我最先看到了老林太太,她好像是在地上坐着,因为我同时还看见了她的脚,不,确切地说是她的鞋,竖立在她的身前。她的身后是林凤明和林凤国,还有林凤祥(都是老林头的儿子)。林凤明和林凤国半跪着,用肩膀扛着老林太太的脑袋,林凤祥站在旁边。除了他们几个,其他就都是屯子里的人了,其中有几个老头,也有几个妇女。包括老林太太在内,所有人都在距离小茅楼十步以外的地方。只有民兵排长袁贵站得离小茅楼最近,差不多就在门口,身上还背着步枪,好像在那儿站岗——后来我听说,他确实是在站岗,我还听说,他们正在等公社保卫组的人,等他们干啥呢?不知道。

一会儿我也来到了人群里,眼睛四处撒摸着。

我再一次看见了老林太太,她确实在地上坐着,眼睛睁得大大的,眼珠儿却一动也不动,眼睛下边还有几片亮晶晶的冰碴儿,我猜可能是眼泪,流出来就在那儿冻住了。嘴巴也张着,好像喘不上来气的样子,看上去就像一个黑窟窿。看见她的样子,我心里立刻蹦出了一个想法:天儿这么冷,她会不会觉得冻屁股啊?

我也再次看见了其他人,就是那些老头儿和妇女,他们倒是站着的,每个人都在朝小茅楼张望,不过都默不作声,每个人的神情也不一样,有的是好奇,有的是关切,有的是木然,有的是小心翼翼。我还悄悄向袁贵那儿凑过去,想仔细看看他身上的枪,顺便再看看小茅楼里有什么"情况"。可是还没等我走近,他就一边不停地"倒腾"脚,一边凶巴巴地对我说:"一边儿去!不得把你抓起来!"把我吓得一激灵,赶紧站住了。

过了一会儿(具体说不上有多久),突然就来了两个人。两个人都骑着嘎嘎新的"永久"牌自行车,身穿蓝制服,头戴羊剪绒的帽子,帽耳上挂着白霜。两个人一个年纪大些,一个是小青年儿。两个人我都不认识,不过我立即就猜到了他们是保卫组的。两个人一直把自行车蹬到人群跟前,才一骗腿从车上跳下来,又把车子支好。他们一边朝人群这边走,一边咋咋呼呼地问

(当然,说话的只是一个人):"人呢?人在哪儿?队长在不在?……"一看见他们,袁贵马上噔噔噔地迎上去说:"啊,同志!人还在小茅楼里挂着……队长在家呢,我这就让人去喊……"说话的同时朝小茅楼看了一眼。保卫组的人也跟着朝小茅楼看了一眼,随即说道:"这大冷的天儿……他可真会选时候……"

队长很快就来了。队长名叫于发,身穿一件羊皮袄,可能走得太急了,呼哧呼哧地喘着粗气。见到保卫组,他先给两个人各递了一根烟卷,还划根火柴给点着了。我猜他们会有话说,马上悄悄地凑了过去。果然,我听见于发说:"看这事……早上一发现我就叫人守住了,我知道不能破坏现场,就怕还有别的说道儿……"接着听见保卫组里那个年纪大点儿的人说:"有没有啥说道儿我们看看就知道了。他……我是说死鬼……最近有啥不对劲儿的地方吗?"于发把手伸进帽子,在脑袋上抓了几下,说:"没啥啊!好像没啥!那是个蔫货,一年到头儿也说不了几句话,看不出他一天天的寻思啥。干活儿也特踏实,你让他干啥他就干啥,从不挑拣……"保卫组的人又说:"那他最近跟没跟谁拌过嘴?包括他家里人。"于发说:"没有没有。我刚才不是说嘛,这家伙蔫得邪乎,你就是平白踢他一脚,他也连个屁都不放。要说他家里,我就不知底了,我倒是知道,这家伙怕老婆,呵呵……"说到这儿,于发还情不自禁地笑了一声。保卫组的人瞟了于发一眼,说:"这年头儿,净出这种没头没脑儿的怪事……好了,咱们过去看看他吧,看一眼就啥都明白了……"

现在我也明白了,叫保卫组来的目的,就是让他们看看老林头是不是别人杀死的。

于发领着保卫组的人朝小茅楼走过去。保卫组的两个人一边走一边各戴上了一副白手套。

站在小茅楼旁边的那些人也都聚过来,想看个究竟。袁贵把他们拦住了,说:"别过来别过来……谁也不许过来!"

保卫组的人和于发转眼就从小茅楼里出来了。

保卫组中那个年纪大点儿的人对于发说:"自杀,一看就是自杀。没事了,叫人把他放下来吧……"说话时往下褪着手上的白手套,褪下来往地上一丢。那个年轻一点儿的像他一样,也把白手套褪了下来,也往地上一丢。

保卫组的人很快走到了自行车跟前,右腿往车上一骗,骑上走了。于发还喊了一声:"这么急呀?吃了晌午饭再走吧!有酒呢……"他们也没搭理他。

这当儿,于发麻溜儿地捡起地上的白手套,对着摔打了几下,说:"咳,这么新的手套……"迅速揣进了衣兜,随即大声对袁贵说,"听见他们说的了吧?把他放下来吧!先放下来,别的事以后再说……"

听见于发的话,众人,包括老林太太、林凤明、林凤祥、林凤国,立刻就朝小茅楼拥过去。我也跟着拥过去。老林太太和那三兄弟拥在最前面。等拥到小茅楼的门外时,一件我没想到的事情发生了:老林太太扑通一下跪在了地上,放开喉咙大喊了一声"你这个挨刀的啊",然后就昏了过去。

那天我还看见了挺多事。然而最最重要的,给我留下最深印象的,还是看见了老林头,已经死去的老林头……

那是我第一次看见一个死去的人!

我心里咚地一响。

可能是因为那天天气太冷,也可能是老林头把我吓着了,当天晚上我就病了,发烧、头痛、出冷汗、上吐下泻,夜里还没完没了地做梦,梦见的都是特别吓人的事,而且多半跟老林头有关。比方说,梦见他背着洋枪在街上走,走着走着突然把枪摘下来了,对着我就放,我眼见一个大大的火球喷出枪口,向我迎面扑来。有一次还梦见他摸我的脑瓜顶,就用他那双光溜溜的手,一边摸一边说:"你这头发可真软和呀!真软和呀!"还有一次,我梦见在街上碰到了他,他满脸惊慌,好像遇到了什么特别吓人的事儿,也像有泡屎憋不住了,眼睛紧紧地盯住我,声音哆哆嗦嗦的,对我说:"生子生子,快!告诉我,小茅楼在哪儿?小茅楼在哪儿?!"小茅楼,小茅楼……我在梦里慢慢地想着,后来突然意识到了什么,我啊地大叫一声,一下醒了过来……

我那次病了好几天,最后总算好了。不过,老林头的影子却总是在我眼前晃来晃去,让我心有余悸。那以后的好长时间,我都会动不动就想起他来。

老林头为什么要上吊,一直是我很关心的事。主要是我好奇啊。可我却一直也没弄明白。为此我还有意去接近林凤祥(他比我大几岁),找他一起玩,目的嘛,就是想从他那儿探听到一星半点儿消息。记得有一次,当时已是春天了,我们在西小坝(一条引水渠)下面的一片荒地上挖苣荬菜。挖着挖着有点儿累了,就坐在一个土坎上歇着。我先是跟他胡扯了一通,扯着扯着我就对他说:"哎,林凤祥你说说,你爸他为啥要上吊?是不是跟你妈打仗了?"林凤祥愣了一下,看着我。我以为他在寻思怎么说,便眼巴巴地看着他,心里充满了期待。不料他看着看着,突然挥起拳头,一下砸到了我的肩膀上,吓得我拎上菜篮起身就跑,把刚挖的苣荬菜撒了一地。转眼跑出了几十步,回头看看他并没追上来,才气喘吁吁地停下来……以后我就再也没有问过,不敢再问了。

当然,我后来还是听到了一些说法。那是偶尔听大人们闲唠嗑儿时说的。说老林头以前当过胡子(就是土匪)。还说老林太太原是他们胡子头儿的压寨夫人,后来胡子头儿被打死了,她这才跟了老林头。不过我也听到了另一种说法,说他根本不是胡子,而是一个大地主家的炮勇,专门给地主看家护院,住在地主家的炮楼上。说老林太太是那家地主的小姐,就因为老林头枪法准,也因为他个子大,就喜欢上了他。说你看她整天抱着一杆大烟袋,还有她那双小脚,还有天天都让老林头给她洗脚,像不像一个地主家的阔小姐?其中最重要的说法是:老林头手里有人命。说在他当胡子的时候(也有说是他当炮勇的时候),曾经打死过人。说他枪法那么好,打死个把人还不容易!说他一共打死了两个人,而且是一枪打死的。

按人们的说法,老林头这是畏罪自杀。说他躲了这么多年,还想接着躲的,可是运动来了,知道躲不过去了,就自杀了。他们说,其实他是吓死的。有个人还拍着胸脯信誓旦旦地说,在老林头临死的前几天他就看出他不对劲儿了。说他亲眼所见,在夜深人静的时候,老林头曾经一个人绕着屯子瞎走。说他就像一匹磨道上的驴,倒腾着两条长腿,围着屯子转圈儿。走一会儿便停下来,在那儿发一阵子呆,还要叹几口气(我想到了一个成语:走投无路)。说他那些日子就像一只被逮住的狐狸,给装进了铁笼子,四周全是人的目光,没处躲,也没处藏,急得眼睛都绿了,就在笼子里乱蹿(我又想到了一个成语:焦躁不安)。有好几个人都说,在老林头临死前的那些日子,他整个人就跟傻了一样,谁要是有事儿叫他一声,他保证冷不丁一哆嗦,眼睛骨碌骨碌地看着你,就像一只吓坏了的兔子。说他那么有力气的人,刨粪堆的时候(当时年年冬天都要积肥),却连镐都抡不动了,一镐下去顶多刨出个印印,就好像得了什么病,一种没力气的病,病得还挺邪乎……

记得当时有人总结说,他之所以这么害怕,就是担心他当胡子的事被查出来。有人觉得不解,说,那他干吗不逃呢?逃得远远的,那不就结了?! 前一个人马上说:"嚯!能得你!你说说你往哪儿逃?"这普天之下……你往哪儿逃?后一个人想了一会儿,大概觉得有道理吧,不吱声儿了。

……

这就是老林头的故事。

不过,事情过去这么多年,我到底也没弄清楚老林头到底是当过胡子还是当过炮勇,或者二者都没当过,或者二者都当过。屯里其他人好像也跟我一样,不甚了了。实际上,自打老林头死后,他的事就很少有人再提了,偶尔提起,也只是当作一个闲话,说说而已。

三合屯是个杂姓的村子

三合屯是个杂姓的村子。有姓于的,有姓马的,有姓袁的,有姓柴的,有姓杨的,有姓田的,有姓赵的,有姓刘的,有姓李的,有姓林的,还有一个很怪的姓,姓蚁。

还在很小的时候,我就知道我们三合屯有三大派(是"派别"的派)。其中一派以于姓为主。于姓是三合屯的大姓,于老大、于老二,直至于老四。四兄弟早已成家立业儿女成群。另一派以柴姓为主。柴家有兄弟三人:柴显彬、柴显章、柴显增。柴家三兄弟要比于家五兄弟的年纪小,小一截。第三派以马姓为主,马家的情况稍微复杂一点儿,其中有个马佰理,在马家辈分最高。他有两个侄子,一个叫马忠,一个叫马孝,马忠曾经当过生产队的出纳员。马佰理还有一个儿子,叫马信。此外,还有马跃刚和马跃强,他们虽然也姓马,但跟马佰理并不是"一家子",不过因为都姓马,也就变成了"一家子"。用马跃刚的话说,一笔写不出两个马字儿,五百年前咱是一个祖宗呢!

其余各姓呢,则一部分在于家一边,一部分在柴家一边,一部分在马家一边。凭我的感觉,跟着于家的要比跟着柴家和马家的多。三部分相对稳定,不过也不是铁板一块。有时候,这部分的人会跑到那部分去,那部分的人也会跑到这部分来。原因嘛,可能与这三家在某一时期的势力消长有关。当然也有既不属于这一部分也不属于那一部分的人,即所谓中间派。他们多半老实本分,仅凭吃苦耐劳挣一口饭吃。有的属于老弱病残,连自己的事情都弄不好,当然也就有也可无也可了。再就是那些"黑五类"(地、富、反、坏、右),他们属于管制的对象,根本没有说话的份儿,也就没有什么发言权。

得益于爱听闲话的毛病,我又是个小孩子,加上我爸不是那些"派"里的人,他们都不怎么在意我,因此我听到了不少事。有时候,他们凑在一块儿说悄悄话儿,我居然也能听到。有段时间,我还以为自己有了特异功能,就像《西游记》里的那个"顺风耳"一样。说了你可能不信,就那几年,哪怕半里路外跑过一只老鼠,我都能听见它的脚步声。不过,到了晚上我就遭罪了,一到晚上,我满耳朵都是各种响声,成群的蟑螂在墙缝里轰轰隆隆地奔跑,成群的蚊子在窗户外边嘶鸣,弄得我根本睡不着觉,要等到实在困得不行了,才会哐当一下睡过去,耳朵里这才清静了。关键是这事我又不能对别人说,连我妈我都没告诉,我怕他们说我有病,那就要去看大夫,要吃药,可能还要打针……所以还是不说的好,对不对?

此外还有其他一些声音,谁家两口子夜里拌嘴啊,谁家打小孩啊,谁家有人商量事啊,我也听得到。真是没办法!

有一天,好像是快过年的时候,我听到老马家的人在一块儿商量要去公社告状,告老于家倚仗人多势众,独霸一方,队长于发横行霸道,贪污腐化。他们计划要分期分批,让不同的人去,两人一组,隔几天就告一次,说这样才能引起公社的重视,让上头看到问题的严重性。他们说,只有这样才能把于发扳倒,靠举胳膊儿(选举)是整不过他们的,他们人太多了。他们还说,这回一定要把于发整下去,让咱二叔再掌大权……这个消息把我吓了一跳,不过这是最初的感觉,接着我就暗暗地兴奋起来,甚至心急火燎的,内心充满了期待,因为我知道,今年过年又有热闹可看了。

他们所说的二叔,指的乃是马佰理。我听人说过,马佰理以前当过队长,听说还是第一任队长,一连当了好几年。老早我就听过一个故事,讲他是如何当上队长的,不过我不知道真假。故事说,那会儿常有从上面下屯蹲点儿的干部。说有一年(不知具体是哪一年），来了一个姓尚的，戴眼镜，穿制服。当时有个规矩，凡是下来蹲点儿的，一律在老乡家里吃派饭，还告诉老乡，平常自家吃啥就给做啥，不得腐蚀干部。那尚干部在屯里住了几个月，每天吃大白菜炖土豆，连一点儿油星儿都见不着，时间长了，嘴里自然淡得很，身体大概也有点儿吃不消。这时轮到马佰理家吃饭了。马佰理想来想去，头天晚上就杀了一只鸡，让老婆趁着夜深人静炖好了（怕人闻到气味）。他老婆见识短，当时还说："你这样行不行啊？这不是腐蚀干部吗？"据说第二天尚干部来了，看到鸡，眼睛马上就一亮，不过随即脸色一沉，说："这怎么行？这饭我不吃啊……"马佰理立刻说："看你误会了不是……这可不是给你预备的，我老婆这几天不舒坦，是那个……小月了……得给她补补，你是借光儿……呵呵……借光儿……"尚干部想了一下说："借光啊……那就……不过我还是要批评你……"说尚干部尽管批评了马佰理，背地里却逢人就说他觉悟高，到后来，马佰理就当上队长了。

　　这件事我听好几个人讲过，大家都说马佰理心眼儿多，还说马佰理是"老母鸡换来的队长"。当然，他们只是在背后说说，当面可没人敢说——除非你成心跟人打架。

　　马佰理当了几年队长，不料想，后来有一次改选，竟把他选掉了。我听说，那选掉他的人，就是老于家的人。

　　我在前边说过，于姓是三合屯的大姓，有兄弟四个。四兄弟当中老三于发最为出众，高高的个子，四方脸膛。他也最有头脑，虽然几兄弟早就分家另过了，但有事儿还得他给拿主意，小到哪个兄弟跟老婆吵架，大到各家添置啥东西，一律都要他做主。

其他几兄弟,老大于方愣头愣脑的,身上有力气,也肯干,性子急,遇事好激动,一激动就连话都说不清楚了,脸红脖子粗,所以人们给他起了个外号,叫机关枪。老二于合胆小怕事,爱占小便宜,见人就笑嘻嘻的,一副心中有鬼的样子。老四于成是个蔫人儿,好像总在盘算事。

马佰理当上队长后,有一次,因为派活儿,跟于老大吵起来了,吵得那个凶,差点儿就动家伙儿了。全屯子的人都在一边看热闹。老马家和老于家的其他人也都在旁边摩拳擦掌,跃跃欲试。就在这时候,于发出来了,他二话没说,上来就扇了于老大一嘴巴。于老大十分震惊,一时摸不着头脑,愣怔了一下说:"三儿,你咋敢打我?"只听于发说:"我这是让你明白明白……为这点儿小事争讲个啥?"于老大特委屈,说:"马二哥他……"于发说:"少说那些没用的!就照马二哥说的,麻溜儿干活儿去!"

这天下晚儿,于家几兄弟噗踏噗踏地来到了于发家里。这是于发叫他们来的。几个人坐在西屋,把门关好。于发沉思了一会儿说:"得把马老二整下去……这事儿我寻思挺多日子了。这家伙势力越来越大,光咱们家整不动他,眼下咱还没这个力量。我看,少说也要再等上一两年……"然后,把眼光转向于老大,"大哥,你家殿军今年多大了?"于老大说:"二十一了。咋?"于发说:"不咋。我看老袁家那大丫头挺好的,丑是丑点儿,可挺结实,过两天找个人,上袁喜斌那儿提媒去,我看这事儿十有八九……"于老大说:"我怕殿军不乐意……"于发说:"不乐意?你就说是我的主张……跟你说,袁喜斌可是个明白事的,他哥袁喜才,也不糊涂……再加上袁喜才的亲家刘大嘴……还有那个

253

袁贵,跟他爹袁喜斌一样精……"

片刻,于发把眼睛转向了老二于合,说:"二哥,你们家大丫儿也快二十了吧?"于老二说:"嗯,今年整二十……"于发说:"我看也该找婆家了……就说给张老三家那二小子吧,别的不论,就论张老三那大嗓门儿,到了关键,他一个顶仨。"于合想了想说:"这我回去商量商量吧,看她啥意思,还有她妈……"于老大说:"这还商量啥?就听老三的……"于发说:"商量商量也行,毕竟这么大个事。可我得给你们算一笔账,让你们心里有数……"他娓娓道来,先从袁家说起,说到了袁喜斌和袁喜才,又说到袁喜才的亲家刘大嘴,再说到刘大嘴的弟弟刘二嘴,刘二嘴还有个亲家李连贵;接着又说张老三,从张老三说到他小舅子,从小舅子说到小舅子的连襟,从小舅子的连襟再说到连襟的哥哥……这样说了一圈之后,于发问另外几兄弟:"明白我的意思了吗?""明白了,明白了……"几兄弟同时说。

这时于发把目光转向了老四于成。于成马上说:"三哥,我那几个孩子还小呢,怕不能……"于发突然笑了一下说:"我要说的不是这个事……你们家今年不是杀年猪吗?杀猪的时候,要叫马老二来吃肉,别让人觉出我们跟他见外了……"一听这话,于成顿时轻松了,说:"这好办,十斤肉够了吧?我让他可劲儿吃,撑死这个家伙!"

最后,于发说到了他自己。在说话之前,他先卷了一根儿旱烟,点着后抽了一口,这才说:"我们家这几个……我也有打算。小三儿、小四儿还小,先搁一边。殿文今年十七,虽说正在念书,我也想先给他说亲。殿秀儿今年十九,也该找婆家了。他们俩,殿文我给他说老杨家的玲子,殿秀儿我给她找老田家的恩斗,你们看行不行?"另外几兄弟互相看了看,都点头说行。老二于合说:"玲子倒是挺好的,不也在念书嘛,心气儿好像挺高,就怕人家不同意,再说岁数也小,才十五六吧?"老四于成说:"她心气儿高?你还怕殿文配不上她呀?我倒是担心殿秀儿,这恩斗……个子好像矮了点儿,我怕殿秀儿看不上他……"于发摆了摆手,似乎想说什么,却没说。

转过年儿,于家的儿女们便开始纷纷定亲,掀起了一股定亲的热潮。于老大家的殿军、于老二家的大丫儿、于发家的殿秀都吃了定亲饭,过了头茬礼儿,等到过完二茬礼儿,就该拜堂成亲入洞房了。只有殿文的事儿没办成,原因是杨玲子家里说先在孩子太小,缓几年再说吧。杨玲子家的人还说了,尽管事情没成,于老三(就是于发)的心意他们已知道了。听见这话,于发笑了一下,对几兄弟说:"知道就行了,就这样挂着更好。"

至于殿军、殿秀、大丫儿等,心情和表现也各不相同,当然是有的乐意有的不那么乐意,有的还打了"八刀",不过那是后话了。其中最不高兴的是殿秀,她老是嫌人家恩斗个子矮,说他只有三块豆腐高。有一次,她还用手比着自己的肩膀说:"看看,就到我这儿,就到我这儿呀!"说吃定亲饭那天,那边已经把饭做好了,殿秀却死活不出门。后来于发过来了,上来就给了殿秀一耳光,还说:"不许给我丢人现眼!"殿秀这才哭着去了。

这样一来,于家在三合屯一下子就有了好多亲戚。

就在那一年,生产队选队长,把于发给选上了。

选上队长的于发,还把生产队的会计给换了,出纳员也换了,记工员也换了,还让袁贵当了民兵排长。

不当队长的马佰理,跟当队长的时候明显不一样了。每天

255

早上,他都要站在社员堆儿里等着于发派活儿。特别是冬天,冻得缩着脖子,双手揣在袖筒里,一声不吭地站在一边,一副听候发落的模样儿。有时候,于发还显得挺客气,派活儿之后还要征询一下他的意见,蔼声蔼气地问他,二哥,你看这样行不行?觉得不行你就说。好像很给他面子。他便像于发一样,也蔼声蔼气地说,老三你真是的,还问我行不行?挺好挺好。同时在心里骂,妈的你个于老三,这是跟我整景儿呢!于发心里也在骂,你个马老二,以为我真拿你当盘儿菜呀!

就在于发当队长那几年,马忠的闺女马彩云嫁给了柴家老大柴显彬的儿子柴福生。

马彩云是马忠的大女儿,柴福生是柴显彬的小儿子。他们定亲那年,柴福生十八岁,马彩云二十一岁。不过这事儿也费了一些周折。原因嘛,是两个人都不同意。柴福生不同意,是嫌马彩云比他大。马彩云不同意,是她心里有了别人。据说那人是邻屯的,那屯子叫白家窝棚,说两人儿是在修水利时认识的——想想还挺浪漫的,是吧?可是那人家里穷,出不起彩礼钱,就这样耽搁下来。

后来我听说,让柴福生跟马彩云定亲,原来是马佰理的主意。说他自告奋勇,还亲自当起了媒人。说他那才热心呢,一会儿去找柴福生说说,一会儿再找马彩云说说,一会儿又找柴显彬说说……这样说来说去,没过多久,就传出消息说,柴福生已经同意了,而且,他还亲口对别人说,大几岁就大几岁呗,你们听没听说过,女大三抱金砖呢!接下来,马彩云也同意了。不过,让马彩云同意可没那么轻松,听说还是她爸马忠起了作用。说在最后关头,马忠借着酒劲儿又哭又闹,还打自己的嘴巴,说孩子们个顶个儿不省心,不听大人的话,不替大人着想,说他自打被下了出纳员就憋憋屈屈的,说他还不如死了好呢!还说:"到时候你们就哭去吧!"

又补充道:"你们就他妈的号丧吧!"

事情到了这份儿上,马彩云不答应也不行了。

我听说,在正式订婚的前一天,马彩云到白家窝棚去了一趟,把那个人叫到了屯外一个小树林,两人在那儿谈了一通,从上午谈到下午,从下午谈到晚上,直到天傍黑儿的时候,马彩云才回到家。

柴福生跟马彩云定亲的第二天,马佰理家杀了一口肥猪,应名儿会亲家,把柴显彬、柴显章、柴显增包括他们的老婆孩子,还有马忠、马孝、马跃刚、马跃强,也包括他们的老婆孩子,统统喊到家里,大吃了一顿,还喝了好几十斤烧酒……

转眼到了冬天。

这就是说,选队长的日子又要到了。

值得一提的是,在选队长的前一天,人们早上一出门,就在许多房子的山墙上看到了一些"标语口号"。标语口号都用墨汁写在一种大黄纸上,就是那种上坟时烧的黄表纸,字写得既粗又大,一看就让人心里一怕,有种不祥的预感。所有人都站在自家的大门口,院门相邻的还凑到一起,神色惊慌地在那儿嘀咕,一边用询问的眼神儿看着对方。有人不认识字,问:唔!这是啥?谁家死人了?有认识字的就说,是写于发的。那人问,于发死了?认识字的人说,不是,是写打倒他。有人惊异地说,这是啥时候贴的呢?神不知鬼不觉,我一点儿都不知道。有人说,估摸是半夜,那会儿狗叫得挺凶,我还寻思莫不是小偷下屯子了?

257

有被贴了标语的人家儿说,真他娘的糟践人,往墙上贴这乱七八糟的玩意儿……不用说,他们的话全被我听见了,听得一清二楚的。

趁人们议论纷纷的当儿,我把那些标语看了个遍——大模大样儿的,大概跟领导视察差不多吧——有一些如今还记着,比如,"于发是个坏分子!""于发横行霸道欺压百姓!""于发贪污腐化作威作福!""革命群众联合起来,把于发赶下台!""打倒于发!"这当中,有的字还故意写颠倒了(大头朝下),有的故意写躺下了,有的在字上画了个大圆圈儿。开始我还有点儿奇怪,不知道他们为啥这么写,不过我很快就明白了,他们这是故意的,他们就是要让于发倒下去……我觉得我真是太聪明了。哈!

没过一会儿,就有好几个人跑到了于发家,其中有于家那几兄弟,还有民兵排长袁贵等,问于发这事咋办。于发显得有点儿慌张,毕竟,这样的搞法儿在三合屯还是头一遭儿。他说:"这一准儿是马老二他们整的。这帮家伙……他们这是造声势呢,是想先把我整臭喽……"有人问:"那,我们咋整?"于发说:"别着急,让我寻思寻思……"于发寻思了好一会儿,最后说:"不能让他们得把,得趁早儿把那些东西给他扯巴了,要不别人心里就没底了,这对咱们就不利了……"他们又问:"那都谁去?你去不?"于发说:"你们都去。我就不去了,得留个后手,明白我的意思吗?再多叫几个,殿军儿、恩斗啥的,人多了手快……"

很快,一帮人就呼呼啦啦、风风火火地来到街上,直奔那些标语,撕的撕,扯的扯,只听沙啦沙啦一阵乱响,把那些标语,也就是那些写了字的大黄纸,撕得乱七八糟,一片一片地落在地上,就像一只只被雨打落的蝴蝶。

这些人正撕得来劲,突然就来了另一些人,跟这些人厮打起来,阻止他们撕。这些人都是马家的,也有柴家的,当中有马跃强、马孝,还有柴福生等,十来个人。他们不光撕打,还互相吼叫,骂人。特别是马跃强,嗓门儿大得吓人,"不准撕!再撕我砸碎他脑瓜!"他这样吼道。

没过一会儿,好像只有几分钟,也许只有一分钟,双方就打起来了。他们撇开了墙上的标语,两两捉对,有的用脚踢,有的用拳头打,有的抓住了对方的衣领,有的抱住了对方的腰。一时间,各种响声交织在一起,有手掌打在脸上的声音,有拳头打在棉袄上的声音,有跌跤的声音,还有骂人的声音。

以前,我看见过孩子们打架的情形,大人打架我也见过几次,不过那都是一两个人,规模较小,而且主要是互相谩骂,今天这种情形,我还是第一次见到。我甚至说不清我当时的感受。我非常非常害怕,吓得都快尿裤子了。我又非常非常兴奋,心跳得特别快,脸颊热乎乎的。啊!太有意思了!啊!太好玩儿了!我在心里说。

接下来更热闹了。一些女人也参加了进来。她们有的是他们的老婆,有的是他们的姐妹,有的是他们的妈。她们的参加使场面变得更加混乱,也更加热烈。她们还带来了新的元素,那就是她们的哭喊和尖叫。女人有女人的打法,她们一上来就扯头发,或者用手抓。因此,很快就有人脸上被抓出了血。这时有人动用"武器"了,有人就近找来了木棒,有人找来了铁锹。木棒挥舞起来,铁锹挥舞起来。木棒和铁锹都发出呼啸的声音。终于,有人倒在了地上……

人们这才安静下来——死一般地安静。

我被吓得气都不敢出了。

远远地看过去,倒下的人好像是马孝。

过了好久,我才听见有人小声对人说:"哎呀!他是不是死了?"另有一人说:"一动不动的,像。"

片刻,有人大声喊叫起来:"啊!打死人啦!马孝叫老于家的人打死啦——"就像狼嚎一样(我没听过狼嚎,不知是不是这样),听了让人毛骨悚然。喊叫的人好像是马跃强,他本来嗓门就大,现在更是大得不得了。

这时人们都朝打架的地方拥去(包括那些站在自家门口的人),把倒在地上的马孝团团围住了。原来没露面的于发和马佰理也从不同的方向赶来了,一来就挤进了人群。我因为人小力单,加上害怕,没有挤进去,落在了人群外头。这把我急得够呛(我东扎一头西扎一头,还是没法儿进去)。

正当我急不可待的时候,人群忽然轰地一下朝外边散开了,就像里面发生了爆炸一样,我听见他们纷纷说:"眼睛睁开了……""还眨巴呢……""没死没死……""不是诈尸吧?"

趁人群散开的时候,我急忙心惊胆战地朝马孝看了一眼,见他正晃晃悠悠地想从地上坐起来,满头满脸的血,脸上一副迷茫的神情,就像刚刚睡了一觉,大概力气不够吧,还用一只手撑着身子。

所有人都长出了一口气,包括于发,只听他说:"好好!没死就好!好好!"一副欣喜的样子。

接着马佰理说:"虽说没死,但伤得也不轻。我看得先上卫生院。我挑明了跟你说吧,不管人死没死,这事儿可是没完!马孝是我亲侄儿,他的事儿我一定得管!"

于发想说啥,马佰理没搭理他,大声叫人张罗车。一会儿来了一挂马车,大伙儿七手八脚地把马孝抬上去,车老板一挥鞭子,马车就朝镇上去了。

屯里消停了几天。不过也不是完全消停,于发和他家那几兄弟,还有他们的那些亲家,都不断流地往于发家跑,问于发下一步咋整。于发这会儿也没了主意,他愁眉苦脸地说:"咋整?谁知道咋整?反正我是没招儿了……"因为着急上火,于发还病了,病了好几天,起了一嘴唇的水泡。

马佰理第二次当上了队长。

哦,有件事儿我差点儿忘了说:就在马佰理当上队长的那天晚上,大概快半夜时候,我冷不丁听见了于发在家里哭,哭得吭哧吭哧的,一边哭一边擤鼻涕,就像个小孩子。还听见他老婆在旁边劝他:"你说你个大老爷们儿……就这么点儿破事,还值得你这样?"于发哭着说:"你个娘们家家的!你懂个啥!"停停又说:"马老二,你等着瞧……"然后就没声儿了,也许是不哭了。

马佰理当上队长半个月,马忠便再次当上了出纳员。其他的,会计、记工员、保管员、领工员,也都换了人。民兵排长也不是袁贵了,换成了柴福生。

马佰理以后,队长又换了好几个,但我已经忘了都是谁了。

顺便说一句,好像是在十岁那年,我得了一场怪病。发烧、头痛、打冷战、嗓子发炎、出虚汗、关节痛、腿抽筋、大便干燥(有时候还拉稀)……一病病了半个多月。我爸我妈又急又怕,带我四处找大夫,不知道吃了多少药片、药粉和药丸,还喝了好多草药熬成的水,总算把病治好了。

可是,就在康复的那一天,我突然发现我的耳朵不好使了,不过并不是聋,只是有些声音听不到了,老鼠的脚步声听不到了,蟑螂的奔跑声听不到了,人们小声儿说话(包括在远处说话)也听不到了。

仿佛全世界都安静下来,一下子就安静下来了。

那天晚上,我破天荒地睡了一个好觉。

我不知这是怎么回事。

小时候我最佩服的人

小时候我最佩服两个人,一个是梁山好汉鲁智深(四年级的时候,我曾经看过《水浒传》),一个是我们屯里的祖二明。佩服鲁智深,是因为他曾经倒拔垂杨柳。垂杨柳长在地上,根深叶茂,他"双膀一叫力",活活儿的就给连根拔起来了。他的力气有多大呢?你想都想不出来。梁山好汉那么多人,我看鲁智深最厉害,第一厉害。佩服祖二明,则因为他聪明伶俐、心灵手巧、多才多艺,可以说,他是三合屯所有的孩子当中最聪明伶俐、最心灵手巧、最多才多艺的一个,也许,在全公社,甚至在全县,都是少有的。

祖二明家就在我家的前院,有一段时间,我们每天在一起玩。有时候晚上也要玩一会儿。那时候,一等到吃完晚饭,就会听见他站在后园子大声喊:"生子哎——"我马上就出来了。跟我们一起玩的还有另外几个孩子,杨福林、李三小子、刘志文等等,有四五个人。与其他孩子不同,我们在一起不光是疯闹(当然也有疯闹的时候),我们最常做的,是寻个僻静地方,在那儿唠嗑。讲故事了,说奇闻了,偶尔也说说家里的事,今天吃了什么饭了,最近哪个亲戚要来串门儿了。

另外还有一项活动,就是打牌。

牌就是扑克牌,54张那种。我留意过,那时的扑克牌都是"娱乐"牌的。而且,不知为啥,也许因为我们那儿是乡下吧,这东西很难买到(听说还得"走后门")。所以,我们的牌都是大人们用过的,早已残破不堪,卷边儿,开缝儿,印满了指头印儿,脏得不得了,尽管我们小心再小心,还是用不了多久,就变得软了吧唧,最后只好扔掉。"这好说,我印一副吧……"一天祖二明说,说得随随便便。可没过几天,他竟然真的印出了一副扑克牌。哦,他印得真不赖,就跟买的差不多。牌的背面,他用了一种那年很流行的糊墙纸,上面画着一串串葡萄。正面用的是大白纸。他把两种纸粘在一块儿,再剪成一张一张的,大小也跟买来的一样。最叫人吃惊的是,那牌上的图案,就是那些梅花、黑桃、红心和方块,都印得那么像,还有那几张J、Q、K,包括大小王,也印得差不离——之所以要说差不离,就是还不完全像,因为那些图案太复杂了,他不得不做一些简化处理,当然意思还是那个意思,一看就明白了。

这就是祖二明。他就有这个本事!

这么说吧,在我印象里,似乎就没有他做不到的事。记得有一次,有个人不知从哪儿拿来了一副"九连环"。这是一种玩具,特复杂,现在我也不会玩。老实说,我也没弄清它的具体构造。只记得它有两根长铁丝做成的封闭的框,上边挂了九个铁丝做的圆环,玩起来哗啦哗啦响,九个圆环亦会变出不同的样式(据说变化有九种之多)——那家伙显得很神气,哗啦哗啦地弄几下,九个圆环就出现了一种样式,哗啦哗啦再弄几下,九个圆环又出现了另一种样式……一阵儿哗啦哗啦之后,他笑眯眯地问我们:"喂,好玩吗?"我们连连点头说:"嗯,好玩……"他又说:"想不想试试?"我们立刻不好意思了,红着脸朝后缩,一边咻咻地笑着说:"噢噢,这个……"只有祖二明没有缩,他默不作声地把九连环接过来,端详了一下,然后就哗啦哗啦地弄起来。当时我们都挺紧张的,担心他弄不成。没想到他哗啦哗啦的,不一会儿就弄成了。只是时间比那个人稍长了一点儿,仅仅一点儿哎!

除了这些,祖二明还会修理手电筒,会做弹弓,会扎狗毛毽子,会钉冰爬犁,会用麦秸编蝈蝈笼,会用高粱秆扎鸟笼(其中有一种"滚笼",是专门用来捕鸟的。这种滚笼最难做),会做铁夹子(用来打老鼠的),会用细铁丝磨鱼钩。

最让人佩服的是,他会修广播喇叭。

说到广播,那可是不得了。窗户外头有一根广播线,屋里就连着一个个喇叭,每家每户都有一个。每天一早一晚,喇叭都要响上一阵子。世界大事,国家大事,省内大事,县内大事,喇叭里统统听得到。好像是在早上六点钟,首先会响起东方红,接着是:"××县广播站,现在播送新闻节目。县革委近日研究决定……"往下是:"现在是黑龙江人民广播电台对农村广播节目,全省广大社员同志……"再往下,就会响起:"现在是中央人民广播电台新闻和报纸摘要节目……"到了晚上,似乎也是六点钟吧,喇叭会再次响起,在各种新闻之后,你会听到"黑龙江人民广播电台,现在是长篇小说联播节目,继续播送长篇小说《大刀记》,作者郭澄清,演播者×××",或者"中央人民广播电台,现在是歌曲节目,请听《达瓦人民唱新歌》"。此外,喇叭里还会播送曲艺和器乐节目。偶尔还有"××县广播站,现在播送紧急通知:今明两天,我县将受到寒潮袭击,请各公社各大队及广大社员同志积极做好防潮工作,抓革命,促生产,抗寒潮,保丰收,确保全县粮食亩产过黄河……"有时候,要连续播送好几遍。

有时候,谁家的广播喇叭会突然坏掉,会哇啦哇啦乱响,或者干脆不出声儿,就像一个人得了哑巴病,或者患了中风,口齿不灵便了……一遇到这种情况,人们就会立刻想到祖二明,把握十足地说:"没事没事,去找祖二明,他一鼓捣就好了。"一会儿祖二明来了,蔫蔫儿地进了屋,把喇叭从墙上摘下来,用力吹吹上面的尘土(一副胸有成竹的样子),这儿看看那儿敲敲,再用螺丝刀子拧巴拧巴,接上电线一试,哇!果然立马就好使了,能听见里面的声音了——该说话说话,该唱歌唱歌。

是不是够神奇的?

这么跟你说吧,在我印象里,只要他接触过的东西,他又产生了兴趣,好像就没有他不会弄的!

在我们成了"朋友"之后,我曾经很虔诚地向他请教,问他是怎么学会这些东西的,他的回答让我非常吃惊。他蛮认真地想了想,最后居然对我说,这个我可不知道。他就是这么说的。不过,接着他又补充道,我不是喜欢寻思吗?反正,我一寻思,心里就明白了。

瞧瞧!

有一阵子,祖二明还迷上了音乐。

他迷音乐有个机缘(任何事情都有机缘,我说得对吧)。好像是在那年夏天吧,屯里突然来了一拨人,大概有十来个,叫那什么"毛泽东思想宣传队",男的女的都有,也不知道从哪儿来的,看模样儿像是城里人,穿着的确良的小褂,人人戴着"上海全钢"腕表,特别是女人们,一个个都粉嘟嘟儿的白——引得全屯的大人孩子都追着她们看,一边看一边啧啧称奇,说,跟画儿上画的没两样儿,天底下真有这么好看的人儿啊!有些男人还私底下说,这样的娘们儿……下面还有话,可我不好意思说了。

宣传队在屯里待了三天两晚,白天跟社员一块儿下田劳动,晚上就给大家伙儿演出。当然了,劳动他们是不行的,连装样子都装不像,一个个的还尖声尖气地乱叫,就像不小心踩到了牛屎,反倒弄得人心惶惶。晚上演出则不同了。演出就在生产队的大院里,用几辆马车搭个台子(就像当初斗地主那样),四角还挂上了一百瓦的电灯泡儿。他们也都像换了一个人,一下子变得神气起来,个个儿都化了妆,不论男女,一律涂了红脸蛋儿,一会儿上来唱个《北京的金山上》,一会儿上来唱个《新苫的房》,一会儿又上来演个"痛说革命家史",一会儿说段快板书:"打竹板,响刮刮,今天(咱)表表王大妈……"一会儿用笛子吹个《苗岭的早晨》……

吹笛子的是个青年男子,样子很帅气,穿着一条黄军裤。笛子也吹得特别好听,清脆嘹亮,婉转悠扬,一会儿好像小鸟在叽叽喳喳地叫,一会儿好像雾气在飘,一会儿又像太阳升出了地面,一会儿雾气消散了,太阳越升越高……这曲子我在广播喇叭里就听过,我怀疑广播里的曲子就是他吹的……

宣传队走后没几天,祖二明不知从哪儿弄来了一支笛子。他说是在镇上的供销社买的。一根尺把长的细竹管,上边挖了一些洞洞儿,有七八个吧,其中一个洞洞上贴了一片苇子膜儿。从镇上一回来,他就找到我们几个人,一脸的情不自禁,给我们吹了一段《东方红》,"东方红,太阳升……"我们一边听他吹,一边在心里跟着哼哼。尽管他吹得磕磕绊绊,不那么连贯,但听起来还蛮像的。等到吹完了,他说:"吹得不好,刚才在路上练了一会儿……"满脸的不好意思。一时间,我们几个也动了好奇心,想试试。杨福林站得离祖二明近一点儿,先把笛子拿到了手,并且照祖二明的样子,把几根手指分别按在那几个洞洞儿上(祖二明还表扬他说你的姿势挺标准),然后就开始吹,可他吹了半天,却光听见他在那儿咝溜咝溜地吹气,笛子根本就没响。我们几个,尤其是我,当时都觉得杨福林笨,心想,这么简单个玩意儿,怎么会吹不响呢?喊!

我们也纷纷拿过来试。结果却跟杨福林差不多,咝溜溜,咝溜溜,就像从牙缝儿漏气一样,咳,真是寒碜!只有李三小子好一点儿,勉强吹响了一两声。

自从有了笛子,以后再见面,祖二明每次必定都要把"那玩意儿"拿在手上,而且,每次都要给我们吹几段儿,吹得还都挺像。诸如《大海航行靠舵手了》啦,《天上布满星》啦,《北风吹》啦,《浏阳河》啦,还有一些"革命样板戏"的选段,比如"奶奶,您听我说"……每次吹笛子的时候,他都一脸的认真,挺胸凹肚,抬起瘦瘦的下巴颏儿,脖子抻得长长的,眼睛则半张半闭,眼珠儿在眼缝儿里来来回回(忽而向左忽而向右)地滑动着,同时,还跟着音乐的节奏不停地点头(吹一阵儿点一下头,再吹一阵儿又点一下头),偶尔还要使劲儿地摇晃一下身子(上半身),每吹完一个曲子,他就把笛子竖起来,从里面往出"空"水……

说实话,我当时真是打心眼儿里佩服他,主要是佩服他聪明,又佩服又羡慕,心想我们怎么就没那个本事呢?那么多的曲子,就那么听一听,就给吹出来了,还吹得那么像!

……

祖二明属鸡,比我大三岁,个头也比我高一点儿,长着一双细长的似乎有点儿失神的眼睛,面目清秀(真的很清秀哎)。当时我们都在读小学。他虽然比我大三岁,却只比我高一个年级——那是因为他上学晚。

我要说的是,祖二明不光多才多艺心灵手巧,学习成绩也特好。

我听说,在他们班,每次考试他都是第一,而且从一年级开始就是这样(现在六年级了)。说他最厉害的是算术课,说不论加减乘除、分数小数,包括那些应用题,都没有他不会做的,而且做起来速度极快。就说那些应用题吧,不论多复杂,他只要看一遍,马上就能解。考试的时候,只要卷子一发下来,他都是立刻就做,唰唰唰,好像都不用想,可能别人还没做到一半,他已经做完了。

还有写作文。

说到写作文,当年我最大的苦恼是写不长,常常写个三言两语脑袋里就没词儿了,不知道该怎么往下写了——急得我直挠头,挠头也没用。祖二明就不同了,他能把每篇作文都写得挺长。后来我看过他的作文本,一篇作文起码也能写到两三页,且写得特顺溜,一点儿不打锛儿。当时别提我多羡慕了,问他怎么能想出那么多的话,他指了指他家墙上的广播喇叭,慢吞吞地说,听广播啊,那里头啥词儿都有。那时候我们最常写的是大批判稿,还有学习心得和决心书之类。想想祖二明的作文,有些话确实在广播里听到过。我顿时有种豁然开朗之感。他又告诉我,得细心听,到写作文的时候你就想起来了。他还说,其实那里头的话也都差不多,说来说去,都一个意思。

作文下边的评语全是"优"。

对祖二明,我只有佩服的份儿——就像我前头说的那样——唉,有什么办法呢?人家这么"厉害"!当然了,偶尔我也会嫉妒他,心里痒痒的,同时又以跟他要好为荣,有一种莫名其妙的自豪感。

有一阵子,他都成了全屯孩子的楷模了。我曾不止一次地听到一些大人在一起夸奖祖二明。他们抽着辛辣的旱烟,抽几口还要响亮地吐一口唾沫,一般要先说点儿别的,说着说着就会说到祖二明。有人说,这孩子忒少见了,乍一看蔫了吧唧,没想到这么灵光,学习还这么好,将来定有出息。有人说,少说也能当个会计,听说他脑子特快,算算术最拿手了。有人说,会计算个啥嘛!要我看,起码也能当个公社秘书,没准儿还能当书记呢。还有人说,那他能不能念个大学啥的呢?一毕业可就是国家干部了。有人提醒说,上大学怕是难,你没听广播里说吗?现在都是工农兵才那啥,我看就是走后门,最要紧的是你得上头有人,公社啊,县里啊,不然能轮到你?

不管咋着,大家都认为祖二明将来能有出息,这确是一定的。

我猜这些话都传到了祖二明的耳朵里,有些人可能还会当面跟他说。之所以这样说,是因为我在祖二明身上发现了一些细微的变化,这些变化有时候会在言谈举止上表现出来。比方,他偶尔会说,赶明儿(将来)我最好能当个工人,你没听广播说嘛,工人领导一切,或者,当个技术员儿也行,搞点儿新发明啥的。这把我(我们)眼馋得要死,仿佛这一切都是真的,或者马上就会变成真的,也许就是明天的事,晚上睡一觉,早上一睁眼睛,他就不是今天的他了。好在祖二明并没因此而张狂,没骄傲,没端架子瞧不起人,照常跟我们玩,照常跟我们胡扯,听到谁说了好笑的事照样傻呵呵地笑……老实说,这也是我一直喜欢跟他做朋友的一个原因。

祖二明是他家的长子。听说他原来还有一个哥哥,很小的时候就死了,我根本就没见过。他下边还有俩妹妹一弟弟,他家一共四个孩子。

祖二明他爸名叫祖有财,在生产队当社员,当年四十来岁。他妈妈的名字我不知道,我一直叫她祖大娘,同辈人好像都叫她祖大嫂(我妈也这样叫她)。祖大娘身体不咋好,一年到头病歪歪的,瘦得很,脸色又青又白,就连夏天,头上也要戴着头巾,说话声音挺细的,有气无力的样子。听我妈妈说,她好像得了什么妇女病(我说不上妇女病是个什么病)。最严重的问题是,她不能下田干活,或者说,不能挣工分。也就是说,祖二明一家,只靠祖有财一人来养活。

祖有财也很瘦(他们一家都很瘦),却是个很能干的人,年年工分挣得最多,只要生产队有活儿干,他从来不缺工。性格特别谦和,有时候我去找祖二明玩儿,每次见到我都会笑一笑,偶尔还说一声:"来啦……"然后接着忙他的事。在我的印象里,他一直是个勤快人,在生产队干了一天活儿,回家也不闲着,忙忙这忙忙那,夏天主要是侍弄菜园子,除草啊,浇水啊……因此,他家的菜园子比谁家的都好。尽管他那么瘦,却似乎有使不完的劲儿。其实谁都知道,他这是不得不干。一大家子人,六张吃饭的嘴,每张嘴都要喂饱了,那可不容易。不过他倒是从无怨言,觉得这是他的本分,天经地义。一天下来,他最大的享受就是躺在炕上听广播里八点半钟播出的评书"长篇联播"。那些年,他听了《大刀记》,听了《金光大道》,还听了《千重浪》,后者的作者是两个人,一个叫毕方,一个叫钟涛。有滋有味地听完后,翻个身,马上就睡着了。

我听说,年轻的时候他还喜欢过二人转,不是一般喜欢,是非常喜欢。不仅喜欢听,还喜欢唱两句儿,而且唱得很好,快板慢板拖腔甩调,他全都唱得有模有样。还说当年他喜欢上了徐桂兰(一个二人转艺人,艺名"兰叫叫",名声大得很),差点儿跟她跑了,后来他爹听到消息,愣是拿把锄杠给追回来了。我还见过屯里人拿这事跟他开玩笑,嘲笑他,把他整得特别尴尬,红头涨脸地说:"那会儿年轻嘛,瞎胡闹……瞎胡闹……"停停又说,"唉,这会儿想胡闹都不行了,没那心思了……"

祖有财不像别的大人,对孩子像阎王一样,张口就骂,举手就打,动不动就扇你几个耳刮子(因此,屯里的孩子都练就了一副很强的抗击打能力)。可能是没那么多闲工夫吧,祖有财对孩子可不怎么管,你想咋着就咋着,只要把他交代的活儿做完就行了。对祖二明,对他的种种"天才"表现,他也是这样子,不闻不问。记得只有一次,祖二明对我们说:"今天我爸夸我了,就在吃晚饭的时候……"祖二明特兴奋,脸都变红了,一个劲儿地眨巴眼睛。我问:"他咋夸的?"祖二明说:"我爸说,二明子挺灵的,赶明儿也许能有点儿出息⋯⋯"马上,他又补充道,"我爸答应了,来年让我上中学⋯⋯"我知道,这是祖二明一直在担心的事,就是让不让他上中学的问题。祖二明以前讲过,他妈心疼他爸,不打算再让祖二明念书了,说他爸负担太重,让他念完小学就下来干活儿,帮他爸挣工分。

转年,祖二明就上了中学(当年国家搞教改,取消了初中和高中的界限,概称中学,学制也缩短了,加起来共四年)。

可谁也没想到,就在这一年,祖有财却出了事。

这事说来很简单。这年秋天,庄稼快熟的时候,从县里来了一个工作组,听说叫"割尾巴"工作组(全称是"割资本主义尾巴工作组",这是我多方打听才搞清楚的)。

工作组一来,就毁了祖有财在西小坝下边的一块田。那是一块私刨的田,说是什么"小开荒",面积只比两铺炕大一点儿。

田里种了几垄萝卜,几垄雪里蕻。它们都长得很好,叶子翠生生的,萝卜能看见顶了。

萝卜和雪里蕻可以腌咸菜。

毁田的情景我没看到,我上学去了。

"毁田队"由工作组组长亲自率领,后面跟着民兵排长柴福生等十几个民兵,呼呼啦啦的一大帮人。民兵们有的提着铁锹,有的握着镰刀,有的扛着铁镐,这些都是毁田的工具。他们好像都愣呵呵的,有的满脸严肃,有的似笑非笑,样子跟平常明显不同了。他们从一个地方跑到另一个地方,每到一处就一通乱砍乱刨乱挖,就像一群野马踏进了西瓜地,好端端地把那些庄稼或者青菜弄得一片狼藉,然后便扬长而去。我后来听说,他们事先已经进行了"侦察",对哪儿有私刨田早就一清二楚(那时我才知道,屯里有私刨田的人其实不止祖有财)。

"毁田队"后边的还跟着很多看热闹的人,多半是一些小孩子——我就是听他们讲的。

听他们说,"毁田队"刚到祖有财的私刨田,弄了还没几下子,祖有财就跌跌撞撞地跑来了,他一边跑一边喊:"停下……停下……停下吧……"跑着跑着还摔了一个前趴,转眼间爬起来,又跑,一直跑到"毁田队"跟前,跑得胸脯直呼扇。

我听别人说,那天祖有财正跟其他几个社员在别的地方干活儿,不知怎么听到了这个消息,当下就扔了手里的家什(农具),朝这边跑。当时还有人劝他不要来,说"胳膊拧不过大腿"……可他就是不听……

他们说,祖有财已跑到田边,看见遍地都是乱七八糟的萝卜和雪里蕻,立马就往地上一坐,哭咧咧地道:"你们……哎呀……你们啊……"可能他跑得太急了,还没缓过气儿,话都说不完整了。

他喘了几口气,接着又说:"我一镐一镐刨出来的呀……原本一块撂荒地……撂荒也就撂荒了……"

接着就见工作组组长朝祖有财走过去——工作组组长我见过,是个瘦高个儿。他显得挺不高兴,嘴巴一鼓一鼓的,好像还有点儿嫌弃的意思,走到祖有财跟前,却装出挺和气的样子说:"老祖同志……你怎么这个样子呢?这可是上级的号召,你应该积极响应啊。你们都是革命群众,要识大体顾大局啊……"

祖有财好像没听组长的话,他还像刚才那样,自顾自地说:"……我就想腌点儿咸菜……就想腌点儿咸菜……家里那么多人,啥啥都不够吃……整个一冬天啊……"

　　工作组组长加重了语气说:"这是觉悟问题!你要提高觉悟!觉悟……你懂不懂?不要光想着吃!起来,你起来……"

　　组长一边说话一边弯下腰,还伸出一只手,似乎想把祖有财拉起来。可是,谁也没想到,他却一下子跌倒了,人整个儿趴在了地上。不知道他是怎么跌的,有人说是他脚下一滑,有人说是祖有财拽了他一下……特别凑巧的是,他竟然跌在了一块石头上,还把鼻子磕出了血。

　　看热闹的人立刻发出一阵哄笑。因为他们都觉得很有趣,觉得这人也忒笨了。直到组长从地上爬起来,一边用手帕擦鼻血,一边怒气冲冲地对柴福生他们说,把他给我带到大队部去……他们才不笑了,交换着眼神儿,预感到事情闹大发了……

　　这事儿确实闹大发了。当天下午,就从公社来了两个"保卫组",把祖有财带到公社去了,还用绳子绑住了手。这事我没看见,也是听人说的。我听说,他们说祖有才犯了破坏"革命路线"的罪,还有伤害革命干部,还有……

　　听说都把祖有财吓傻了,浑身哆嗦成了一个蛋,脸白得就像一张纸,临走之前一直在哭,两条腿软得像面条,路都不会走了。说祖二明他妈赶到大队部,上来就给组长跪下了,呜呜地哭着说,你大人大量,就饶了他吧,我给你磕头了……

　　说完她一连磕了好几个响头。

　　祖有财被带走的第三天(也许是第四天),祖二明就退了学,回到三合屯,入了生产队,当了个"半拉子"劳动力,接替他爸,给家里挣工分、换口粮。

　　做出决定的那个晚上,我跟祖二明见了一面。我知道这几天他心情不好,跑到他家去看他。他家那会儿特安静,他妈在炕上蜷缩着,他的弟弟妹妹坐在他妈身边,谁都不说话。整个屋子都笼罩着一股悲凉的气氛,一点儿人气都没有。

祖二明把我领到门外。我们先是默默地站了一会儿,我看着他,他却没有看我。然后他说:"我明天不去上学了……"声音低低的,说话时仍然没看我,斜着眼,好像在看房檐。

我没明白他的意思,说:"那你请假了吗?"

他说:"没请。不用请。往后我都不去了……"

我这才明白过来。我吃了一惊,说:"你、你是说你不念了?!"

停了片刻,他轻轻地点点头,没说话。

我说:"那你爸,不,你妈……她知道吗?"

他说:"……我们商量好的……"

我不知道说什么好。

过会儿他说:"我爸不知道多少日子才回来。他们说这事是反面典型……整不好得打成反动分子,也许得蹲巴篱子(监狱)……"

我突然有点儿害怕,浑身一阵发冷。

他又说:"家里总得有个挣工分儿的……"

他不说了,停下来,好像在想什么。过了一会儿,我冷不丁听见他吭哧了两声,就像鼻子不通气。后来我才意识到,他这是哭了。是的,他是在哭,他流出了眼泪。眼泪流出了眼角,停在鼻子两边,他也不擦。

我怔怔地看着他,看着瘦瘦的脸,看着他单薄的身体,觉得他是那么弱小,那么无依无靠不知所措忧心忡忡,那么可怜……

275

我也流出了眼泪。

打那儿以后,祖二明就像换了一个人。他也不跟我们玩了,他要天天上工,没有空闲;况且每天起早贪黑,别说玩,连见个面都没那么容易了。

两个月之后,祖有财回来了。这时已是冬天,没多久就该过年了。那天傍晚,在一片暮色中,他一路蹒跚地从屯前那条空空荡荡的大路进了屯子——人们后来才知道,他这是得了关节炎,腿疼得厉害,而且这一辈子都没有痊愈,再不能干吃力的活儿,直到去世。

人们还知道,那两个月,他始终在一个不认得的地方修水库,挖土方。

尽管他爸回来了,祖二明却没有再回学校去上学。他一直在帮家里挣工分儿。而且,由于家里困难,负担重,快到三十岁才娶了个媳妇,还是个智力有缺陷的女人。

我要说,每次想起祖二明,我都会心痛,会痛上好久!

一条狗的故事

老实说,我一直犹豫这件事情值不值得写。我担心人们说我无聊。后来我还是决定把它写出来。原因有二:一是觉得这事儿很难忘。我曾经无数次对朋友讲过这件事,每讲一次心里都会泛起一点儿波澜。二是觉得事情本身内容太少,无法单独写成一个故事,不写呢,又不甘心(很不甘心)。

这是有关一条狗的故事——

我家曾经养过一条黄狗。它是我亲手从后街贾二毛愣家里抱回来的,当时刚生下来没几天。贾二毛愣告诉我,他家的母狗下崽子了,问我要不要一个。我二话没说就去了他家。贾二毛愣先把母狗骗进屋里,然后陪我钻进铺着谷草的狗窝,让我在四只小狗当中任选一只。四只小狗有一只白的、两只黄中带白点的、一只黄的。我选中了这只黄的。

那会儿它小得很,比一只小猫还要小,身上的毛短短的,不过特别光滑,用手一摸顺溜溜的,仿佛还散发着一层微弱的"荧光"。那时天气还很冷。我把它抓起来往帽兜里一装,抱在怀里就往家里跑。一路上感受着它的小心脏快速而有力的跳动。回到家我马上找来一只柳条筐,在里面铺上一层谷草,给它做了个窝。接着又盛了半碗米汤给它喝,可它好像并不饿,连看都没看……

从此,黄狗就在我家住下来了。

刚来那阵子,它可遭了不少的罪。可能是不适应我家的环境,也可能是刚离开它的妈妈,它整天都在唔唔地叫唤,也不在窝里趴着,而是蹒蹒跚跚地满屋子乱走,到了晚上就更不适应了。印象最深的是第一晚,它根本就不睡觉,一连声儿地在那儿唔唔,听起来就像小孩哭,还凑到了炕沿底下,用它的小爪子挠我们的鞋(鞋就放在炕沿下面),挠一下刺啦一声,挠一下刺啦一声。我知道它一定很冷。我猜它还会觉得孤单,会想它的妈妈。我也一直很纳闷:它会有孤单的感觉吗?它会想它的妈妈吗?我断定,它会想。我还断定,它是故意来挠鞋的,它就是要引起别人的注意。

（它这样又叫又挠的,让人心疼得不行,后来我就把它抱到了炕上——乖乖,它立刻就不叫了,等我早上一觉醒来,发现它还蜷缩在炕角呼呼大睡,小肚皮一鼓一鼓的。）

……

不过,黄狗还是一天一天长大了。它度过了那些最难过的日子。到了开春的时候,它已经长得快赶上一只猫了,而且再也不那么可怜巴巴地唔唔了。不仅如此,它还懂得了跟人撒娇。只要我在家,它就缠着我,走一步跟一步,围着我又蹦又跳,如果我坐在凳子上不动(写作业什么的),它就趴在我脚边,小心翼翼地盯着我,同时不停地晃动它的小尾巴,时间稍长一点儿,它还会用嘴啃我的鞋,一边啃一边哈哧哈哧地喘气,把鞋帮弄得湿乎乎的,上面沾满了它的口水。如果家里来了客(那些串门儿的人),它也会尖声尖气地叫几声,一副义正词严的样子,提醒你:家里来了陌生人,可能会有危险! 直到你呵斥它:"闭嘴! 一边儿去!"它才会停下来,然后摇头晃脑地溜到一边,趴在那里,可是眼睛还会盯着客人,继续观察一会儿。

总而言之,我觉得,现在它已经把这里完全彻底地当成了自己的家,至于它妈妈,它可能早就忘了。

过段时间,天气又暖和了一些,我爸在院子里给它盖了一间正式的房子(狗窝),把它从屋里搬到了屋外。开始的时候它也很不情愿,睡觉前不停地扒门,一连扒了好几天,也挺让人心疼的。到了白天,它会想方设法溜进屋子,一进屋就东闻西嗅,使劲儿摇晃尾巴,兴高采烈。到了傍晚,它会赖在屋里不走。它会一声不吭,趴在屋里的某个角落或者凳子底下,下巴颏儿紧紧贴在地上,还闭着眼睛,就好像睡着了,不过偶尔也会撩一下眼皮,我猜那是它心里不踏实,想瞧瞧有没有人注意到它。待你一说:"出去出去!睡觉了……"它才知道赖不住了,这才慢吞吞地站起来,垂着脑袋朝门口走去,显得非常失望(似乎还有点儿羞愧)。

这年夏天它脱了一次毛。脱毛之后,它就变了一副样子,身材比以前高大了,也修长了,两条后腿也粗壮了。就连脾气秉性,好像也发生了变化,变得有些愣头愣脑,一举一动都很莽撞,不管不顾,又精神抖擞,很少见它有消停的时候,整天在院子里跑跑跳跳,那些猪啊鸡啊鸭啊,都成了它欺负的对象,它一过来,它们立刻就躲得远远的,仿佛它就是这里的霸主。

在家里,黄狗跟我最亲,其次是妈妈,因为妈妈会给它东西吃,当然也没啥好吃的,就是些剩饭剩菜,而且这还是在它小时候,等它长大以后,就没这个待遇了,它就要自己找东西吃了。在它长大以后,我跟它的关系也发生了变化。当然,变化主要在我,是我对它不像以前那样上心了,也不经常跟它一块儿玩了。高兴的时候,我就把它叫到跟前,拍拍它的头,或者扔一个什么东西让它捡,要么就训它几句(每逢这时,它都表现得特别温驯,抬着脸站在我面前,眼睛一眨不眨地看着我,偶尔训得狠一点儿,它还会从嗓子眼里呜呜几声,不知道是表示委屈呢还是在承认错误)。可要是我心里烦,那它就倒霉了。我会无缘无故地踢它,不论脑袋屁股肚子,反正逮哪儿踢哪儿,不分轻重,有时候踢得狠了,痛得它嗷嗷直叫,撒腿就跑,一边跑一边回头看我,可能怕我追上来再给它一脚吧。好在它并不记仇,不过总要过个一两天吧,看见我从外边回来,它还会屁颠儿屁颠儿地过来跟我摇尾巴,或者舔我的手掌。

　　黄狗是个很平常的狗,就是"土狗"或"笨狗"。个子也不高,比巴儿狗大一些,可也大不了多少,一点儿也不英俊,还土头土脑。不过,它对这点倒好像没什么感觉,持一种无所谓的态度。我们那儿有个说法,狗是谁抱回来的,它的脾性就像谁。说到这一点,它可能还真有点儿像我。有时候,它显得很傻,大大咧咧、没心没肺,对人对事反应迟钝,有时候它又很聪明,最典型的表现是会装傻,遇到对它不利或它不想做的事,即便你叫它,它也装作没听见;如果惹了什么祸,它还知道躲着你。再有一点是,平常看起来它很老实,一旦急眼了则暴怒异常,不顾一切不计后果⋯⋯

　　我后来发现,狗跟人不一样,人当中既有自以为是的,也有阴险毒辣的,有爱耍心眼、占小便宜的,有投机取巧的、见利忘义的⋯⋯跟他们相比,黄狗好像没这些毛病。

　　有一年冬天,黄狗突然失踪了。

　　这消息我是第二天早上知道的。那天我一起来,妈妈就告诉我:黄狗丢了。我跑到院子里一看,黄狗果然不在窝里。吃早饭的时候爸爸说,半夜的时候他就听见院子里有动静,扑扑腾腾乱响,可他当时迷迷瞪瞪的,加上害怕外头冷,另外很快就没有动静了,他便没太当回事,翻个身又睡了。爸爸后悔不迭,连连说我出去看看就好了⋯⋯那天的早饭我们谁都没吃好,整个早晨都笼罩在一种黯淡的气氛里,黯淡中还有一点儿惶惶不安。问题的关键是,谁也不知道黄狗怎么就失踪了,不知道它会去哪里,不知道昨晚到底发生了什么事⋯⋯而且,直到现在我都不知道。这件事成了一个谜,一个永远的谜,现在想来,仍然觉得蹊跷。

爸爸当时倒是分析过这件事,据他推测,大概会有这样几种情况:一是黄狗可能被谁捉去吃了,说有一些嘴馋的人,平时吃不到肉,冬天就四处捉狗,杀死后用锅一炸,吃了解馋;再就是被城里开饭店的人给偷走了,爸爸听人说过,城里有些饭店,专卖狗肉做的菜,狗都是他们从乡下捉去的,说他们开着一辆大卡车(通常是"解放"牌的),一个屯子一个屯子地乱窜,每到一个屯子,就把卡车停在屯头,趁着夜深人静,挨家挨户地找狗,一旦找到了,就把狗装进麻袋,往车上一扔,还说他们随身带了好多个馒头,看见狗以后,总是先把馒头扔过来,在狗吃馒头的时候,人就乘机扑上来了……

爸爸这些话,把我吓得心惊胆战,一连好几天,天一黑我就不敢出门。

我同时还认定,黄狗一定是完蛋了,肯定是叫人给抓走了,杀死了,炸了炖了,把肉都剔下来吃掉了,只剩下一堆骨头一张皮了……唉,可怜的黄狗啊!

时间一天一天过去,刚开始那些日子,每天放学回来,我还会习惯性地朝静悄悄的狗窝看一眼,每次心里都挺失落的,特别不是滋味,后来时间长了,这种感觉才一点儿一点儿地消失。这样大概过了一个多月,好像快两个月了,有一天傍黑儿,家里正在吃晚饭,吃着吃着,突然听见窗户响(就像有人敲窗户),等我们抬头一看,竟然看见了黄狗,前腿趴在窗台上,露出大半个脑袋,两个眼睛瞪得圆溜溜,还呼哧呼哧地喘着粗气。我乐坏了!就像人们常说的,又惊又喜!欣喜若狂(这个词可能不太贴切)!不光我,爸爸妈妈也是这样。我们立刻撂下饭碗,跌跌撞撞地朝门口跑去……门一开,黄狗呼地一下就冲了进来。

进屋后的黄狗十分兴奋,一边摇尾巴一边围着我们不停地跑,一边跑一边唔唔地叫,就像哭似的,同时不断地闻我们身上的气味,后来我抱住了它的脖子,还用手拍它的脑袋,它才安静下来。

黄狗回来了!就像当初失踪一样,它的归来也成了一个谜,而且比它的失踪更让人猜不透:这一个多月它去了哪里?经历了什么样的事情?是不是很可怕?如果是被人捉走的,它又是怎样逃脱的?去的地方是不是很遥远?它是怎样找到回家的路?路上还有什么遭遇?还有,它当时是怎样想的(我断定,它的内心一定是有想法的,这个想法可能很简单,也可能很复杂)?为什么非回家不可?只可惜它不会讲话,也就什么都不会告诉我,我呢,就只好一边看着它黑洞洞的仿佛无限幽深的眼睛,一边在那儿瞎猜乱想……

黄狗的故事还没有完——

记得就在这年夏天,黄狗开始偷吃家里的鸡。某一天吃晚饭的时候,妈妈告诉我们,家里丢了一只母鸡,"就是那只大芦花。早上放鸡的时候它还在呢,刚才喂鸡时就没见着它了。我找了半个屯子也没找着……"妈妈显得很不开心,甚至有点儿忧伤。我们都知道,鸡对她有多么重要。当时家里养了十几只鸡,除了一只公鸡之外,其余的全是母鸡。妈妈天天尽心尽意地照看它们,早上把它们从鸡窝里放出来,晚上再赶进鸡窝。她还给每只鸡都取了名字,小花儿、黄头、大眼睛、短腿、长脖儿、铃铛等等,每次说起来都特别亲切,好像它们都是她的孩子。这些名字我至今还记得。那时候家里穷,而那些鸡,简直就是妈妈的小银行。油盐酱醋,针头线脑,包括火柴以及我上学用的铅笔橡皮,几乎都是鸡蛋换来的(我记得很清楚,那时候,一只鸡蛋能卖七分钱,一斤盐是一毛三)。隔一段时间,她还要专门给爸爸做一个韭菜炒鸡蛋。

过了几天(大概有四五天吧),家里又有一只鸡不见了,也是一只母鸡,不过这次妈妈在院墙外边发现了几根散落的鸡毛。也是在吃晚饭的时候,妈妈对我们说了这件事。妈妈很激动,她猜测鸡是叫什么动物给祸害了,很可能是黄皮子,亦即黄鼠狼,也可能是狗……妈妈说话时,黄狗就在屋里……在说到狗的时候,妈妈突然朝它看了一眼,似乎意识到了什么。黄狗好像也意识到了什么,此前它一直仰着脸儿朝炕上看,两只耳朵一动一动的,一发现妈妈朝它看,它就把头低下了。这样直到第三次,它被妈妈抓了个"现行"。那是一天中午,家里有几只鸡躲在菜园外的墙根儿底下乘凉,它们肚皮朝下,还把翅膀张开了,在那儿打盹。就在这时候,黄狗过来了,它低头塌腰,还拖着四条腿,一副小心翼翼的样子,一看就是图谋不轨,快到鸡跟前,才突然蹿起来,猛地向前一扑。大概因为心慌,不料竟没有扑到,只叼住了鸡的尾巴。鸡们顿时惊醒过来,马上叽叽嘎嘎地四处逃窜……也是该它倒霉,这情景刚好被妈妈看到了。

"黄狗——"妈妈一声断喝。

黄狗回头看了一眼,马上一溜烟似的跑走了。

又是吃晚饭的时候,妈妈对爸爸说:"那可是我亲眼看见的!大芦花和长脖儿,保准也都是它祸害的!那可都是最能下蛋的鸡啊!这死黄狗,你说它咋这么馋呢……"

妈妈气得够呛,还特别伤心,连饭都没有吃好。她认为黄狗还会这样干,这才是她最担心的。"我又不能时时看着它……"她说。后来她决定打黄狗一顿,给它一点儿教训。"狠狠地打,看它还敢不敢……"妈妈凶巴巴地说。

妈妈真把黄狗打了一顿。怎么打的我没看到,我上学去了。妈妈说她是用烧火棍打的。她把黄狗叫进了屋,还把几只鸡也叫进来。妈妈说,一定要在鸡跟前打它,这样它才知道自个儿为啥挨打,它才能记住。妈妈说她打了它好几棍子,打得它呜呜直叫,有一棍子还打着了它的鼻子,"也怪可怜见儿的……"说着妈妈还叹了一口气。

挨打以后,黄狗消停了挺长一段时间,家里的鸡也没再遭到祸害。妈妈为此而高兴。不过,从那以后,连着好多天,黄狗都没到屋里来(就像以前那样,我们吃饭的时候,它在地上蹲着)。而且,一见到人,特别是见到妈妈,就麻溜躲开了,一边躲一边斜着眼睛瞧着她。"你看这黄狗,它还记仇呢……"有一次妈妈说。当然后来就好了,黄狗又进了屋,又像以前那样,我们吃饭的时候,它就在地上蹲着——妈妈这才安心了。

可惜好景不长,没过多久,就有了新的麻烦:左邻右舍都开始丢鸡。隔几天就会有人来到我家,告诉妈妈他们家鸡丢了,左找右找找不见。妈妈开始还不明白,心说,你家丢了鸡为啥跟我说?后来她才恍然大悟,是因为黄狗!她们怀疑黄狗吃了她们的鸡。妈妈就耐心地跟她们解释,说我家黄狗确实犯过这个毛病,为这我把它狠狠地打了一顿,以后它就老实了,一见着鸡吓得直躲呢……听妈妈这样说,邻居们也就不好再说啥了。妈妈是个老实人,人缘也很好,他们知道她不会撒谎的。

没过几天,一个邻居又来到我家,说她家又丢了一只鸡,还说看见了我家黄狗到她家院子里去过。巧的是就在邻居跟妈说话时,黄狗恰好从外面回来了,嘴角还沾着一根黑色的鸡毛,尽管很细小,邻居还是一眼就看见了。一看见鸡毛,邻居马上就说:"这不就是我家那黑母鸡嘛!哎呀,可怜的黑母鸡呀……"邻居就像要哭似的。妈妈别提多尴尬了,脸涨得通红,赶紧向邻居赔礼道歉,承认错误,还安慰邻居,表示一定赔偿人家的损失……当晚,妈妈就按照女人们惯常的做法,抓了几只母鸡,还是家里最好的鸡,让我帮忙提溜着——我跟在妈妈身后——就像给人送礼似的,给邻居送过去了(包括另外一些丢了鸡的邻居),还说了一大堆的好话,以求得人家的谅解。

妈妈快气死了,我想这不仅仅因为赔了鸡,还因为这叫她丢了脸。

妈妈又气又恼,可能还很心疼那几只母鸡,一回来就对爸爸说:"这败家的狗!这么祸害人……丢人现眼……你说咋处置它吧……不然它还得出去惹事……"

爸爸想想说:"这还真不好说……要不就干脆……"后边的话他没说,但我们知道那是啥意思。

妈妈被吓了一跳。

那天晚上,直到临睡觉之前,爸爸妈妈一直在说这件事,就是如何处置黄狗。当然,他们倒没有滔滔不绝,而是断断续续,有一搭无一搭,想起来就说一句。他们挺为难,这我看出来了。经过一晚上的讨论,他们才想出了一个办法:把黄狗用铁链子拴起来。

问题就这样解决了。

自此,黄狗便被一根铁链拴在我家的院子里,拴了好多年。开始的时候它还不适应,常常会呜呜地叫,一看有人过来,就连蹦带跳,劲头之大,把铁链子都挣得哗哗直响,同时眼睛里发出一道道绿光,看了让人可怜。如果你搭理它,它就兴奋得不得了,围着你乱转,用脑袋蹭你的腿。后来它就习惯了,不再呜呜地叫,也不再挣巴,慢慢地,还形成了规律:晚上回到窝里睡觉,白天则来到院子里,懒洋洋地往那儿一趴,眼睛半睁不睁的,动作也越发迟钝,一副不死不活的样儿。然后有一天,记得是刚入冬,夜里下了一场小清雪,早上,妈妈出来放鸡的时候,发现黄狗死在窝里了……

　　老死了……

补记

　　以上是我写的五个故事。

　　这些故事都是真实发生过的,是我记忆中的事,我把它们记录了下来。当然,出于某种考虑,我给里面的人物都取了新的名字。

　　还有一些故事我也想写的——它们给我的印象同样很深刻。比如王长脖子,那是个脖子极长又特爱喝酒的老头儿,没有酒肴,竟然能用一根铁钉蘸着盐水下酒,这样他也能把白个儿喝醉喽。还有家祥媳妇,一个因为弄撒了一碗苞米面就喝农药自杀的女人,送葬那天,她爹她娘哭得死去活来,把眼睛都哭肿了。以及高凤兰,当时三合屯最好看的姑娘,为了有个城镇户口,居然嫁给了镇上的一个傻子,几年后,她又用耗子药把傻子给药死了,结果被判了死刑……

顺便说一句,这部作品我断断续续写了几个月。我觉得我有义务把它写出来。一来是有我这种生活经历的作家可能不多。二来,即便有这种经历,他也可能没有兴趣来写这种题材陈旧的作品。他可能更喜欢写一些有诗意的作品、新奇的作品、时尚的作品、人们喜闻乐见的作品。而最关键的一点是,如果谁都不写,这段人生就会悄悄溜走,就会被淹没在滚滚而来又滚滚而去的历史的浪潮中,就会形成某种失忆。

时间会流失,时代会发展,一个时代过去了,我们需要把一些真实的东西留下来。

作品终于写完了,我不由得长长地吐了一口气,仿佛了了一桩很大的心事……